Mord Hieve

Danksagung

Bei Detlev für das Lektorat und die immer so lustigen Anmerkungen und Anregungen.

Bei Reiner für die sachlichen Hinweise über die polizeilichen Abläufe.

Für meine Brüder „Hans und Erik"

Rolf Zeiler

Mord Hieve

Die Handlung und die Personen in diesem Roman sind frei erfunden. Ähnlichkeiten mit lebenden Personen und Organisationen wären rein zufällig und nicht beabsichtigt.

Bibliografische Information der Deutschen Nationalbibliothek
Die Deutsche Nationalbibliothek verzeichnet diese Publikation in der Deutschen Nationalbibliografie; detaillierte bibliografische Daten sind im Internet über http://dnb.dnb.de abrufbar.

© 2016 Rolf Zeiler
Satz, Umschlaggestaltung, Herstellung und Verlag: BoD – Books on Demand
ISBN 978-3-7412-5887-9

„Den Eersten sien Dod, den Tweeten sien Not,

den Drütten sien Brod"

(Des Ersten Tod, des Zweiten Not und des Dritten Brot)

Ostfriesische Weisheit

Kapitel I

Donnerstag, der 7. Mai

Bei der ersten öffentlichen Ausschusssitzung für die Stadtentwicklung im Mai 2015 ging es hoch her im alten Ratssaal der Stadt Emden und die Stimmung war geladen wie ein Pulverfass.

Zur öffentlichen Diskussion stand für den heutigen Tag ein neues Bauprojekt an der Hieve, in Emden, Ostfriesland, auch einfach das Kleine Meer genannt.

Die lokale Tageszeitung hatte im Vorfeld der öffentlichen Sitzung einige Pro- und Kontraberichte zu dem Projekt einer geplanten, neuen Feriensiedlung an der Hieve, mit unterschiedlichen Reaktionen der Bevölkerung, veröffentlicht.

Die Meinungen waren sehr unterschiedlich und das Projekt umstritten. Nicht alle Bürger der Stadt waren für eine Feriensiedlung, aber die meisten Emder wollten gerne an der Hieve ihr altes und beliebtes Ausflugslokal Köhnemann wiederhaben.

Bevor das Ausflugslokal Köhnemann vor einigen Jahren von seinem Besitzer einfach geschlossen wurde und man es heute nur noch als eine verkommene Ruine bezeichnen kann, war es eine Institution in Emden gewesen. Fast jeder Emder hatte mindestens einmal in der Vergangenheit einen Ausflug mit dem Fahrrad, Auto oder Boot an die Hieve gemacht und die Tour mit einem netten Essen und ein paar Bier, oder einer Tasse Kaffee und einem Stückchen Kuchen abgeschlossen.

Auch fast alle Besitzer eines Hauses am Kleinen Meer, kurz die Meerfahrer genannt, befürworteten die Wiederinstandsetzung des Gastronomiebetriebes Köhnemann.

Dies war auch ein Bestandteil des neuen Bauvorhabens, des Hieve-Projekts, aber sehr zum Leidwesen von Enno Folkerts, dem Stadtbaurat von Emden, wollte die neu gegründete Bürgerinitiative absolut nichts von hundert zusätzlichen Ferienhäusern wissen.

Um einen neuen Gastronomiebetrieb am Kleinen Meer wieder rentabel aufzuziehen, benötigte es mehr als eine Million Euro an Investition und es war allen klar, die würde ein neues Köhnemann allein nicht erwirtschaften können.

Daher wurden die hundert zusätzlichen Ferienhäuser benötigt, um das Projekt Köhnemann überhaupt finanzieren zu können.

Die Wichtigkeit des Projektes für die Stadt Emden zeichnete sich dadurch ab, dass der gesamte Verwaltungsausschuss der Stadt Emden, bestehend aus allen politischen Fraktionen, anwesend war.

Neben dem vollzählig angetretenen Verwaltungsausschuss saßen die Investoren Heinrich Klaasen & Sohn Benjamin Klaasen und nebst deren Planungsarchitekt auf dem Podium.

Sie alle sahen sich einer sehr großen Anzahl von aufgebrachten Bürgern gegenüber und die Stimmung im Saal war total überhitzt.

Neben einigen wenigen nur generell interessierten Emder Bürgern waren mindestens achtzig Vertreter der neu gegründeten Bürgerinitiative zur Rettung der Hieve und zum Schutze der Natur im Sitzungssaal.

Die Mitglieder der Bürgerinitiative buhten den Stadtrat samt Investor schon vor Beginn der Sitzung aus.

Transparente wie „Keine Toleranz für Massentourismus" oder „Rettet die Natur" und „Die Hieve den Emdenern" hingen überall von den Wänden und wurden demonstrativ von den Aktivisten zur Schau gestellt.

Zusätzlich verteilten die Aktivisten an die Anwesenden Pamphlete und Anstecknadeln der Bürgerinitiative.

Mit andauernden Zwischenrufen wie: „Schweinerei", „Umweltzerstörer", „Nein zum Massentourismus" bis hin zu: „Umbringen, das Geldpack", teilten einige der Anwesenden ihren Unmut bisweilen lauthals mit.

Der Anführer der Aktivisten, Arne Büskens, ein großgewachsener Mann so Mitte fünfzig, hatte sichtliche Probleme, die aufgebrachte

Meute ruhig zu halten, und versuchte immer wieder beschwichtigend auf die lautesten Schreihälse in der Gruppe einzuwirken.

Die Gegenpartei, der Investor Heinrich Klaasen, Bauunternehmer aus Emden, saß ganz ruhig, als wenn ihn das Ganze überhaupt nichts anginge, neben dem Stadtrat Enno Folkerts und schaute mit einem arroganten Blick in die Menge.

Er hatte der Stadt Emden vorgeschlagen, die beliebte Gastronomieanlage Köhnemann als eine kombinierte Hotel - und Restaurantanlage wiederzubeleben und um das teure Projekt finanzieren zu können, so ganz nebenbei noch diese Feriensiedlung mit hundert Häusern zu bauen. Er handele, so wie er sich nach außen der Bevölkerung und den Medien präsentierte, natürlich nur zum Wohle der Stadt Emden. Dass er bei dem Hieve-Projekt einen gesunden Profit von ein paar Millionen Euro einstreichen würde, das ging den Pöbel nichts an.

Das eine hatte schließlich nichts mit dem anderen zu tun, war seine Sichtweise der ganzen Angelegenheit.

Ganz anders erging es Enno Folkerts, dem Stadtbaurat der Stadt Emden. Dieser wischte sich ständig nervös und suchend umherblickend den Schweiß von der Stirn. Enno Folkerts wusste zu genau, dass er für das Hieve-Projekt starken Gegenwind von fast allen politischen Fraktionen zu erwarten hatte. Er wusste aber auch mit voller Gewissheit, dass er das Projekt gegen alle Widerstände im Ausschuss durchdrücken würde.

Er hatte dafür schließlich auch sehr gute Argumente geliefert, wie zum Beispiel erhebliche zusätzliche Steuereinnahmen, Schaffung von einigen Arbeitsplätzen und nicht zu vergessen die Förderung des Tourismus für die strukturschwache Stadt Emden, die den Ostfrieslandtourismus dringend als zusätzliche Einnahmequelle nötig hatte.

Wer, bitte schön, sollte es da wagen, ihm einen Strich durch die Rechnung machen zu wollen?, dachte er sich. Außerdem bekam er selbst ja auch noch eine Menge Geld, wenn das Hieve-Projekt in die Realität umgesetzt würde.

Das wussten aber nur er und derjenige, der ihn dafür bezahlte, dass er das Projekt durch die verschiedenen Instanzen der Bürokratie brachte. Leider aber wusste davon auch seit Neustem ein Erpresser. Das war etwas, das Enno gar nicht gebrauchen konnte und was ihn den ganzen Tag schon so fürchterlich nervös machte.

Der Anruf vom Morgen mit der Forderung nach fünfzigtausend Euro hatte ihm seitdem schon Kopfschmerzen bereitet. Enno dachte, dass er unbedingt, am besten heute noch, mit Heinrich Klaasen darüber reden müsse. Wieder und wieder schaute er nervös suchend durch den Raum. Er studierte jeden einzelnen der Anwesenden und jeden Blick, der ihm zugeworfen wurde. Einige der Aktivisten gifteten ihn offen an, andere senkten die Augen, wenn er in ihre Richtung schaute.

Er kannte die meisten der Bürger im Raum und mit einigen war er sogar befreundet. Nichts verriet ihm, wer der mutmaßliche Erpresser war oder wie er ihn in der Menge ausmachen könnte. Enno war sich ganz sicher, einer von ihnen musste es sein. Der Erpresser war hier im Saal unter den Anwesenden, das spürte Enno förmlich ganz genau. Was bildet sich dieser Schwachkopf eigentlich ein? Er hatte keine fünfzigtausend Euro für einen Erpresser. Er hatte ja selber gerade nur so viel bekommen, damit er das Projekt durch die Instanzen brachte. Das Geld war ihm gar nicht mehr so wichtig, aber Enno hatte Angst, große Angst um seinen Job als Stadtrat. Wenn das herauskäme, dass er sich hatte bestechen lassen, dann konnte er einpacken, und diese Schande würde ihm auch seine Frau nie verzeihen.

Heinrich Klaasen musste ihm helfen, denn durch sein Projekt war er ja erst in diese prekäre Situation geraten. Sie mussten ganz schnell gemeinsam herausfinden, wer der Erpresser war, und dann würde Heinrich das schon regeln, dachte sich Enno. Leider hatte er keinerlei Ahnung und wusste auch nicht, wie sie herausbekommen sollten, wer der Erpresser war.

Enno blickte einfach in zu viele wutentbrannte Augenpaare und stellte sich vor, ein jeder könnte der Erpresser sein.

Er nahm wieder sein Taschentuch und wischte sich ein letztes Mal den Schweiß von der Stirn, sammelte sich kurz und ergriff dann das Wort. Sein Stimme klang zittrig und schwach, ohne die von ihm gewohnte Sicherheit. Man konnte ihm direkt anmerken, dass er mit der aufgeheizten Situation im Saal überfordert war.

„Liebe Bürgerinnen und Bürger, ich begrüße euch alle zur öffentlichen Stadtratsausschusssitzung für das Hieve-Projekt und möchte um Ordnung und Ruhe im Saal bitten. Ruhe bitte, Ruhe, setzt euch alle und lasst uns doch endlich mit der Sitzung beginnen."

Die Meute beruhigte sich tatsächlich und Enno Folkerts war sichtlich sehr erleichtert darüber, dass er nun unverzüglich mit seiner Rede beginnen konnte.

„Liebe Bürger und Bürgerinnen, zur heutigen Diskussion über das neue Hieve-Projekt wurde schon viel und meines Erachtens zu viel im Vorfeld spekuliert und veröffentlicht. Der Stadtrat hat beschlossen, in einer ersten öffentlichen Ausschusssitzung den Bürgern unserer Stadt Emden das Hieve-Projekt, das von mir als euer Stadtbaurat absolut befürwortet wird, näherzubringen."

Nachdem er das von sich gegeben hatte, schallten wieder vermehrt die Buhrufe durch den Sitzungssaal und einer der Anwesenden rief sogar lautstark, dass wenn das Projekt realisiert werden würde, Enno Folkerts die längste Zeit Stadtbaurat in Emden gewesen sein würde.

Mit einem vernichtenden Blick in Richtung des Rufers fuhr Enno, diesmal unbeirrt und mit steigender Selbstsicherheit, fort:

„Liebe Bürger, bevor wir hier das Projekt voreilig verurteilen und einige der Anwesenden weitere unqualifizierte Äußerungen in den Raum werfen, sollten wir doch erst einmal die Firma Klaasen & Sohn ihren Plan im Detail der Öffentlichkeit vorstellen lassen. Danach haben dann alle Anwesenden, auch die Bürgerinitiative, immer noch ausreichend Zeit, das Wort zu ergreifen und ihre Bedenken anzumelden.

Nach einer anschließenden öffentlichen Diskussion werden wir dann in den dafür zuständigen Gremien des Stadtrats gemeinsam und nach umfangreicher Analyse, aber auch unter Berücksichtigung aller Einwände der Anwesenden, die Angelegenheit intern beraten."

„Das Schwein will doch nur auf unsere Kosten Geld machen, dem ist doch die Umwelt und alles, was er dort zerstört, scheißegal!", schrie Franz Aalhus, einer der Mitbegründer der Bürgerinitiative, und erhielt lauten Beifall vom Publikum.

„Im Meer ersäufen sollte man die Schweine!", schrie ein anderer, aber nicht klar auszumachender Aktivist aus der Reihe der Bürgerinitiative.

„Mistpack, elendige Profitgeier, mit uns nicht, über den Haufen sollte man die schießen!", kamen weitere, mehr und mehr bedrohliche Zurufe aus der jetzt aufgeheizten Menge.

Dann wurde es Frerich Niemeyer, Fraktionsvorsitzender der FDP im Rat, zu bunt, er erhob sich und sagte mit lauter kräftiger Stimme:

„Nun ist gut gewesen, und jetzt aber mal Ruhe, Leute, ich bitte euch, keine Zwischenrufe dieser Art weiter zu tätigen, oder wir sehen uns gezwungen, die Sitzung sofort zu beenden und unter Ausschluss der Öffentlichkeit zu einem anderen Termin fortzusetzen, und das wollt ihr, meine lieben Mitbürger, doch wohl alle nicht, oder?"

Nach diesen Worten kehrte endlich wieder einigermaßen Ruhe im Saal ein, sein Wort hatte wie immer Gewicht und Wirkung auf die Menschen der Stadt.

Frerich Niemeyer wurde seit Jahren durch alle politischen Fraktionen hindurch respektiert und er war außerdem sehr beliebt bei der Bevölkerung. Durch seine direkte und offene Art genoss er den Ruf als Vermittler und Schlichter bei umstrittenen Diskussionen, aber er scheute sich auch nie, bei problematischen Themen Klartext zu reden. Wenn ihm aber einmal die Hutschnur platzte, dann war niemals gut Kirschen essen mit Frerich Niemeyer und man war immer gut beraten, besser schnell in Deckung zu gehen.

Nachdem endlich wieder Ruhe im Saal eingekehrt war, setzte man die Diskussion um das Hieve-Projekt fort und Klaasens Architekt, ein blass wirkender junger Mann, begann mit einer PowerPoint-Präsentation, die einzelnen Baustufen und Planungen des Investors vorzustellen.

Er projizierte mit Hilfe seines Laptops und einem Beamer verschiedene Projektzeichnungen und 3-D-Grafiken an die Wand. Kunstvolle, farbige Ansichtszeichnungen des geplanten Restaurants und Hotelbetriebes und andere Lagepläne. Ein Plan zeigte die genaue Lage der hundert neuen Ferienhäuser an der Hieve auf den bis heute noch unbebauten Flächen. Benjamin Klaasen erklärte dann anhand von Statistiken die wirtschaftlichen Kennzahlen und Vorteile, die das Projekt der Stadt bringen würde. Er vergaß dabei natürlich nicht hervorzuheben, dass im Idealfall die zusätzlichen jährlichen Steuereinnahmen der Stadt sich auf circa eine Million Euro belaufen könnten.

Nachdem das Investorenteam ihre Vorschläge für das Hieve-Projekt vorgestellt hatte, wurde vom Sprecher der Bürgerinitiative, Arne Büskens, ein umfangreicher Forderungskatalog vorgelegt und um eine ausführliche Beantwortung von offenen Fragen zum Projekt gebeten.

Der Fragenkatalog wurde vom Stadtrat Enno Folkerts mit Wohlwollen entgegengenommen, aber die Beantwortung hier und heute, unter lauten Buhrufen der Aktivisten, von ihm abgelehnt. Die Begründung dafür lautete, dass die Planungs- und Forderungskonzepte beider Parteien erst einmal geprüft werden müssen und es viel zu verfrüht wäre, weitere Aussagen ohne intensive Analyse zu machen.

Damit beendete er auch gleich die Sitzung, sehr zum Leidwesen der Protestler, die den Saal aber dann nach mehrfacher Aufforderung doch letztendlich mit vielen weiteren, oft unflätigen Bekundungen ihrer Unzufriedenheit nach und nach verließen.

Enno Folkerts war froh, dass die Sitzung so glimpflich abgelaufen war, und stolz auf sich, wie glänzend er die Situation gemeistert hatte. Seine Freude wurde aber gleich wieder getrübt, als er an den Erpresser denken musste.

Er nahm sein Handy aus der Tasche und begann sofort damit eine SMS an Klaasen zu tippen.

„Heinrich, ich muss dringend mit Dir reden, es ist wichtig", schickte Enno Folkerts per SMS an Klaasens Handy, und wenige Minuten später erhielt er die Antwort.

„Komm bitte zum üblichen Treffpunkt um elf Uhr heute Abend." Das werde ich bestimmt, dachte sich Enno, glücklich und erleichtert darüber, dass Klaasen ihm so schnell geantwortet hatte.

Er war sich gewiss, dass Heinrich Klaasen diese miese Angelegenheit mit dem Erpresser schnell in den Griff bekommen würde.

Was Enno Folkerts aber zu dem Zeitpunkt noch nicht ahnen konnte war, dass er das alles gar nicht mehr erleben sollte.

Kapitel II

Freitag, der 8. Mai

Benno Nordsieg war mit seinen fünfundsiebzig Lenzen nicht mehr der Jüngste, aber immer noch von recht stattlicher Figur und relativ kräftig. Er merkte in den letzten Monaten aber deutlich, mehr und mehr, wie die Jahre, oder der Zahn der Zeit, wie er immer zu sagen pflegte, seine Kräfte und seine Gesundheit zu beeinträchtigen begannen. Fast fünfundvierzig Jahre hatte Benno auf den Thyssen Nordseewerken als Rohrschlosser gearbeitet und war dann, als die Werft dichtgemacht hatte, in den verdienten Ruhestand getreten. Es war kein Freudentag für ihn gewesen, damals vor dreizehn Jahren im Jahre 2002, als er in den Ruhestand ging. Er hatte sehr gerne auf der Werft in seinem Beruf als Rohrschlosser gearbeitet.

Mit den Frauen, mit Ehe und Familie, hatte es Benno nicht so. Er war sein ganzes Leben unverheiratet geblieben und hatte nur gelegentlich hier und da mal eine Freundin gehabt. Es lag wohl auch daran, dass Benno ganz bestimmt kein Stadtmensch war und sein ganzes Leben, im Sommer wie im Winter, bei Sonne, Sturm und Eis, am Kleinen Meer lebte. Das konnten aber die wenigen Frauen, mit denen Benno zusammen gewesen war, nicht ertragen und war bestimmt mit ein Grund dafür, warum sie ihn immer schon nach ein paar Monaten verließen.

Das raue Klima und das unbeständige Wetter am Meer machten Benno selbst jedoch nichts aus. Er war ein echter Naturbursche und für ihn gab es, wie die Ostfriesen sagen, kein falsches Wetter, sondern immer nur die falsche Kleidung.

Er liebt seine Hieve, das Kleine Meer. Es liegt etwa neun Kilometer nordöstlich von Emden und ist ein natürlicher Flachmoorsee, der in den siebziger Jahren für den Autobahnbau ausgebaggert worden war und an einigen Stellen bis zu zwanzig Meter tief ist.

Die Hieve ist über Kanäle und Tiefs mit dem Großen Meer und

dem Loppersum Meer verbunden. Durch das Treckfahrtstief besteht außerdem eine Verbindung zum ostfriesischen Wasserstraßennetz, was wiederum eine Verbindung zum Kanalnetz der Stadt Emden darstellt.

Mit circa dreiundneunzig Hektar Wasserfläche ist es ein eher kleiner See im Vergleich zum Großen Meer, ein wesentlich größerer See gleich nebenan, daher auch der Name, Kleines Meer.

Es ist ein Freizeit- und Naherholungsgebiet, das vor allem von Motorbootfahrern, Seglern, Surfern, Anglern und den Besitzern der vielen kleinen Meerhäuschen rund um den See genutzt wird.

Es gibt keine öffentliche Badestelle, aber die gute Wasserqualität des Kleinen Meers lädt den ganzen Sommer auch zum Schwimmen ein.

Für Benno gab es nichts Schöneres als das Kleine Meer, und er fuhr auch nie, wie andere es jedes Jahr taten, irgendwo anders hin in den Urlaub. Warum soll ich woanders hinfahren, wenn ich hier wunschlos glücklich bin?, begründete er seine Bodenständigkeit, und wer wollte es ihm auch verdenken?

Benno hatte sein kleines Grundstück am Kanal vom Bauern Johann Janssen vor fast vierzig Jahren gepachtet und war einer der ersten Siedler hier am Meer gewesen.

Auf seinem fast sechshundert Quadratmeter großen Stück Land, hier am Tief, dem vorderen Teil der Hieve, hatte er sich seinen Traum erfüllt und ein Haus errichtet.

Es war ein sehr schönes Meerhäuschen, sein ganzer Stolz, und er hatte es eigenhändig, ohne fremde Hilfe, mit seinen eigenen Händen gebaut. Um das Haus herum hatte er sich einen schönen Garten angelegt und Benno liebte die Arbeit an der frischen Luft über alles. In jeder freien Minute war er in seinem Garten, Gemüse pflanzen, Rasen mähen oder was auch immer sonst so anfiel. Seine innere Ordnungsliebe und seine Freude an der gepflegten Natur gaben ihm eine Verpflichtung, alles um sein Haus herum immer tadellos in Schuss zu halten.

Benno hatte die Anfänge der Meerhäuser an der Hieve miterlebt und er kannte das Kleine Meer noch, als es fast nur aus Kuhwiesen und unverbauten Ufern bestand. Heute waren fast alle freien Plätze an den Ufern mit Meerhäusern zugebaut und sie standen sogar schon in zweiter und dritter Reihe. Es machte ihm aber nichts aus, und irgendwie war er sogar ein ganz bisschen froh, dass mehr Menschen am Meer wohnten und er nicht mehr wie früher nur ganz allein hier war. Wenn es nach ihm ginge, konnte hier jeder tun und lassen, was er wollte, nur Unordentlichkeit und verwilderte Gärten konnte Benno nicht ertragen, sie waren ihm ein Gräuel.

Benno war bei den Nachbarn als ein komischer Kauz, der am liebsten für sich allein war, verschrien. Er hatte am Meer nur sehr wenige Freunde, die meisten mieden ihn und fanden ihn auf Plattdeutsch gesagt "tau wiesnösig", was so viel wie "zu neugierig sein" bedeutet.

Benno war irgendwie ein einsamer Mensch, aber nicht unbedingt ein unglücklicher, eben halt ein richtiger Einsiedler, wie man solche Leute früher nannte. Zu viele Menschen auf einem Fleck, das war nichts für Benno, er mochte gerne allein sein.

Er kompensierte seine selbstauferlegte Einsamkeit damit, dass er viel in der Nachbarschaft herumspazierte und ab und zu, mit denen, die ihm nicht schon vorher ausweichen konnten oder wollten, immer ein Schwätzchen hielt.

Benno war aber deswegen keineswegs weltfremd, er wusste immer über alles, was am Meer vor sich ging, und über jeden einzelnen Anwohner am Meer Bescheid. Wenn man etwas über das Kleine Meer und seine Anwohner wissen wollte, war Benno immer die beste Adresse.

Es war wieder einmal ein wunderschöner Maimorgen am Kleinen Meer. Die Sonne war gerade am Horizont aufgegangen und hüllte die Natur unter den Wolken in einen herrlichen rötlichen Glanz.

Für Benno war es die angenehmste Art, den Tag zu beginnen, am Morgen die frische klare Luft einzuatmen. Er beharrte auf dem Standpunkt, und da gab es mit ihm keine Diskussionen: Die ostfriesische

Landluft ist die beste Luft der Welt und nirgendwo ist die Luft sauberer oder gesünder.

Wie jeden Morgen um sechs Uhr am Meer, drehte Benno seine übliche Runde, oder auch Patrouille, wie es die anderen bezeichneten, durch die Nachbarschaft. An seiner Seite wie immer sein treuer Hund Wotan, den Benno vor fünf Jahren als Welpen von einem Tierheim bekommen hatte. Wotan war eine interessante Mischung aus Schäferhund und einer anderen, nicht zu definierenden Rasse.
Kein Verkehrslärm drang an Bennos Ohren, nur die Vögel zwitscherten in ihrer unzähligen Vielfalt aus vollen Kehlen. Er lächelte vor sich hin und strich Wotan dabei über den Kopf.
Er war mit sich und der Welt zufrieden. Alles war ruhig und friedlich wie immer und für Benno gab es einfach nichts Schöneres und Erhebenderes als ein solcher Morgen an der Hieve.
Er bewunderte die bunten Dächer der vielen kleinen Meerhäuser, die im Morgentau wie ein Diamantenfeld glitzerten. Er betrachtete die Büsche und Hecken am Wegesrand. Die kunstvoll gewebten Spinnennetze durch den Tau in ihrer einzigartigen, exakten, geometrischen Konstruktion sichtbar gemacht, lösten immer wieder Bewunderung bei Benno aus.

Er hatte seine morgendliche Runde fast beendet, als sein Hund plötzlich den Kopf hob und anschlug. Der Hund hatte etwas gewittert und wollte unbedingt in Richtung Kurzes Tief, einem kleinen Binnenhafen für Segel- und Motorboote, und Benno folgte ihm. Es ergriff Benno sofort ein komisches Gefühl und eine seltsame Unruhe befiel ihn obendrein. Wotan reagierte auf einmal so aufgeregt, der Hund bellte wie verrückt und dirigierte beide in Richtung des kleinen Hafens. Benno kannte seinen Hund so nicht, Wotan war sonst immer sehr ruhig und folgsam, aber heute war er kaum zu halten. Der Hund lief eilig voraus, in Richtung des kleinen Hafens, und Benno, so schnell es seine alten Beine erlaubten, hinterher.

In dem kleinen Binnenhafen an der Hieve lagen den ganzen Sommer über die Segel- und Motorboote der Anwohner an ihren Stegen und Benno kannte jedes einzelne Boot und seinen Besitzer. Oft hatte er im Frühling den Besitzern geholfen, die Boote ins Wasser zu bringen und im Herbst sie wieder aus dem Wasser herauszuziehen.
Wotan stand an der vorderen Uferböschung am Ende des vorgelagerten Spielplatzes und schlug an. Benno, ganz außer Atem, hielt einen Moment inne, um wieder zu Luft zu kommen. Er blickte in Richtung des Wassers, und was er dort nahe der Uferböschung entdeckte, würde er für den Rest seines Lebens nicht mehr vergessen.
Im dunklen braunen Moorwasser, fünf Meter vor der Uferböschung, trieb mit dem Kopf nach unten der leblose Körper eines Mannes!

„Mann, dat is ja 'n Ding", sagte er laut zu sich selber und befahl Wotan. sich zu setzen und aufzupassen. Wotan war ein durch und durch ausgebildeter Hund, er folgte den Befehlen seines Herrchen sofort, setzte sich ans Ufer und bewachte den Körper im Wasser.
Benno lief so schnell wie noch nie zurück zu seinem kleinen Haus, griff zum Telefon und wählte die Nummer der Emder Polizei. Benno besaß kein Handy, das war nichts für ihn. Er wollte von diesen neumodischen Dingern nichts wissen. Überall liefen die Leute herum wie mit Scheuklappen und glotzten nur noch auf ihre Handys, als wenn es nichts Wichtigeres auf der Welt mehr gäbe. Als in der Polizeizentrale der Anruf entgegengenommen wurde, war Benno immer noch so aufgeregt, das er völlig außer Atem nur einen einzigen Satz hervorbrachte: „Kommen Sic schnell, hier liegt ein Toter im Wasser, am Kleinen Meer am Binnenhafen, machen Sie schnell", und dann legte er den Hörer auf.
Benno war es ganz egal, wie früh es war, er ging ohne Umschweife direkt zum Kühlschrank, nahm eine Flasche Schnaps aus dem Fach und schenkte sich auf den Schreck erst einmal einen Schnaps oder, wie man in Ostfriesland auch sagt, einen Söpke ein.

Kapitel III

Der Anruf von Benno Nordsieg war um Viertel vor acht in der Leitstelle in Wittmund eingegangen. Es erfolgte sofort ein Funkspruch an die Polizeiwache des Polizeikommissariat Emden und der Fund einer Leiche wurde gemeldet. Dort wurde umgehend der Beamte des Arbeitsfeldes 1, das unter anderem für Leichenfunde zuständig ist, informiert. Daraufhin wurde ein Einsatzwagen mit zwei Beamten und der Anweisung, am Kleinen Meer einmal nach dem Rechten zu sehen, beordert.

Polizeioberkommissar Gerold Meier und seine junge Kollegin, Polizeikommissaranwärterin Gesa Kramer, nahmen den Ruf entgegen und waren die Ersten, die am Fundort der Leiche eintrafen.

Benno Nordsieg wartete schon vorne auf dem Parkplatz am Soltendobben auf die Polizei und führte diese dann direkt zum Hafenufer. Er zeigte den beiden Polizisten die Leiche im Wasser.

Er fuhr dann den Einsatzwagen vom Parkplatz zum Spielplatz und parkte dort in sicherem Abstand zum Ufer.

Er und seine Kollegin, Polizeikommissaranwärterin Gesa Kramer, begannen dann damit, den leblosen Körper von einem Ruderboot aus mit Seilen und ein paar Haken ans Ufer zu ziehen. Als sie den Toten nah genug am Uferrand hatten, sprangen sie an Land und zogen den Leichnam mit vereinten Kräften aus dem Wasser.

Schnatternde Enten schauten sich das Spektakel von den umliegenden Bootsstegen an und dachten wohl, dass sie, wie es sonst so üblich war, von den Anwohnern gefüttert werden würden.

Aber nicht nur die Enten verfolgten das Spektakel, es hatten sich auch mittlerweile einige Dutzend Anwohner aus den umliegenden Häusern versammelt. Alle verfolgten mit Anspannung und großer Neugier das grausige Geschehen.

So etwas hatten sie hier noch nicht erlebt und es war eine Sensation an ihrem sonst so ruhigen und idyllischen Meer. Die schnell wachsende Menge von Schaulustigen drängte sich von allen Seiten mehr und mehr ans Wasser, um ein gutes Sichtfeld auf das Schauspiel zu ergattern. Das ging so lange gut, bis es den beiden Polizisten zu bunt wurde.

POK Gerold Meier und seine Kollegin forderten die Gaffer mit barschen Kommandos auf, zurückzutreten, um keine Spuren zu zerstören und um Platz für die Arbeit der Polizei zu machen.

Gemeinschaftlich errichteten sie dann, um den Fundort der Leiche zu sichern und auch um die vielen Schaulustigen von ihrer morbiden Sensationsgier abzuhalten, mit einem offiziellen polizeilichen Sicherungsband eine sehr großzügige Absperrung.

Zusätzlich und genau so, wie sie es in einem der Lehrgänge zur Sicherung eines Leichenfunds gelernt hatten, errichteten sie einen Sichtschutz um den am Ufer liegenden Leichnam. Die Leiche lag auf dem Bauch, und als dann POK Meier die Leiche für eine bessere Identifizierung vorsichtig umdrehte, fiel ihm fast das Frühstück aus dem Gesicht, und er hörte, wie hinter ihm seine Kollegin, PK Anwärterin Gesa Kramer, sich lauthals übergab und würgend die Enten fütterte.

„Reiß dich zusammen, Gesa, und verständige sofort die Polizeiwache, und die sollen schon mal die Kollegen von der Mordkommission auf Trab bringen. Die können auch gleich schon den Gerichtsmediziner, die Spurensicherung und so weiter verständigen; der ist nicht ertrunken, das war Mord!", rief er ihr zu und fluchte in sich hinein, denn er hatte sofort erkannt, um wen es sich bei der Leiche handelte, auch wenn der das halbe Gesicht fehlte.

Es dauerte danach auch nicht allzu lange und die Kollegen von der Emder Kriminalpolizei trafen am Fundort der Leiche ein.

„Moin, die Kollegen, wir haben hier eine Wasserleiche, und ich kann euch auch schon sagen, es handelt sich bei der Leiche um unseren Stadtbaurat Enno Folkerts", informierte der POK Gerold Meier die Kommissare.

„Es sieht so aus, als habe man ihm das halbe Gesicht weggeschossen und ihn dann hier ins Wasser geworfen. Kein erfreulicher Anblick, kann ich euch sagen", fuhr er dann mit seinem Bericht fort.

Kriminalhauptkommissar Klaus Marquart und seine hübsche junge Kollegin, Polizeikommissaranwärterin Anja Kappels, registrierten wohlwollend, dass die beiden zuständigen Polizisten vor Ort schon eine größere Absperrung des Fundortes vorgenommen und um die Leiche herum einen Sichtschutz platziert hatten.

Klaus Marquart schaute sich um, ging zum Sichtschutz vor der Leiche und richtete dann das Wort an POK Meier: „Moin, Herr Kollege Meier, danke für die Informationen und die gute Arbeit bei der Sicherung der Leiche. Haben Sie schon den Gerichtsmediziner verständigt und ist unser Kriminalhauptkommissar Streib informiert? Wo ist der denn?"

„Alles schon in die Wege geleitet, und auch die Wasserschutzpolizei mit den Tauchern ist verständigt, aber ich bin nicht das Kindermädchen vom Hauptkommissar Streib. Vielleicht hatte der ja mal wieder eine harte Nacht", erwiderte POK Meier mit einem sarkastischen Unterton und grinste Marquart dabei frech an.

„Schon gut, Meier, aber unterlassen Sie besser Ihre Spitzfindigkeiten. Ich glaube kaum, dass das Privatleben von Hauptkommissar Streib Sie irgendetwas angeht", blaffte Marquart verärgert zurück.

Die Sonne stand jetzt mittlerweile schon hoch am Himmel und strahlte ihr gleißendes Licht auf das Szenario. Marquart hatte, da es ihm warm wurde, seine Jacke ausgezogen und verlangte nach einem Schluck Wasser. Anja, die immer eine Flasche Mineralwasser bei sich trug, gab ihm diese und ging dann wortlos rüber zur Leiche.

Marquart, nachdem er einen Schluck getrunken hatte, folgte Anja hinter den Sichtschutz.

„Na dann wollen wir uns einmal unseren Freund Enno hier etwas genauer anschauen", sagte Klaus Marquart mit Galgenhumor, als er im gleichen Moment Sigurd Schmitz, den Gerichtsmediziner, entdeckte.

„Siggi, hierher, du kommst gerade recht, wir haben hier einen Floater, dem das halbe Gesicht fehlt, deine Spezialität."

Der Gerichtsmediziner, Sigurd Schmitz, kurz von allen Siggi genannt, war unmittelbar nach Marquart eingetroffen und kam mit seinem kleinen Arztkoffer in Richtung Marquart gelaufen.

„Ja, ich bin schon unterwegs, du alter Sklaventreiber. Du weißt ganz genau, meine Spezialität sind Enthauptungen von vorlauten Kommissaren, und jetzt lass mich da mal ran, bevor du noch versuchst, den Toten wiederzubeleben. Na, dann lass mal sehen, was haben wir hier denn Gruseliges?"

Sigurd Schmitz beugte sich über die Leiche, öffnete seinen Koffer und begann mit seiner Arbeit.

Ein Taucherteam der Bereitschaftspolizei Oldenburg, die in Emden zu einer Übung waren, machten sich gerade fertig. Sie waren kurzfristig dazugerufen worden und in der Zwischenzeit auch schon eingetroffen. Die Taucher sollten das kleine Hafenbecken abtauchen, um nach Spuren oder einer möglichen Tatwaffe zu suchen.

In dem Moment, als die Taucher ihre Arbeit aufnahmen, parkte ein alter grüner Triumph TR6 neben den Einsatzfahrzeugen, die mit immer noch kreisendem, blinkendem Blaulicht der Szene einen unheilvollen Touch verliehen. Aus dem alten englischen Sportwagen stieg ein etwa ein Meter neunzig großer Mann mittleren Alters in Jeans, offenem Hemd und einem blaugrauen Blazer. Er trug seine vollen blonden Haare halb lang, einen Dreitagebart und hatte stechende, stahlblaue Augen. Im Mundwinkel hing eine Zigarette, die er dann in einem von Kippen überquellenden Aschenbecher seines Wagens ausdrückte.

„Na da bist du ja endlich, Chef, wir warten schon auf dich. Klaus ist schon ganz ungehalten. Du kennst ihn ja, wenn er überfordert ist", empfing ihn Anja Kappels außer Hörweite der anderen.

Polizeikommissaranwärterin Anja Kappels war sechsundzwanzig Jahre alt, unverheiratet und ständig mit neuen Liebhabern im Beziehungsstress. Seit sechs Monaten war sie Peters neue Kollegin. Er hielt große Stücke auf Anja und mochte ihre unkomplizierte Art. Sie war fast einen Meter achtzig groß, durchtrainiert, schlank, hatte lange dunkelbraune Haare und war obendrein noch gut aussehend. Im Dienst war sie sehr dezent, fast bieder gekleidet, dort sah man Anja fast immer nur mit einem dunklen Hosenanzug, dunkler Bluse und flachen festen Schuhen. Ab und zu, wenn es ihr danach war, kam sie auch in ihrem weniger dezenten Freizeitlook, aber ohne Schmuck, ins Büro, und das war dann immer Anlass für Klaus, sich mit Anja anzulegen. In ihrer Freizeit hielt sich ihr Sinn für Mode stark in Grenzen. Dann kleidete sie sich nach Peters Geschmack immer etwas zu schrill und zu bunt. Anja trug, wenn sie nicht im Dienst war, meist enge Jeans in allen Farben und lange bunte Pullover. Außerdem hatte sie ein Faible für auffälligen Modeschmuck und andere Accessoires, die sie manchmal stündlich wechselte. Mindestens drei bis fünf Ringe, ein geflochtenes Armband und mehrere Ohrringe gehörten dann zu ihrem Freizeitoutfit.

Make-up aber schien in beiden ihrer Welten nicht wirklich zu existieren und außer etwas Kajal für ihre blassblaugrauen Augen benutzte sie kaum etwas. Dies wirkte sich aber sehr zu ihrem Vorteil aus, denn gerade deshalb wirkte sie immer sehr natürlich und Männer drehten sich ständig nach ihr um.

„Was gibt es denn so dringlich, mich am Morgen so früh aus dem Bett zu holen? Wenn ich richtig verstanden habe, ist ein Besoffener ins Wasser gefallen und ertrunken. Konntet ihr das nicht alleine erledigen?", grummelte Peter Streib, Erster Kriminalhauptkommissar und leitender Ermittler der Polizeiinspektion Emden/Leer, sichtlich ungehalten.

„Hast wohl wieder eine lange Nacht gehabt, was? Wie hieß sie denn?", fragte Anja Kappels mit einem verschmitzt wissenden Lächeln. „Und ich muss dich leider enttäuschen, es handelt sich hier nicht um einen Besoffenen, der ertrunken ist, sondern um Mord."

Hauptkommissar Peter Streib war dreiundvierzig Jahre alt und hatte den Ruf als Nachtschwärmer, der Frauen anzog wie die Motten das Licht.

Das war aber nur ein Teil seines Rufes; als junger aufstrebender Kommissar in der Landeshauptstadt Hannover war er der erfolgreichste Ermittler der Mordkommission gewesen.

Mit oft zum Teil sehr unorthodoxen Methoden hatte er einige wichtige und spektakuläre Fälle gelöst. Dann, wie aus dem Nichts, war er vor sechs Monaten nach Emden strafversetzt worden. Man munkelte im Revier unter den Kollegen, dass er angeblich wegen einer Liebesaffäre einem Generalstaatsanwalt in Hannover das Nasenbein zertrümmert hatte. Die genauen Umstände und Gründe seiner sechsmonatigen Suspendierung und der anschließenden Strafversetzung nach Emden waren aber nur ihm und der Oberstaatsanwaltschaft in Hannover bekannt, und so sollte es, wenn es nach ihm ginge, auch bleiben.

Peter und Anja hatten in der kurzen Zeit seiner Tätigkeit in Emden ein gutes kollegiales Verhältnis entwickelt. Sie hatte eine „Crush" auf ihn und würde sofort mit ihm ins Bett gehen, aber er hielt sie auf eine nette freundschaftliche Distanz. Sex und Arbeit passten einfach nicht zusammen, war seine Devise. Er hatte diese leider schon einmal außer Acht gelassen und es hatte ihn deswegen nach Emden verschlagen.

Emden, Ostfriesland, die richtige Stadt, um Karriere zu machen!

„He, he, he, das geht dich gar nichts an, Fräulein Kappels." Peter grinste und strahlte sie dabei mit seinen blauen Augen an.

„Sage mir lieber, was hier los ist, Anja, und beschränke dich bitte nur auf die Fakten, mir brummt noch immer etwas der Schädel", fuhr er fort und schlenderte langsam mit den Händen in den Taschen in Richtung Marquart und Sigurd Schmitz.

Er atmete ein paarmal tief durch und die frische Luft hier an der Hieve tat ihm und seinen Kopfschmerzen so richtig gut. In seiner natürlichen, immer alles beobachtenden Art begann er seine unmittelbare Umgebung zu sondieren. Er sah die vielen Gesichter der neugierigen Anwohner und Schaulustigen, aber niemand verhielt sich auffällig oder stach in irgendeiner Weise hervor. Was ihm aber sofort auffiel war, es war alles so bestechend und extrem grün hier. Keinerlei Verkehrslärm war zu hören, mal abgesehen von einem tief fliegenden Hubschrauber, der gerade im Landeanflug auf den Emder Flugplatz über ihren Köpfen donnerte.

Anja, die nach oben schaute und dem vorbeifliegenden Hubschrauber hinterherblickte, brachte Peter auf den Stand der Dinge.

„Alles, was wir bis jetzt wissen, ist, dass der Tote Enno Folkerts hieß und Stadtbaurat der Stadt Emden war. Das Opfer wurde erschossen. Mann, ich sage dir, das halbe Gesicht fehlt, sieht furchtbar aus.

Er wurde vermutlich hier ins Wasser geworfen. Keine Spur von der Tatwaffe, die Polizeitaucher suchen noch, aber es ist unwahrscheinlich, dass sie etwas finden. Der Fundort der Leiche ist mit großer Wahrscheinlichkeit nicht der Tatort, da keinerlei Blutspuren oder sonstige Spuren darauf hinweisen, dass die Tat hier geschehen ist.

Das ist so weit alles, was wir haben", schloss Anja ihren Bericht, als sie am Sichtschutz, hinter dem die Leiche lag, angekommen waren.

„Moin, Peter. Na endlich ausgeschlafen? War wohl wieder eine harte Nacht", kam es von Klaus Marquart, der zusammen mit Sigurd Schmitz gebeugt über der Leiche kniete.

„Lass mal gut sein, Klaus, ich bin ja jetzt hier. Was haben wir denn hier Schönes?", fragte Peter und blickte auf die Leiche.

Hauptkommissar Klaus Marquart war siebenundvierzig Jahre alt, durch und durch Familienmann. Er war mittelgroß und das ruhige Leben in Emden hatte seine Spuren in Form von leichtem Übergewicht und einem sichtbaren Bauchansatz hinterlassen. Seine Frau verordnete ihm ständig irgendwelche Diäten, aber nichts half so richtig und, um ehrlich zu sein, er liebte einfach gutes Essen zu sehr. Klaus war seit fast zwanzig Jahren mit seiner Frau Ingrid, die er noch aus seiner alten Heimatstadt Oldenburg her kannte, glücklich verheiratet. Er hatte zwei Kinder, die sein ganzer Stolz waren, seinen siebzehnjährigen Sohn, Torben, und seine vierzehn Jahre alte Tochter, Marlene. Sie hatten vor zehn Jahren ein Haus in Borssum gekauft und die Familie mochte den fast noch ein wenig altdörflichen Charme dieses Stadtteils von Emden.

Klaus war kein Draufgängertyp, eher ein sehr zurückhaltender Mensch, der manchmal sogar etwas ängstlich wirkte. Er hatte keinerlei Ambitionen, was seine eigene berufliche Karriere anbelangte, und liebte seinen ruhigen Job bei der Emder Polizei.

Man sagte von ihm, dass er ein guter Kriminalist war, aber dass es für ihn auch immer nur Schwarz oder Weiß gab und er sich damit die Dinge oft etwas zu einfach machte.

Peter schätzte ihn, und Klaus Marquart war eine gute Ergänzung für sein Team. Er galt als ein akribisch arbeitender Kommissar, ein gewissenhafter Mensch und war absolut verlässlich. Er war immer gut für das Herausfinden von allen zugänglichen und oft auch unzugänglichen Informationen in einem Fall. Nichts konnte man vor Klaus verborgen halten, er fand immer alles heraus, besonders die Dinge oder Daten, die nicht gefunden werden sollten.

„Eine richtig scheußliche Sache, Peter", sagte Marquart und zeigte auf das halb fehlende Gesicht des Toten.

„Es handelt sich bei dem Toten, laut POK Meier, um einen gewissen Enno Folkerts, Stadtbaurat von Emden. Irgendjemand konnte den wohl nicht allzu gut leiden und hat ihm ins Gesicht geschossen. Es muss eine ziemlich großkalibrige Waffe gewesen sein, ich würde auf Kaliber neun Millimeter oder noch größer tippen. Der Schuss ist aus einem Gewehr oder aus einer Pistole aus nächster Nähe abgefeuert worden. So viel steht einmal fest, aber Genaueres wird uns die Gerichtsmedizin sagen, nicht wahr, Siggi?"

Damit endete Marquart seinen kurzen Bericht und klopfte Sigurd Schmitz auf die Schulter.

„Ja, ja, ihr Klugscheißer, gebt mir etwas Zeit und ich sage euch auch, wer der Mörder war, das Motiv, wo ihr ihn findet, und wenn gewünscht, nenne ich euch auch noch den Vornamen seiner Großmutter. Ihr könnt dann in aller Ruhe zurück in euer Büro gehen und weiter an euren teuren Schreibtischen pennen", spuckte es sarkastisch von Siggi zurück.

„Also alles, was ich bis jetzt sagen kann, ist Folgendes: Der Mord geschah gestern Nacht zwischen elf und Mitternacht, die genaue Todeszeit lässt sich nur schwer bestimmen, da die Leiche mehrere Stunden im kalten Wasser lag. Genaueres zur Todesursache und zur Todeszeit kann ich erst dann sagen, wenn ich die Leiche im Institut obduziert habe."

Sigurd Schmitz war fünfundfünfzig Jahre alt und von unscheinbarer Gestalt. Er war der Gerichtsmediziner der Stadt Emden und nach außen hin ein alter Griesgram, Sarkast und Zyniker, dem absolut nichts heilig war. In Wirklichkeit war er aber ein gutmütiger Mensch und ein treuer Ehemann. Er liebte seine Klara, klein und rund, wie sie war, über alles, was sich auch daran zeigte, das er Vater von sechs Kindern war. Sigurd kam ursprünglich aus der benachbarten Stadt Norden, war aber wegen seiner Frau und ihrer Familie vor mehr als fünfundzwanzig Jahren nach Emden gezogen. Er war gleichermaßen mit Leib und Seele Physiker wie Mediziner. Die Physik in der Rechtsmedizin wurde zu seiner Berufung und die physikalischen Probleme im Umfeld der Schussverletzung zu seinem Hobby. Sigurd hatte Anfang der achtziger Jahre an der Universität in Bonn erst einmal Physik und dann Medizin studiert. Er schrieb wissenschaftliche Arbeiten über Wundballistik, über die Geschichte der Feuerwaffen und ihrer Munition. Er war weltweit eine anerkannte Koryphäe und hielt unter anderem auch Vorlesungen auf internationalen, gerichtsmedizinischen Kongressen.

„Unsere Lordschaft ist heute Morgen etwas gereizt", klärte Marquart die anderen auf. „Seine liebe Klara hat ihm gestern wieder einmal eröffnet, dass sie schon wieder schwanger ist. Das wievielte Mal jetzt, Siggi, sechs oder sieben? Hast du eigentlich keinen Fernseher oder andere Hobbys?", Marquart lachte und alle anderen lachten mit ihm, und sogar Siggi stimmte ein, obwohl, wenn er an den weiteren Nachwuchs dachte, ihm nicht allzu sehr nach Lachen zumute war.

Nachdem sich alle wieder beruhigt hatten, sagte Peter und wischte sich dabei eine Lachträne aus dem Auge: „Mann, Klaus, wo holst du nur immer diese Sprüche her? Aber jetzt einmal Spaß beiseite. Ich denke. du kümmerst dich hier am besten vor Ort um die Spurensicherung und um die Befragung der Anwohner. Nimm dir die Kollegen von der Wache mit, geht von Haus zu Haus und fragt die Anwohner, ob jemand gestern Nacht etwas gehört oder gesehen hat.
   Anja und ich fahren inzwischen zur Frau von Folkerts, überbringen ihr die Nachricht vom Tod ihres Mannes und versuchen herauszufinden, wer ihm nach dem Leben trachtete.
   Siggi, du regelst die gerichtsmedizinische Untersuchung und siehst zu, dass ich den Bericht so schnell wie möglich auf dem Schreibtisch habe.
   Alles klar, noch Fragen? Dann los an die Arbeit."

Damit drehte Peter Streib sich um, lief zu seinem TR6, winkte Anja, ihm zu folgen, sie stiegen ein, und er fuhr mit ihr davon.

Die Rollenverteilung im Kommissariat war klar definiert. Er, Peter, traf die Entscheidungen, und alle waren froh, dass er es tat. Sie vertrauten ihm und seinem Ruf.

Es war nicht oft, dass in Emden ein Mord geschah, und vor allen Dingen nicht, dass dem Stadtbaurat von Emden das halbe Gesicht weggeschossen wurde.

Was zu dem Zeitpunkt aber noch keiner wusste oder ahnen konnte war, dass es nicht bei diesem einen Mord bleiben würde.

Kapitel IV

Im Auto auf dem Weg zurück in die Stadt zündete Peter sich erst einmal eine Zigarette an. Nach der schönen Strecke durch den Hammrich bis nach Uphusen, wo die Straße gut ausgebaut war, folgte die Wolthuser Straße. Peter fluchte über den schlechten Zustand der Straße.

Sein alter Triumph TR6 flog alle paar Meter über einen der zahlreich herausstehenden Gullydeckel, Bodenwellen oder eines der notdürftig geflickten Schlaglöcher. Bei jedem Gullydeckel oder Schlagloch schmiss es ihn und Anja hin und her im Wagen und Peter befürchtete, dass sein Wagen eventuell sogar Schäden davontragen würde. Er liebte seinen alten Triumph TR6, oder kurz auch Stag genannt, über alles und hasste es, wenn er ihn über schlechte Straßen quälen musste.

Auch wenn sich in der Presse und Literatur viel Ablehnung und Spott über den Stag wiederfinden, gilt der Stag heute als verkannte Größe, und der britische Rennfahrer Stirling Moss hält den Stag Achtzylinder sogar für einen der zehn besten britischen Sportwagen. Peter war egal, was die Leute über seinen Wagen sagten, er genoss immer wieder die sanfte Kraftentfaltung der 146 Pferdchen auf die Hinterachse und er fuhr am liebsten offen. Für ihn war es das ultimative Autofahren, mit dem Verdeck runter sich den Wind durch die Haare wehen zu lassen und den Himmel über sich zu sehen. Sein geliebter Stag war Baujahr 1975, und man kann guten Gewissens behaupten, schon ein richtiger Oldtimer. Wenn er nicht gerade in der Werkstatt war, was leider hin und wieder mal vorkam, war der Wagen einfach ein Traum zu fahren.

‚Rumms.', machte es, der Stag flog wieder über einen Gullydeckel und Peter fluchte laut. Die Straße, wenn man es denn noch eine Straße nennen konnte, bedurfte wirklich auf ihrer ganzen Länge dringend einer totalen Sanierung.

Er hatte vor Wochen in der Emder Zeitung gelesen, dass die Sanierung schon beschlossene Sache war, aber dass die Arbeiten auf eine

Dauer von über fünf Jahren ausgelegt waren. Fünf Jahre, sind wir denn im Mittelalter? Kein Wunder, dass der Stadtbaurat von Emden bei solchen Entscheidungen erschossen wurde, dachte er sich insgeheim.

Peter musste bei dem Gedanken über sein mögliches Motiv für Folkerts Ableben schmunzeln, fragte sich dann aber sofort allen Ernstes, wer wirklich ein Motiv haben könnte, Enno Folkerts ins Gesicht zu schießen und ihn auf so eine grauenhafte Art und Weise umzubringen.

Nun, das war seine Aufgabe, es herauszufinden, er war der Kommissar, und er schwor sich, er würde alles tun, um den Mörder seiner gerechten Strafe zuzuführen.

Er hing seinen Gedanken noch eine Weile nach und versuchte sich auf den Fall zu konzentrieren, aber alles in seinem Kopf kreiste um sein neues Umfeld in Emden.

Im kalten November letzten Jahres war Peter nach Emden in Ostfriesland gezogen und hatte ein Apartment im Hochhaus Schreyers Hoek mitten in der Innenstadt bezogen.

Er mochte die Wohnlage auf der Landzunge im Stadtzentrum und speziell den Ausblick von seinem Apartment auf den nächtlichen Hafen Emdens. Es war so ein zentraler Ort, in weniger als fünf Minuten war er zu Fuß in der Fußgängerzone und dem Emder Nachtleben. Ein Vorteil war auch, er brauchte nie ein Taxi, wenn er nachts nach einem Kneipenbummel, allein oder in Begleitung, zurück in seine Wohnung wollte.

Emden war geprägt von einer gemischten Kneipenlandschaft, nicht zuletzt wegen der hohen Arbeitslosigkeit. Irgendwo war immer etwas los und es gab für jeden Geschmack etwas. Da war das „Maxx" für die, die immer noch, so wie er, den Zigarettenrauch beim Biertrinken brauchten. Gegenüber lag die ewige „Kulisse", eine aus dem Viertel nicht wegzudenkende Traditionskneipe. Das „Mojito", eine Cocktailkneipe mit Latino-Speisekarte, lag gleich um die Ecke. „Sams Bistro" am Marktplatz, direkt neben der „Mozo-Disco". „Der Rettungsschuppen" und der „Manila Karaoke Pub" wiederum gegenüber davon. Nicht zu vergessen in der Bollwerkstraße das „Café Einstein" für die alternative Szene.

Daneben und dazwischen gab es noch viele weitere Kneipen, Cafés, Restaurants, Karaoke-Pubs und Bars, die aufzuzählen ein ganzes Buch benötigen würde, aber die alle in weniger als fünf Minuten zu Fuß im Stadtkern und von Peters Wohnung aus zu erreichen waren.

Der krönende Abschluss eines jeden gelungenen Kneipenbummels ist und bleibt aber für viele Emder das „La Grotta" bei Toni direkt am Delft. Dort treffen sich die übrig gebliebenen Nachtschwärmer, die auch um vier Uhr morgens noch nicht nach Hause gehen wollen und weiter machen, bis es hell wird oder Toni den Laden endlich dichtmacht.

Peter mochte seine nächtlichen Streifzüge durch die Kneipen. Man kannte ihn schon in einigen Kneipen, aber keiner wusste, was er beruflich machte. Er sagte immer nur, wenn man ihn denn überhaupt einmal fragte, dass er im öffentlichen Dienst tätig sei.

Die Ostfriesen aber fragen selten und kümmern sich meist nur um ihre eigenen Angelegenheiten.

Wenn Peter an Wochenenden frei hatte, fuhr er gerne mit seinem TR6 die Küste entlang nach Greetsiel und anderen kleinen Ortschaften am Deich und Wattenmeer. Er liebte das raue Klima und die frische Luft, hasste es aber auch, wenn er wie im November und Dezember wochenlang keinen blauen Himmel zu sehen bekam.

Ein paarmal hatte er auch einfach die Fähre nach Borkum, Norderney oder einer der anderen Ostfriesischen Inseln genommen und war den ganzen Tag bei Wind und Wetter am Strand spazieren gegangen.

Peter trank und rauchte viel, manchmal zu viel, und er nahm es auch nicht so genau damit, wen er dann nachts mit in seine Wohnung nahm. Hauptsache, die Frauen waren gut aussehend, willig und wollten so wie er einfach unkomplizierten Sex. Am Morgen danach schmiss er sie dann meistens ohne viele Worte zu machen wieder aus seiner Wohnung, oder sie gingen gleich von selbst. Peter fragte sie nie nach ihren Namen, es war ihm eh egal, wie sie hießen oder wer sie waren, und falls sie ihm doch ihren Namen nannten, vergaß er ihn sowieso gleich wieder.

Peter dachte immer noch zu oft an Lena, eigentlich dachte er ständig an sie, und er verfluchte sich insgeheim dafür. Die Staatsanwältin Lena Holtmann war der eigentliche Grund für seine Suspendierung und Strafversetzung nach Emden. Sie war seine große Liebe gewesen und eigentlich war sie es immer noch. Scheiß drauf, was solls, es ist eh vorbei und man kann die Zeit nicht zurückdrehen, dachte er sich. Er musste damit klarkommen, auch wenn es ihm schwerfiel. Er hatte Lena verloren, aber dafür immerhin noch seinen Job und Dienstgrad behalten, auch wenn es ihm sein altes gewohntes Umfeld und sein Leben in Hannover gekostet hatte.

Sein neuer Job in Emden hatte bisher wahren Urlaubscharakter, und außer einigen Einbrüchen, ein paar Körperverletzungen mit Raub und die übliche Kleinstadtkriminalität war Peter wenig gefordert. Er hatte sich an das geruhsame Leben gewöhnt und fühlte, dass er irgendwie lethargisch geworden war. Das hatte sich aber seit heute mit dem Mord an Enno Folkerts schlagartig geändert und er wusste nicht so recht, ob er darüber froh sein sollte.

Eins war ihm aber sofort klar gewesen, als er am Morgen den Toten gesehen hatte: Der Urlaub war jetzt vorbei und der eisenharte Bulle, als der er in Hannover bekannt gewesen war, in ihm wieder erwacht.

Anja und er hatten unterwegs nicht viele Worte gewechselt. Beide hingen ihren eigenen Gedanken nach, und Anja war, wie meistens, mit ihrem Handy beschäftigt und presste wie wild auf den Tasten herum.

Er konnte an ihrer Laune ablesen, dass sie wieder einmal Stress mit ihrem neuen Boyfriend hatte. Eigentlich hatte sie, seit er sie kannte, immer irgendwelchen Stress mit Männern, aber dieser neue Typ, das war eine ganz besondere Nummer, ein Harz-IV-Empfänger und einschlägig in der Emder Drogenszene bekannt.

Peter dachte sich, er müsste wirklich bald einmal ein ernstes Wort mit Anja wechseln und ihr zu verstehen, geben dass es ihrer Karriere nicht gerade guttäte, wenn sie vielleicht irgendwann mit der Drogenszene in Verbindung gebracht würde.

Die Fahrt vom Kleinen Meer zu der gepflegten Einfahrt des Hauses von Stadtbaurat Enno Folkerts in Constantia, oder auch Grachtenviertel der Stadt Emden genannt, hatte nur knapp fünfundzwanzig Minuten und zwei Zigaretten gedauert, als sie auch schon vor der Tür standen.

Die Polizeiwache hatte Anja die Adresse der Familie Folkerts per Funk auf der Fahrt übermittelt und es war das erste Mal, dass Peter in diesen Teil der Stadt kam.

Es sah alles so friedlich und rundherum gepflegt aus. Nirgendwo waren Graffiti oder abbruchreife Ruinen zu sehen. Es gab nur vorbildliche, verkehrsberuhigte Straßen, nirgendwo lag Müll herum und alle Häuser waren von wie manikürt wirkenden Rasenflächen und Gärten umgeben; eine richtig schöne heile Welt.

Wer hier wohnte, hatte es für Emder Verhältnisse geschafft, dachte sich Peter. Doch trotzdem ist einer von ihnen heute auf sehr grausame Weise umgebracht worden. War es etwa doch nicht die heile Welt hinter diesen gepflegten Zäunen, Gärten und Mauern?

Die breite hölzerne Designer-Haustür öffnete sich nach mehrmaligem Klingeln und eine schlanke, zierlich wirkende Frau Mitte vierzig stand vor ihnen. Sie trug eine bunte Schürze um ihre schmalen Hüften und war offensichtlich von Peter und Anja bei ihrer Hausarbeit gestört worden. In der linken Hand hielt sie ein Geschirrhandtuch und mit ihrer rechten, vom Spülwasser nassen Hand wischte sie sich noch schnell durch ihre kurz geschnittenen braunen Haare. Sie wirkte unsicher in ihren Bewegungen und hatte nicht mit irgendwelchen Besuchern gerechnet.

„Ja bitte?", fragte sie mit einem neugierigen und nervösen Blick.

„Moin", grüßte Peter nach ostfriesischem Brauch und zeigte ihr dabei seine Dienstmarke. „Mein Name ist Peter Streib und das ist meine Kollegin Anja Kappels. Wir sind von der Emder Kriminalpolizei. Sind Sie Frau Ute Folkerts und, wenn ja, dürfen wir bitte hereinkommen?"

„Ja, bitte kommen Sie rein. Was ist denn, ist etwas passiert? Ist irgendwas mit Enno oder den Kindern?", fragte Ute Folkerts mit plötzlich stockender, angsterfüllter Stimme.

„Frau Folkerts, wir müssen Ihnen leider mitteilen, dass Ihr Mann ermordet worden ist", kam es von Anja wie mit der Axt geschlagen trocken rüber, und bevor Peter irgendwie die Möglichkeit hatte zu reagieren, fiel Frau Folkerts einfach der Länge nach im Flur auf den Teppichboden.

„Anja, bitte, hättest du ihr die Nachricht vom Tod ihres Mannes nicht etwas feinfühliger herüberbringen können?", fragte Peter seine Kollegin mit vorwurfsvoller Stimme.

„Frau Folkerts, hallo, hören Sie mich?", fragte Peter und tupfte mit einem nassen Tuch, das er sich im anliegenden Badezimmer besorgt hatte, ihre Stirn.

„Ja, was ist denn passiert? Oh Gott, nein, das ist doch alles nicht wahr, Sie lügen, Enno ist nicht tot, das kann nicht sein, nein, nein, ich glaube Ihnen nicht", wimmerte sie, als sie wieder zu sich kam.

Ute Folkerts stand auf, lief ins Wohnzimmer, setzte sich auf die Couch, schlug die Hände vors Gesicht und fing an zu weinen.

Anja setzte sich neben sie und gab ihr ein Taschentuch, das sie aus ihrer Tasche zog.

Peter übernahm die Initiative und sagte: „Frau Folkerts, wir müssen Ihnen leider ein paar Fragen stellen. Geht es jetzt, oder sollen wir später noch einmal zurückkommen? Es würde unseren Ermittlungen aber sehr helfen, wenn wir so schnell wie möglich ein paar Antworten hätten, wo ihr Mann gestern Abend kurz vor Mitternacht noch war und was er so spät noch außer Haus gemacht hat."

Ute Folkerts, die sich wieder etwas gefasst hatte, blickte mit tränengefüllten Augen zu Peter rüber und antwortete mit weinerlicher Stimme: „Ich weiß es nicht, das kann ich Ihnen nicht sagen. Er bekam einen Anruf, so um zehn Uhr, und sagte, er hätte noch etwas zu tun. Er sagte mir, er müsste sich noch mit jemandem treffen und es sei wichtig, bevor er dann noch einmal wegfuhr."

„Ja haben Sie sich denn gar nicht darüber gewundert, dass er in der Nacht dann gar nicht mehr nach Hause kam?", fragte Anja verwundert.

„Nein, ich nehme oft Schlaftabletten wegen meiner Schlafstörungen und wir haben deshalb auch getrennte Schlafzimmer. Enno ist ein echter Frühaufsteher und meistens schon fort, wenn ich aufwache. Ich hatte mir nichts dabei gedacht, als er heute Morgen nicht da war, er ruft mich dann meistens so um zehn aus dem Büro an. Oh Gott, wie bringe ich es nur den Kindern bei? Sind Sie sicher, dass es sich nicht um einen anderen Mann handelt?", schluchzte sie.

„Hatte ihr Mann irgendwelche Feinde, Probleme, oder ist Ihnen zu Ihrem Mann in letzter Zeit anderweitig irgendetwas Ungewöhnliches aufgefallen?", hakte Peter nach.

„Nein, er hatte in letzter Zeit eigentlich immer gute Laune und wir waren alle sehr glücklich, er, die Kinder und ich ... Bitte, ich kann jetzt nicht mehr", brachte sie noch unter Tränen hervor.

Peter sah, dass die Frau am Ende war und es keinen weiteren Sinn ergab, die Befragung fortzuführen.

Er nickte Anja zu und sagte: „Es wäre gut, Frau Folkerts, wenn Sie Verwandte anrufen, die Ihnen jetzt zur Seite stehen können, und wir schicken Ihnen umgehend jemanden vorbei, der Ihnen hilft, es Ihren Kindern beizubringen. Später brauchen wir Sie noch für eine weitere Befragung und Sichtung von persönlichen Dokumenten und für weitere Formalitäten. Das kann aber jetzt erst einmal warten, wir melden uns wieder bei Ihnen. Nochmals unser herzlichstes Beileid, Frau Folkerts." Und mit diesen letzten Worten verließen er und Anja Kappels das Haus in dieser plötzlich nicht mehr ganz so heilen Welt.

„Was denkst du, was für ein Film hier abgeht? Sieht alles wie eine ganz normale Familie aus. Wer hat Interesse, einen Familienvater wie Folkerts auf eine so bestialische Art und Weise zu ermorden?", fragte Anja Peter im Auto auf dem Weg ins Polizeirevier am Emder Stadtbahnhof.

„Kann ich dir jetzt auch noch nicht sagen, aber ich habe ein mulmiges Gefühl im Bauch und das verheißt normalerweise nichts Gutes", antwortete Peter seiner Kollegin und fand in seinen Taschen endlich sein Feuerzeug, zündete sich eine Zigarette an und inhalierte gierig.

Peter hatte die Tür zum Revier noch nicht ganz hinter sich ins Schloss fallen hören, da stürmte auch schon der Polizeirat und Leiter der Dienststelle Emden, Ewald Theesen, auf ihn und Anja zu.
„Hauptkommissar Streib, was ist das für eine verfluchte Sauerei am Meer? Der Stadtbaurat Enno Folkerts, erschossen hier bei uns, das kann doch nicht wahr sein, oder?"
Man konnte Theesen seine Anspannung deutlich anmerken, er wirkte total nervös, gestresst und schien überfordert, wie immer, wenn etwas außerhalb der Routine passiert war.

Ewald Theesen war achtundfünfzig Jahre alt, verheiratet und hatte vier Kinder, drei waren schon erwachsen, und dann hatte er noch einen Nachzügler mit erst zwölf Lenzen. Er war nur eins siebzig groß, ziemlich unfit und mit mindestens dreißig Kilo Übergewicht, die ihn schwer atmen ließen. Das Gesicht war glattrasiert, er hatte eine Glatze und kleine, immer wachsame Augen, die unter einer Brille mit einem modischen silbernen Gestell glänzten. Theesen war seit neununddreißig Jahren im Polizeidienst, oft launenhaft, und nicht ganz unschuldig dafür waren seine Magengeschwüre, die er, wie er immer sagte, dem Job zu verdanken hatte.

Er galt aber als umgänglicher Chef, den seine Mitarbeiter respektieren und dem sie loyal zur Seite stehen. Er delegiert gerne schwierige Aufgaben an Untergebene und hat meistens damit ein gutes Händchen. Er mag es am liebsten, wenn es in seinem Revier ruhig und gemächlich zugeht und alles seinen gewohnten Gang geht. Mit schwierigen Entscheidungen zu treffen war er aber meist überfordert. und mit internen Problemen mochte er schon ganz und gar nicht gerne umgehen.

Heute war er aber wie ausgewechselt, wild um sich gestikulierend lief er neben Peter und Anja über den Flur zum Büro und bombardierte beide mit seiner unangenehmen, krächzend sich überschlagenden Stimme.

„Der Chef aus Leer, Polizeidirektor Lütjens, wird gleich hier sein und will einen sofortigen Bericht. Wo ist Marquart, ist der schon zurück? Hat er die Spurensicherung schon abgeschlossen? Gibt es irgendwelche Zeugen? Und wann bekommen wir den Bericht von dem Kriminaltechnischen Institut in Hannover? Gibt es schon irgendwelche brauchbaren Spuren oder Anhaltspunkte?"

„Nun mal ganz langsam und ruhig bleiben, Herr Polizeirat Theesen, wir können hier nicht hexen, und seien Sie doch so gut und veranlassen Sie erst einmal, dass der psychologische Dienst jemanden zur Familie Folkerts schickt. Und nun zu Ihren Fragen: Marquart ist noch am Meer mit der Anwohnerbefragung beschäftigt, und das kann, so wie er mir gerade am Telefon mitgeteilt hat, noch etwas dauern.

Die Spurensicherung hat bisher nichts weiter Brauchbares am Fundort der Leiche gefunden und wir können mit Sicherheit davon ausgehen, dass der Fundort der Leiche nicht gleichzeitig der Tatort ist.

Sigurd Schmitz, unser Gerichtsmediziner, hat noch nicht einmal die Leiche obduziert, und es wird einige Zeit brauchen, bis er den Toten im Institut gründlich untersucht hat.

Enno Folkerts wurde gestern Nacht mit einer großkalibrigen Waffe aus nächster Nähe erschossen, das steht schon mal fest, und sonst erst einmal gar nichts. Vor morgen wird da auch nichts Konkreteres zu erfahren sein."

Mit diesem Versuch, Theesen die Sachlage zu erklären, wendete sich Peter seinem Büro zu und zog erst einmal seine Jacke aus.

„Verfluchte Sauerei ist das, und das hier in Emden in meinem Revier", wiederholte sich Polizeirat Theesen.

„Und was soll ich dem Polizeidirektor Lütjens sagen? Dass wir nicht die leiseste Ahnung haben, was hier in unserer Stadt vor sich geht, und ein Mörder frei herumläuft, der unserem Stadtbaurat das halbe Gesicht weggeschossen hat?"

„Genau das, und wenn Polizeidirektor Lütjens noch weitere Fragen hat, schicken Sie ihn ruhig zu mir, ich kläre das dann schon mit ihm."

Mit diesen Worten ließ Streib seinen Vorgesetzten einfach stehen und winkte Anja Kappels, ihm ins Büro zu folgen.

„Wow, dem hast du aber Zunder gegeben und wie einen Schuljungen abgefertigt. Aber er hat es auch nicht besser verdient. Was glaubt der denn, was wir hier machen? Denkt der denn, dass wir hier vier Stunden nach der Tat ihm den Täter auf einem silbernen Teller präsentieren?", kam es bissig von Anja, als die Tür hinter ihnen ins Schloss gefallen war.

Peter gefiel Anjas Verärgerung und sie hatte damit ja auch absolut recht, aber sie hatte noch keine rechte Erfahrung mit der internen Politik der Polizei. Es war wie überall mit der Hackordnung im öffentlichen Dienst oder in der freien Wirtschaft: Den Letzten beißen wie immer die Hunde.

„Nun lass mal gut sein, Anja, der Theesen macht ja auch nur seinen Job, und wir wissen alle hier im Revier, dass dieser Mord eine Nummer zu groß für ihn ist", erwiderte Peter beschwichtigend. „Lass uns lieber anfangen, unseren Job zu machen, und besorge schon mal die Telefondaten vom Folkerts Handy, damit wir wissen, wen er denn so Wichtiges spät in der Nacht treffen wollte. Entweder war es noch ein geschäftlicher Termin oder vielleicht hatte er aber auch ein Verhältnis und wollte seine Geliebte treffen."

Anja nickte kurz, schwang sich auf ihren Schreibtischstuhl, nahm den Hörer vom Telefon und begann zu telefonieren.

Peter überlegte kurz und sagte: „Während du die Daten besorgst, gehe ich indessen einmal rüber in die Stadtverwaltung und versuche dort etwas über seine Arbeit in Erfahrung zu bringen. Eventuell wissen seine Kollegen etwas mehr als seine Frau. Du weißt ja, die Frauen erfahren es immer alle als Letzte."

Kapitel V

Peter lief den kurzen Weg vom Polizeirevier am Bahnhof bis zur alten Stadtverwaltung in der Ringstraße zu Fuß. Vorbei am alten Wasserturm, dem neuen Kinokomplex, das ein sehr gutes chinesisches Restaurant beherbergte, passierte er die Verwaltungsgesellschaft Emder Zeitung mbH und lief über den Burgplatz. Alles in allem brauchte er weniger als fünf Minuten bis zu seinem Ziel. Das war mit einer der Gründe, warum Peter die Stadt Emden mochte, sie war nicht so groß, sehr überschaubar und hatte einen gewissen Charme.

Mit nur circa fünfzigtausend Einwohnern war Emden eine Kleinstadt und lebte hauptsächlich vom VW-Werk. Weit mehr als zehntausend Einwohner waren direkt oder indirekt mit dem Automobilhersteller verbunden.

Früher hatte es noch die Werften wie die Thyssen Nordseewerke, Schulte & Bruns und Cassens Werft als große Arbeitgeber gegeben, aber die waren heute entweder geschlossen oder in Bedeutungslosigkeit für die Wirtschaft der Stadt versunken.

Emden zählte auch bis weit in die achtziger Jahre hinein mit zu einem der wichtigsten Erzumschlaghäfen der Welt, aber auch davon ist heute leider nichts mehr übrig geblieben. Die Anlagen und Kräne im Hafen sind fast alle verwaist und zum großen Teil schon verrottet.

Hingegen haben Windenergieanlagenhersteller wie Bard, Enova und Enercon in den letzten Jahren für neuen Aufschwung in der Region Ostfriesland gesorgt und auch neue Arbeitsplätze in Emden geschaffen.

Die Zeugen ihres Erfolges stehen in großer Zahl überall sichtbar auf Ostfrieslands Feldern und an den Deichen, wo die Rotoren der Windräder, angetrieben vom ständigen, nie abflauenden Wind, sich unermüdlich drehen.

Es gibt noch eine Reihe weiterer kleiner Unternehmen in der Stadt, vornehmlich im Bausektor, Maschinenbau und in der Lebensmittelindustrie, die das Rückgrat der heutigen Emder Wirtschaft bilden.

Und zu guter Letzt sind da noch durch die enge Hafenverbundenheit eine Anzahl von Schiffsausrüstungsbetrieben und anderen Werftzulieferern. Ein paar davon sogar auf der ganzen Welt erfolgreich in Navigations- und Kommunikationstechnik.

Dennoch ist die Arbeitslosenquote hoch in Emden und liegt mit mehr als neun Prozent über dem Bundesdurchschnitt.

Die Ostfriesen ertragen es mit ihrer stoischen Ruhe und nur wenige von ihnen verlassen, aufgrund ihrer sehr ausgeprägten Heimatverbundenheit, die Region. Es zieht die Ostfriesen nichts aus ihrer angestammten Heimat und nur sehr wenige verlassen Ostfriesland, um ihr Glück woanders zu finden.

Seit 1982 gibt es in Emden sogar eine Fachhochschule. Studenten von überall aus Deutschland kommen in die Stadt, und durch ihre sehr guten Absolventen hat sich die Fachhochschule mittlerweile auch einen exzellenten Ruf geschaffen.

Emden ist ein Gemisch aus Erfolg und Scheitern, Anfang und Ende, Hoffnung und Verlorenheit, Freude und Leid, das ehrliche Sinnbild für die Spiegelung eines realen Lebens.

Hier ist einfach alles Wirklichkeit ohne Beschönigung und Vorspiegelung falscher Erwartungen, und das war, was Peter an der Stadt am meisten mochte: ihre Ehrlichkeit.

Es wehte wieder einmal eine leichte Brise, irgendwie war es nie windstill hier an der Küste. Die gesunde Seeluft wehte einem fast ständig, mal mehr und mal weniger, um die Ohren. Peter hatte leichte Schwierigkeiten, im Wind sein Feuerzeug zu zünden, aber schließlich gelang es ihm doch, und vor der Stadtverwaltung angekommen, rauchte Peter erst noch eine Zigarette.

Anschließend ging er in das Verwaltungsgebäude und fragte sich durch bis zum Büro des Emder Verwaltungsvorstandes. Dort empfing ihn der Oberbürgermeister der Stadt Emden, Ulf Groonhagen, und sein Erster Stadtrat, Karl Heinz Stüber.

Man konnte den Herren die Erschütterung förmlich vom Gesicht ablesen und keiner der beiden hatte irgendeine Erklärung, was zum Tod von Enno Folkerts geführt haben könnte.

Enno Folkerts war ein beliebter Kollege gewesen, keine Affären, keine Alkoholprobleme oder sonstige negativen Auffälligkeiten.

Er war, wie sich der OB Groonhagen ausdrückte, ein absolut wahrer Familienmensch und hart arbeitender Mitarbeiter gewesen.

Peter sprach noch mit einigen anderen Kollegen von Enno Folkerts, aber er hörte immer nur das Gleiche, Folkerts war ein wahrer Mustermensch ohne „Macken" oder Tadel gewesen.

Auf dem Rückweg ins Kommissariat machte Peter noch einen Umweg ins „Maxx", um schnell einen Kaffee zu trinken, noch eine zu rauchen und sich von gegenüber im Subway ein Sandwich mitzunehmen.

Er hatte am Morgen zu schnell das Haus verlassen müssen, nicht einmal richtig gefrühstückt und er hatte einen Mordshunger. Wieso sagt man eigentlich Mordshunger?, fragte er sich, aber es passt zum Fall, schoss es ihm durch den Kopf.

Er lief die paar Meter von der Stadtverwaltung durch die Kirchstraße zur Großen Straße, durch die Lilienstraße und der Lookvenne, nochmals rechts und war dann auch schon beim „Maxx". Das Café lag direkt am Marktplatz und war früher unter dem Namen „Friesenhof" geführt worden. Im Sommer spielten hier oft Livebands direkt vor der Tür an der Tonne, und man hatte ihm schon erzählt, es war dann immer eine gute Atmosphäre während der Konzerte in der Stadt. Peter freute sich schon auf den Sommer, um selber dann die Bands zu hören. Es gab für Peter nichts Besseres als Livemusik, den Qualm von Zigaretten und ein paar Bier dazu.

Als er im „Maxx" an der Theke saß, kreisten seine Gedanken andauernd um den Mord und das Opfer. Peter hatte bisher nicht viele Ansatzpunkte und setzte seine Hoffnung auf die Telefondatenauswertung von Folkerts' Handy. Vielleicht brachte die ja etwas zum Vorschein. Marquart war auch noch nicht zurück vom Meer und eventuell hatte er etwas in Erfahrung gebracht, was in dem Fall weiterhelfen könnte. Irgendwer musste einen triftigen Grund gehabt haben, Enno Folkerts umzubringen. Wer war der nächtliche Anrufer gewesen? Fragen, aber keine Antworten, noch nicht.

„Moin, Peter. Na alles gut?", begrüßte ihn Natalie von hinter der Theke und riss ihn aus seinen Gedanken. Peter mochte Natalie und die anderen immer sehr freundlichen Bedienungen vom „Maxx". Alle kannten ihn mittlerweile schon und er war Stammgast geworden.

„Alles gut", war seine Antwort, obwohl überhaupt nichts gut war und es ihn verrückt machte, dass Enno Folkerts der absolute Idealmensch gewesen zu sein schien, dem niemand etwas Böses will, aber der nun trotzdem auf dem Leichentisch bei Siggi lag.

Es war noch relativ früh im Fall und er dachte an das Statement von Anja, als Ewald Theesen ausgeflippt war. Alles braucht seine Zeit, so auch die Aufklärung eines Mordes.

Das alles konnte er aber Natalie nicht mitteilen und er zwang sich zu einem Lächeln, trank in aller Ruhe seinen Kaffee, zahlte und holte sich vom Subway gegenüber sein Sandwich.

Wieder im Büro angekommen, kam Anja gleich auf ihn zugeschossen, hielt in der rechten Hand ein Blatt Papier hoch, das sie mit einem triumphierenden Ausdruck im Gesicht hin und her wedelte.

„Wir haben den Anrufer, oder besser gesagt, wir haben die Telefonzelle, aus der ein Anruf um kurz vor zehn kam. Es war eine Telefonzelle direkt am Marktplatz, leider wissen wir aber nicht, wer der Anrufer war. Aber, noch interessanter, wir haben ein paar SMS vom Nachmittag, wo Folkerts sich noch mit Heinrich Klaasen, dem Bauunternehmer, für elf Uhr abends verabredet hat. Aber bevor du gleich wieder losrennst, der Chef will dich in seinem Büro sehen, und zwar sofort."

Peter verdrehte die Augen, verließ den Raum und begab sich übers Treppengebäude zum Büro von Theesen eine Etage höher.

Auf dem Flur begegnete ihm Klaus Marquart, der aber auch nicht mit neuen Erkenntnissen aus der Befragung der Meerhausanwohner oder sonstiger Zeugen, die etwas gesehen haben, aufwarten konnte.

Im Büro von Ewald Theesen erwartete ihn schon voller Ungeduld Polizeidirektor Joann Lütjens aus Leer, und Theesen empfing ihn gleich ziemlich aufgeregt mit seiner aufgesetzten autoritären Art mit den Worten: „Wo waren Sie denn so lange, Streib? Die ganze Stadt ist schon in Aufruhr und die Presse sitzt uns seit Stunden mit tausend Fragen im Nacken.

Die Staatsanwaltschaft in Aurich hat sich der Sache bereits angenommen und unser Herr Hauptkommissar Streib ist einfach verschwunden und nirgendwo aufzufinden."

„Nun lassen Sie den Hauptkommissar Streib doch erst einmal zu Wort kommen, Theesen", kam es von Polizeidirektor Johann Lütjens.

„Erzählen Sie doch mal, Herr Hauptkommissar Streib, was haben wir denn bis jetzt? Sie können sich ja selber denken, dass so ein Mord an einer hochgestellten Persönlichkeit wie dem Stadbautrat von Emden ganz schön Staub aufwirbelt. Wir müssen der Presse und den Bürgern umgehend etwas mitteilen, was uns nicht ganz so inkompetent dastehen lässt. Wir benötigen einen Erfolg, und zwar schnell.

Die neue Oberstaatsanwältin aus Aurich ist übrigens auch schon auf dem Weg nach Emden und wird in Kürze eintreffen. Sie soll eine ganz „Scharfe" neue Oberstaatsanwältin aus Hannover sein, der Typ ohne viel Wenn und Aber, wenn Sie wissen, was ich damit meine."

Peter überkam ein komisches Gefühl und Kribbeln im Bauch, als er von einer neuen Oberstaatsanwältin aus Hannover hörte. Nein, wischte er sofort den Gedanken weg, das kann gar nicht sein, nicht Lena. Du siehst schon Gespenster, dachte er weiter und versuchte sich auf seine Antwort zu konzentrieren.

„Bis jetzt haben wir so gut wie gar nichts und wir tappen noch völlig im Dunkeln. Das ist aber auch erklärlich, da wir ja auch erst am Anfang unserer Ermittlungen stehen.

Ansonsten haben wir keine Tatwaffe, keinen direkten Tatort, aber wir sind mit allen verfügbaren Ressourcen dabei, nach einem möglichen Motiv für den Mord zu suchen und natürlich den Täter zu finden.

Ich habe das alles Theesen, Entschuldigung, Herrn Polizeirat Theesen, schon vor zwei Stunden gesagt.

Zu meinem Verschwinden ist zu sagen, ich komme gerade zurück von der Stadtverwaltung, wo ich den Emder Oberbürgermeister und einige seiner Kollegen aus dem Stadtrat zu Folkerts Arbeits- und Privatleben befragt habe. Leider ist bei der Befragung nicht allzu viel herausgekommen, außer dass Folkerts scheinbar ein richtiger Musterknabe gewesen war.

Der „Musterknabe" wurde uns auch von seiner Ehefrau, Ute Folkerts, bestätigt, die Polizeikommissaranwärterin Anja Kappels und ich als Erste besucht und über den Tod ihres Mannes informiert haben.

So weit es in der Situation möglich war, haben wir auch mit Frau Folkerts eine erste Befragung durchgeführt.

Wenn man all den Aussagen der Leute Glauben schenken darf, hatte Enno Folkerts keinerlei Probleme, weder in finanzieller noch in familiärer Hinsicht.

Des Weiteren hatte er laut Aussagen seiner Frau und seiner Kollegen auch keine Feinde gehabt, zumindest keine, die ihm nach dem Leben trachteten.

Hauptkommissar Marquart ist gerade vom Kleinen Meer zurückgekommen und arbeitet an den Berichten der Spurensicherung.

Die Befragungen der Anwohner durch Hauptkommissar Marquart und den Kollegen der Wache haben bis jetzt auch nicht viel gebracht und müssen noch detailliert nach irgendwelchen Hinweisen ausgewertet werden.

Neu ist aber, dass wir schon in Erfahrung gebracht haben, mit wem sich Enno Folkerts für gestern Abend noch so spät verabredet hatte.

Auf seinem Handy haben wir Informationen gefunden, dass er mit einem Mann namens Heinrich Klaasen um elf Uhr noch einen Termin hatte.

Er wurde aber vorher von einem Unbekannten, vermutlich seinem Mörder, um zehn Uhr angerufen und hat danach, laut Aussage seiner Frau, das Haus sofort verlassen.

So, meine Herren, falls sie keine weiteren Fragen haben, würde ich jetzt gerne meine Arbeit machen und dem Herrn Heinrich Klaasen einen Besuch abstatten."

Mit diesen abschließenden Worten erhob sich Peter, und nachdem keine Einwände folgten, verließ er das Büro seines Chefs.

Wieder bei seinem Team eine Etage tiefer wusste Peter genau, was er als Nächstes zu tun hatte.

Er registrierte, dass Klaus Marquart ziemlich erschöpft aussah, und da Peter immer um das Wohlergehen seines Team besorgt war, sagte er: „Klaus, hol dir mal erst einmal was zu essen und einen Kaffee, du siehst ja total fertig aus. War wohl kein Zuckerschlecken mit den Anwohnern am Meer, oder? Wenn du dich erholt und was gegessen hast, sei doch so gut und finde mal alles über den Bauunternehmer Heinrich Klaasen raus. Wo gibt es eine Verbindung zu Folkerts usw.?

Ich will alles wissen, du weißt schon, das Übliche, volles Profil bis hin zur Farbe seiner Unterwäsche und wen er letzte Woche gevögelt hat.

Anja, du und ich, wir wollen dem guten Herrn Klaasen schon einmal einen kleinen Besuch abstatten, um mal zu hören, was es denn so Wichtiges mit Folkerts zu später Stunde noch zu besprechen gab."

Klaus Marquarts wurde erst als Peter es sagte, so richtig bewusst, wie ausgepumpt und hungrig er doch war.

„Mach ich, Peter, ich stärke mich erst mal, und dann werde ich schauen, was ich alles über diesen Heinrich Klaasen rausfinden kann. Langt dir, wen er gevögelt hat, oder willst du auch wissen, in welchen Stellungen?" Er grinste breit in Peters Richtung und der musste unwillkürlich zurückgrinsen.

Anja schüttelte nur den Kopf über den indirekten männlichen Chauvinismus ihrer Kollegen, war aber gleichzeitig auch etwas amüsiert über die Antwort von Klaus.

Vom Polizeirevier am Hauptbahnhof Emdens war es nur eine kurze Fahrt bis zur Dithmarscher Straße, wo sich Büro und Bauhof der Firma Klaasen & Sohn in einem Industriegebiet befanden.

Es handelte sich bei dem Bürogebäude um einen sehr prunkvollen, nach Peters Geschmack fast protzig wirkenden Neubau mit hellgrauer Fassade, viel Glas und einem großen Innenhof.

Auf dem Parkplatz vor dem Gebäude und speziell für die Firmenleitung ausgewiesen standen dann auch passend zum Prunkbau ein dunkelblauer Mercedes 300 SEL und ein knallroter Ferrari 488 GTB.

„Nicht schlecht, denen muss es ja ziemlich gut gehen bei dem Prunkbau und wenn sie sich solche Autos leisten können", kam es lapidar und mit einem leicht neidischen Unterton von Anja.

Peter parkte seinen Stag direkt neben dem Ferrari und zündete sich erst einmal in aller Ruhe eine Zigarette an.

Er ließ dabei seinen Blick über den Bauhof wandern und sah aus den Augenwinkeln auch, dass man sie durch die Bürofenster beobachtete.

„Keine voreiligen Schlüsse, meine liebe Anja, warten wir lieber ab, was Klaus uns später über die Besitzverhältnisse der Klaasens zu berichten hat. Du hast aber natürlich recht damit, dass es hier ganz schön nach Geld riecht, oder eventuell auch stinkt. Oft sind solche Firmen aber mehr Schein als Sein und die Autos alle nur geleast.

Hier scheinen sie aber wirklich hart zu arbeiten, Freitag noch um sechs Uhr im Büro, das findet man eher selten heutzutage. Na dann mal los, auf in die Höhle des Löwen!"

Peter schmiss seine Kippe in den Aschenbecher an der Eingangstür und ging mit Anja auf die hübsche junge Frau an der Rezeption zu.

„Guten Tag, wir sind von der Kriminalpolizei Emden, Hauptkommissar Streib und Polizeikommissaranwärterin Kappels, wir würden bitte gerne Ihren Chef, Herrn Heinrich Klaasen, sprechen", machte es Peter diesmal sehr förmlich.

Die Empfangsdame begrüßte Peter und Anja freundlich mit den Worten, dass Herr Klaasen sie schon erwarten würde, und führte sie alsdann ohne weitere Umschweife sofort in das Büro des Firmenbesitzers.

Das Büro war genau wie das ganze Gebäude in einem sehr modernen Stil mit viel Chrom und Glas ausgestattet. Neben einem wuchtigen gläsernen Designerschreibtisch vor einer großen Fensterfront stand eine schwarze Ledergarnitur mit zwei passenden Clubsesseln und einem niedrigen schwarzen Tisch. Eine der Wände war mit Aktenschränken vollgestellt und an den anderen Wänden hingen Bilder von Wohnanlagen und einige persönliche Familienfotos.

Hinter dem wuchtigen Schreibtisch saß ein etwa siebzig Jahre alter Mann mit grauem Haar, von großer Gestalt, der Autorität und Ruhe ausstrahlte. „Guten Tag, die Herrschaften, nehmen Sie doch Platz. Mit wem habe ich die Ehre und was kann ich für Sie tun?", begrüßte sie Heinrich Klaasen mit fester Stimme, die klang, als wäre sie es gewohnt, Befehle zu erteilen.

Peter entging aber nicht, dass ein nervös wirkender Unterton mitschwang und Klaasen doch nicht so ruhig war, wie es zunächst den

Anschein hatte. Peter und Anja nahmen in den Clubsesseln Platz und Peter stellte Anja und sich vor.

„Guten Tag, Herr Klaasen, wir sind von der Kriminalpolizei Emden. Mein Name ist Hauptkommissar Peter Streib und das hier ist meine Kollegin Kommissaranwärterin Anja Kappels. Da wir von Ihrer Empfangsdame erfahren haben, dass Sie uns schon erwartet haben, nehme ich an, Sie wissen auch, warum wir hier sind. Wie Sie eventuell schon erfahren haben, ist Herr Enno Folkerts, der Stadtbaurat der Stadt Emden, heute Morgen erschossen an der Hieve aufgefunden worden. Wir möchten Sie gerne zu Ihrem gestrigen Treffen mit Herrn Enno Folkerts befragen.

Es besteht durchaus die Möglichkeit, das Sie der Letzte waren, der Herr Folkerts noch lebend gesehen hat."

Heinrich Klaasen wusste natürlich ganz genau, warum die Polizei bei ihm auftauchte, und ihm war auch klar gewesen, dass sie über kurz oder lang von dem Termin erfahren würden. Er hatte genug Krimis gelesen, um von Telefondatenauswertung zu wissen.

„Natürlich, Herr Kommissar, aber es tut mir sehr leid, dass ich Sie da enttäuschen muss, unser Treffen hat leider nicht mehr stattgefunden. Herr Folkerts ist nicht zu unserem vereinbarten Termin um elf Uhr erschienen. Den Grund dafür kann ich Ihnen leider auch nicht nennen, aber jetzt macht natürlich sein unerwartetes Fernbleiben mehr Sinn. Ich hatte an dem Abend noch circa eine Stunde im „Cherie Club" an der Nesserlander Straße auf Herrn Folkerts gewartet und bin dann so um Mitternacht alleine nach Hause gefahren. Sie können meine Angaben gerne überprüfen, Charline, die Besitzerin vom „Cherie Club", wird Ihnen das sicher bestätigen."

Peter wusste jetzt schon, dass die Angaben zu hundert Prozent stimmten und eine Überprüfung zu dem gleichen Ergebnis führen würde.

Heinrich Klaasen war ein sehr vorsichtiger Mann, der nichts dem Zufall überließ, und es ärgerte Peter. Er mochte diesen kalkulierenden, sich überlegen fühlende, „Mister Großkotz" Typ nicht, und schon gar nicht, wenn er sich dabei vorgeführt vorkam.

Er wollte Klaasen provozieren und legte einen Gang zu.

„Das werden wir, Herr Klaasen, darauf können Sie sich verlassen. Wir überprüfen alles, aber eine Frage stellt sich für uns noch: Warum wollte der Stadtbaurat Folkerts Sie so spät am Abend noch treffen?

Kam es öfter vor, das Sie den Stadtbaurat der Stadt Emden nachts in einer Bar treffen? Ist das nicht, sagen wir einmal, ein unüblicher Ort für ein Treffen mit einem Stadtbaurat, wenn man ein Bauunternehmer ist, der mit der Stadt Geschäfte macht?"

Heinrich Klaasen war es nicht gewohnt, dass jemand in so einem Ton zu ihm sprach, und er wurde merklich ungehalten.

„Ich weiß nicht, worauf Sie abzielen, Herr Kommissar Streib, aber mir gefällt Ihr Ton nicht. Ich kannte Herrn Folkerts viele Jahre geschäftlich wie persönlich und sein Tod geht mir sehr nahe.

Er wollte mir etwas Dringendes mitteilen, ich kann Ihnen aber nicht sagen, um was es sich dabei handelte, und wo und wann ich meine Freunde treffe, geht Sie gar nichts an.

Ich denke, dass unser Gespräch hiermit beendet ist, falls Sie keine weiteren Fragen haben."

Peter und Anja standen auf. Peter fühlte eine innere Genugtuung darüber, dass er Heinrich Klaasen etwas aus der Fassung gebracht hatte, und er antwortete ihm in einem trockenen, sachlichem Ton: „Danke, Herr Klaasen, für den Moment haben wir keine weiteren Fragen. Ich wünsche Ihnen noch ein geruhsames Wochenende, und falls wir doch noch Fragen haben sollten, wissen wir ja, wo wir Sie finden."

Damit war die Befragung beendet. Peter gab Anja einen Wink und beide verließen das Büro von Heinrich Klaasen.

An der Rezeption beim Hinausgehen stand ein junger Mann, circa Ende dreißig, gut aussehend, Hugo-Boss-Businessanzug, Bruno-Magli-Schuhe, und es sah so aus, als ob er auf Anja und Peter gewartet hätte.

„Guten Tag, Klaasen, Benjamin Klaasen", stellte er sich vor und wirkte dabei wie ein stolzer Schuljunge, der vor seinen Klassenkameraden mit seiner Herkunft angibt.

„Sie sind von der Kriminalpolizei, hat mir unsere Rezeptionistin erzählt. Geht es um den Toten am Kleinen Meer? Darf ich erfahren, was Sie von meinem Vater wollten? Sie glauben doch nicht im Ernst, dass mein Vater etwas mit dem Tod von Enno Folkerts zu tun hat?"

Peter wechselte mit Anja einen kurzen Blick. Peter war es nicht gewohnt, dermaßen ausgefragt zu werden, sondern war sonst immer derjenige, der die Fragen stellte.

„Nein, Herr Klaasen, alles nur eine reine Routinebefragung", antwortet ihm Peter in einem versöhnlichen Tonfall, der anzeigen sollte, dass alles in Ordnung war.

Er schaltete aber sofort im nächsten Moment um mit einer unschuldig gestellten Frage, die nicht ganz so unschuldig gemeint war.

„Wie sieht es denn mit Ihnen aus? Kannten Sie denn den Herrn Folkerts näher oder persönlich?"

Benjamin Klaasen wirkte sofort abwehrend und man konnte merken, die Frage war ihm sichtlich unangenehm.

„Nein, nein, ich kannte Folkerts nur von den gelegentlichen Geschäften, die unsere Stadt mit der Firma tätigt. Wie das nun mal so ist im Business, das verstehen Sie doch, oder?"

Peter nickte Klaasen kurz zu und antwortete ihm darauf im Vorbeigehen zur Ausgangstür: „Ja, ich denke, das verstehen wir sehr gut. Guten Tag, Herr Klaasen."

„Komische Leute, die Klaasens, irgendwas stimmt da nicht", kommentierte Anja auf der anschließenden Rückfahrt ins Kommissariat.

Peter stimmte ihr zu, und Anja und er waren sich einig darüber, dass die mehr wussten, als sie zugaben.

„Vielleicht hat Marquart in der Zwischenzeit etwas herausbekommen, das Licht ins Dunkel wirft", dachte Peter laut und fühlte sich dabei irgendwie ausgelaugt, wie ein Hundert-Meter-Läufer der immer noch im Startblock stand, wenn das ganze Feld schon längst durchs Ziel gelaufen war.

Im Büro angekommen, fehlte von Marquart jegliche Spur, aber auf Peters Schreibtisch befanden sich alle Protokolle zur Anwohnerbefragung und die Auswertung der Spurensicherung, die absolut gar nichts ergeben hatte. Außerdem befand sich eine dicke Akte über die Familie Klaasen und deren Firma auf seinem Schreibtisch. Darauf war ein Zettel geheftet, auf dem stand, in alter Trappatoni-Manier: „Ich habe fertig, Flasche leer", und weiter noch: „Geht nach Hause, Kollegen, habt ein Leben."

Erst jetzt wurde Peter bewusst, dass es schon fast acht Uhr abends war, und Anja sah auch nicht gerade so aus, als wenn sie noch eine Nachtschicht überstehen würde.

„Geh nach Hause, Anja. Morgen ist auch noch ein Tag", ließ er sie wissen, und nur zu bereitwillig kam ihre Antwort: „Okay, Chef, bis morgen dann, und du mach selber auch nicht mehr so lange."

Sie nahm ihre Handtasche, die Jacke von ihrem Schreibtischstuhl und mit einem kurzen Winken war sie auch schon aus der Tür raus.

Peter öffnete das Fenster neben seinem Schreibtisch, steckte sich erst einmal wieder eine Zigarette an und blies den Qualm in die kühle Abendluft.

Dann nahm er sich die Akte vor, die ihm Klaus Marquart über die Klaasens zusammengestellt hatte, und begann zu lesen.

Heinrich Klaasen, siebenundsechzig Jahre alt, hatte einen Sohn und war seit zehn Jahren verwitwet.

Seine Frau Astrid war 2005 bei einem Autounfall auf Mallorca ums Leben gekommen. Die genaue Ursache des Unfalls wurde nie geklärt und ist bis heute ein Rätsel.

Die Ehe der Klaasens war zerrüttet gewesen und Freunde von Frau Klaasen wussten zu berichten, dass sie die Wörter Trennung und Scheidung in letzter Zeit vor ihrem mysteriösen Tod ihnen gegenüber öfter erwähnt hatte.

Eine Lebensversicherungssumme in mehrfacher Millionenhöhe, die der damals hochverschuldete Heinrich Klaasen für das Ableben seiner Frau kassierte, rettete sein Unternehmen vor dem Bankrott.

Spekulationen, dass er für den Tod verantwortlich war, sind niemals abgerissen, aber man konnte ihm nichts nachweisen.

Er war mit achtzig Prozent Anteilen der Mehrheitseigner des Bauunternehmens Klaasen & Sohn.

Er war ein sehr wohlhabender Mann und besaß mehrere Immobilien. Sein privates Vermögen wird auf circa vierzig Millionen Euro geschätzt.

Er gilt als erfolgreicher, aber auch rücksichtsloser Unternehmer, der es mit dem Gesetz nicht ganz so genau nimmt und der auch schon das eine oder andere Mal durch dubiose Geschäftspraktiken der Justiz aufgefallen war. Die Steuerfahndung und auch die Abteilung für Korruptionsdelikte hatten in der Vergangenheit schon öfter gegen ihn ermittelt, aber bisher jedes Mal erfolglos.

Sein Sohn Benjamin Klaasen, achtunddreißig Jahre alt, arbeitet in der Firma seines Vaters, hält zwanzig Prozent der Firmenanteile und spielt dort zwar den Juniorchef, hat aber letztendlich nichts zu sagen.

Der Vater hält ihn für einen Versager und lässt ihn das auch in der Öffentlichkeit immer wieder spüren. Heinrich Klaasen hat sogar einmal bei einer Betriebsfeier vor allen Leuten gesagt, sein Sohn hätte keine Eier und seine Frau nicht im Griff, denn sonst wäre er schon lange Großvater geworden.

Benjamin Klaasen ist seit sieben Jahren mit Marion Klaasen, geborene Sandeck und zweiunddreißig Jahre alt, verheiratet. Genau wie er kommt sie aus einem reichen Haus und beide leben im großen Stil. Sie besitzen neben einem teuren Landhaus am Stadtrand von Emden mehrere Luxusautos, wie Ferrari, Porsche, Land Rover, und eine Finca auf Majorca. Sie teilen ihre Hobbys wie teure Reisen und Fliegen.

Beide haben seit einigen Jahren einen Privatpilotenschein und können auch eine Cessna 172 ihr Eigentum nennen. Die Ehe ist kinderlos und wirkt nach außen hin glücklich. Die Gerüchteküche berichtet aber von vielen Streitereien, Drogenkonsum und von wiederholtem Ehebruch war die Rede. Marion Klaasen kommt ursprünglich aus Hamburg, hasst Emdens Kleinbürgertum und nutzt jede freie Gelegenheit, nach Hamburg zu fliegen, um dort mit ihren Freunden vom Jetset sich unter anderem auch ihrer Kokainsucht hinzugeben.

Ben, wie ihn seine Freunde nennen, geht gerne ins Spielkasino Bad Zwischenahn und spielt dort mit großen Einsätzen und nicht immer sehr erfolgreich, wie man sagt. Er soll bei nicht sehr freundlichen Leuten hohe Spielschulden haben und sein Vater hätte ihm den Geldhahn abgedreht, munkelte man.

Er las weiter, dass sich das Unternehmen Klaasen & Sohn seit Kurzem als Investor für eine Feriensiedlung und Hotelanlage an der Hieve betätigte und es dort große Spannungen mit einer neu gegründeten Bürgerinitiative gab. In der ersten gestrigen Stadtratssitzung wurde das Projekt von Enno Folkerts als amtierender Stadtbaurat stark befürwortet und unter großem Protest der Bürger zur weiteren Analyse und Planung vom Stadtrat abgesegnet.

Laut Bericht hatten sich tumultartige Szenen im Stadtsaal abgespielt und es wurden sogar Morddrohungen seitens der Protestler ausgerufen.

Im Zusammenhang mit den Morddrohungen wurden besonders die Namen von zwei Protestlern, ein gewisser Franz Aalhus und ein Ralf Gerken, als die, die am lautesten gedroht hatten, erwähnt.

Na wenn das man kein Zufall ist, dachte sich Peter und nahm sich vor, da mal etwas tiefer im Dreck zu graben und die Familie Klaasen sowie die Bürgerinitiative etwas genauer zu durchleuchten.

Kapitel VI

Mittlerweile war schon fast elf Uhr abends geworden, als Peter endlich das Polizeirevier verließ. Er fühlte sich ziemlich durch und ausgelaugt von den Anstrengungen des Tages. Er zündete sich beim Hinausgehen noch eine Zigarette an, stieg in seinen TR6 und fuhr die kurze Strecke vom Präsidium zu seiner Wohnung. In den letzten Monaten hatte sein Zigarettenkonsum stark zugenommen, er rauchte zu viel, speziell seit er Stress mit Lena hatte. Peter war ein Stressraucher, je mehr Stress, je mehr Zigaretten rauchte er.

Er parkte seinen Wagen immer in einer angemieteten Garage in einer Seitenstraße in der Nähe zu seiner Wohnung. Nachdem er den Wagen geparkt hatte, lief Peter die paar Schritte von der Garage zu seiner Wohnung.

Es war eine laue, nicht allzu kalte Mainacht und die Luft roch angenehm nach frischem Gras, ausschlagenden Bäumen, jungen Krokussen und der salzigen Seeluft.

Im Flur des einzigen Hochhauses am Schreyers Hoek, als ob sie auf ihn gewartet hätte, begegnete ihm zur späten Stunde noch seine Nachbarin Frau Schmidt. Wie immer, wenn sie ihn sah, erinnerte sie ihn freundlich, aber bestimmt, an seinen monatlichen Treppenputzdienst.

Er versprach ihr, sich darum zu kümmern, blickte auf den makellos sauberen Treppenaufgang und fragte sich insgeheim: Warum putzen, wenn alles immer so sauber ist? Nichtsdestotrotz vermerkte er es in seinem Kalender, der neben der Eingangstür in seinem Flur hing.

Peter hatte eine Putzfrau, die ihm wöchentlich einmal die ganze Wohnung putzte und auch seine Wäsche bügelte. Damit der Hausfrieden gewahrt bleibt, würde er sie anhalten, diesen Monat auch den Flur zu wischen.

Die schöne Luft draußen animierte Peter, noch eine Runde zu laufen. Er brauchte diesen Ausgleich von der Arbeit und er wollte sich vor dem Schlafengehen noch mal so richtig auspowern. Die Illusion, dass er damit seine Lunge einer Reinigung vom Rauchen unterzieht, war ein weiterer Grund. Er zog sich noch schnell sein Lauf-Outfit an und freute sich schon auf den Lauf. Eine weite dunkle Trainingshose, ein dickes warmes Sweatshirt mit Kapuze, seine alten Laufschuhe und ein Handtuch, das er sich um den Hals legte, war alles, was er dafür brauchte.

Laufen half ihm beim Denken, um sich den Kopf freizulaufen, wie er immer sagte. Speziell, wenn er an einem schwierigen Fall arbeitete, der irgendwie in einer Sackgasse schien.

Meistens lief Peter von seiner Wohnung am Schreyers Hoek über die Faldernbrücke zum Roten Siel, von dort auf die Wallanlagen, vorbei an der Roten Mühle bis zur Neutorstraße, und so tat er es auch heute.

An der Neutorstraße angekommen kehrte er meist um und lief auf dem unteren Teil der Wallanlagen am Stadtgraben wieder zurück Richtung Kesselschleuse und dann am Falderndelft entlang zu seiner Wohnung. Das war seine sogenannte kleine Runde. Manchmal, wenn ihm danach war und er Zeit hatte, lief er aber auch seine große Runde, die ihn dann den ganzen Wall entlang bis zur Boltentorstraße und von dort über den Marktplatz, Rathausplatz wieder zurück zu seiner Wohnung führte.

Da es heute schon so spät geworden war, fast halb zwölf, hatte er sich für die kleine Runde entschieden.

Der Mai hatte zwar noch nichts richtig Sommerliches an sich, aber zum Laufen war die Temperatur ideal. Die Nacht war klar und kühl und die Luft frisch, genau wie Peter es mochte.

Die Straßen waren ruhig und leer und die Stadt war im Begriff, schlafen zu gehen. Hinter nur noch wenigen Fenstern brannte Licht oder konnte man das Flimmern eines Fernsehers sehen.

Auf dem Emder Wall, einer frühzeitlichen, um den inneren Stadtkern gelegenen Stadtbefestigung und heute für die Bewohner eine erholsame Grünanlage, war der Geruch der frischen Natur und der ausschlagenden Bäume besonders intensiv. Peter mochte diesen Geruch, er hatte ihn noch nirgendwo so wahrgenommen wie hier in Emden. Es musste, dachte er sich, irgendwie mit der salzigen Seeluft zusammenhängen.

Diese einzigartige Kombination brachte sogar bei ihm, dem alten Raucher, den Geruchssinn zum Jubilieren.

Peter kam zügig voran, machte gute Zeit und trotzdem war sein Lauf nicht zu schnell. Peter lief rhythmisch ausgewogen und seine Herzfrequenz pendelte meistens so mit einem Puls um die hundertfünfunddreissig Herzschläge pro Minute.

Er schaute auf seinen Pulsmesser am Handgelenk und sah, dass er genau im richtigen Bereich lief.

Es war keine Menschenseele unterwegs und Peter hatte den ganzen Wall für sich allein. Er dachte noch, wie friedlich hier alles war, als er auf dem Rückweg, fast wieder beim Roten Siel angekommen, vier Gestalten auf sich zukommen sah.

Peter war kein ängstlicher Typ und lief, ohne sich viel dabei zu denken, ruhig und entspannt auf die Gruppe zu.

Doch es sollte anders kommen und die vier jungen, aggressiv wirkenden Schlägertypen versperrten ihm plötzlich den Weg.

Peters sechster Sinn erfasste die Situation sofort als eine Bedrohung für seine Gesundheit und er stellte sich instinktiv auf einen Abwehrkampf ein.

Er hatte in letzter Zeit öfter über die sich häufenden gewaltsame Übergriffe und Raubüberfälle im Stadtgebiet in den täglichen Lagemeldungen und Frühbesprechungen im Kommissariat gehört.

Erst letzte Woche hatten drei Schläger am Wall einen siebzehnjährigen Jugendlichen grundlos überfallen und krankenhausreif geschlagen.

In der Stadt, auf dem Emder Marktplatz, kommt es an den Wochenenden nachts regelmäßig zu Auseinandersetzungen und Schlägereien.

Bekannte im „Maxx" erzählten Peter, dass die Gewaltbereitschaft und die brutalen Übergriffe von Schlägern in den letzten Jahren in

Emden drastisch zugenommen hatten. Es war teils so schlimm geworden, dass einige Polizisten, wenn sie zu Schlägereien gerufen wurden, sich selbst nicht mehr auf den Marktplatz trauten. Die Konsequenz war nicht ein härteres Eingreifen der Polizei, nein, man hatte die Sperrstunde der Kneipen vorverlegt, um so dem Übel abzuhelfen.

Das war nicht unbedingt nach Peters Geschmack, er war mehr für härtere Gesetze und eine bessere Nahkampfausbildung der Polizisten.

Leider muss ein Polizist in den Zeiten von Handy-Videos, die sofort auf YouTube auftauchen, schon abwägen, inwieweit und in welcher Form er eingreift.

Aber gar nicht erst am Ort des Geschehens zu erscheinen oder viel zu spät aufzutauchen, fand er irgendwie nicht richtig. Es half in keiner Weise, das Vertrauen der Bevölkerung in ihre Schutzmacht Polizei zu stärken.

Hier und jetzt war Peter aber allein und es würde kein Video von dem, was gleich passieren würde, auf YouTube erscheinen.

Peter schätzte die vier Typen so um die zwanzig Jahre alt und sie waren ohne Frage stark gewaltbereit und auf Streit aus.

Als er sie ausweichend umlaufen wollte, trippte einer von ihnen seinen rechten Fuß, und Peter hatte Mühe sich aufrecht zu halten, um nicht zu stürzen.

Sichtlich aggressiv, angetrunken und eventuell auch unter erheblichem Drogeneinfluss begannen die vier sofort zu pöbeln.

Peter sagte ihnen in einem ruhigen Ton, sie sollten ihn in Ruhe lassen und besser verschwinden, was aber bei den vier Typen gar nicht gut ankam.

Vor allem nicht bei dem Rädelsführer der vier Schläger, der nur auf eine solche Provokation gewartet hatte.

Obwohl er auch ohne jegliche Provokation mit seinen Freunden Peter angegriffen hätte, begann er jetzt sein gefährliches Spiel.

Nach den Worten in Peters Richtung: „Was willst du Penner eigentlich?" und: „Los, Leute, auf ihn!", versuchte er Peter seitlich einen Tritt zu versetzen, wurde aber sogleich beim Versuch ausgehebelt und landete dabei unsanft auf dem Rücken.

Ein anderer Angreifer schlug dann mit einer Bierflasche nach Peter, der gekonnt auswich, den Arm des Angreifers in seiner Vorwärtsbewegung griff und ihn mit voller Wucht gegen einen der Wallbäume schleuderte, wo er dann benommen liegen blieb.

Das stachelte jetzt nur noch mehr die Wut der übrigen zwei an, und mit wildem Gebrüll versuchten sie nun gemeinsam auf Peter zu treten und einzuschlagen. Dieser ging tief in den ersten der beiden noch stehenden Angreifer, und mit einem Ellbogenschlag brach er ihm das Nasenbein. Gleichzeitig drehte er ihn dabei in die Angriffslinie seines Freundes, der daraufhin mit seinem Kumpan zusammenprallte, und beide gingen hart zu Boden.

In der Zwischenzeit war der Anführer der vier wieder auf den Beinen, ein Stilett blitze in seiner rechten Hand und Mordlust in seinen Augen.

„Dir Schwein gebe ich es, ich steche dich ab, du Sau!", kam es keuchend aus ihm raus und er begann Peter zu umkreisen.

„Lass es besser sein oder du wirst es bereuen", warnte ihn Peter deutlich und eindringlich ein letztes Mal.

Peter war ein durchtrainierter Experte in Kampftechniken aller Art und hatte mit den Besten trainiert.

In Russland lernte er Systema von Spetznatz-Kämpfern, und in Israel hatte er mit Mossad-Ausbildern Krav Maga trainiert und er selbst war einer der Besten geworden.

Er konzentrierte sich auf seine Krav-Maga- und Systema-Techniken für den Messernahkampf und ließ dabei seinen Gegner nicht mehr aus den Augen.

Durch die natürlichen Bewegungen und Positionen lernt man jederzeit bereit für einen Angriff zu sein. Ununterbrochene Bewegung, entspannt, verbunden mit der richtigen Körperhaltung und einer durchgehenden tiefen Atmung lassen den Anwender in einen stabilen „Flow" eintreten, der die Psyche stärkt und das Kampfgeschehen dominiert.

Dabei ist es zwar möglich, den Gegner schwer zu verletzen, aber auch durchaus erwünscht, ihn auf sanftem Wege auszuschalten.

In diesem Fall war sich Peter aber klar, dass er den Angreifer nicht mehr sanft ausschalten wollte. Nein, der sollte so schnell nicht wieder mit einem Messer auf Wehrlose losgehen.

Dessen Pech war es, dass er nicht wusste, das sein Opfer nicht ganz so wehrlos war und er sich diesmal den Falschen ausgesucht hatte. Als der Angriff kam, drehte sich Peter mit einer flüssigen Bewegung von links in den führenden Messerarm und griff mit seiner linken Hand das Handgelenk mit dem Messer, mit seiner rechten Hand den Oberarm und drückte beide nach oben. Sein rechtes Bein stellte er hinter das rechte Bein vom Angreifer und durch die ruckartige Aufwärtsbewegung wurde dieser zu Fall gebracht. Damit war es für Peter aber noch nicht beendet. In der Fallbewegung des Angreifers brach er mit einem sehr ungesunden und laut knackenden Geräusch dessen Messerarm über sein rechtes Knie.

Der Kampf war beendet und die ganze Aktion hatte nur Bruchteile von Sekunden gedauert.

Die zwei anderen, mittlerweile wieder stehenden Schläger hatten den Fall ihres Anführers mit ungläubigen Augen verfolgt und suchten daraufhin schnell das Weite. Sie ließen einfach ihren noch immer besinnungslos am Baum liegenden Kollegen und ihren jetzt vor Schmerzen am Boden wimmernden Anführer zurück.

Peter hatte keine Lust auf groß Berichteschreiben und verzichtete darauf, seine Kollegen zu rufen und Anzeige zu erstatten. Es würde sowieso nicht viel bringen, dachte er sich. Die Beweislage war dünn, vier gegen einen und die Gerichte waren total überladen.

Das Strafmaß hatte er selbst verhängt, vier gebrochene Rippen für den Schläger Nummer eins, der, der den Baum geküsst hatte.

Nasenbeinbruch für Schläger Nummer zwei.

Schläger Nummer drei ein paar blaue Flecken und der Schrecken seines Lebens.

Für den Anführer, Schläger Nummer vier: Sein rechter Arm und die rechte Hand werden nahezu unbrauchbar bleiben aufgrund einer Ellenbogentrümmerfraktur mit eventueller Ellenbogenentfernung.

Die Schläger hatten ihre Lektion gelernt und würden so schnell nicht wieder jemanden angreifen.

Peter kam sich vor wie ein „Vigilante", wie Charles Bronson, ein Mann sieht rot, oder so ähnlich.

Er lief weiter, als wenn nichts weiter geschehen wäre, und war kurze Zeit später wieder in seiner Wohnung. Zuhause angekommen duschte er wie üblich erst einmal heiß und dann eiskalt hinterher, trank noch ein kühles Bier und schlief dann erschöpft vor dem Fernseher ein.

Kapitel VII

Samstag, 9. Mai

Die Sonne hüllte den noch leicht wolkenverhangenen Morgenhimmel über dem Emder Hafen in ein orangefarbenes Licht und die Stadt erwachte langsam zum Leben.

Peter war an diesem Morgen schon um sechs Uhr früh auf. Es war immer so, wenn er an einem Fall arbeitete, er konnte aus einer inneren Unruhe heraus einfach nicht lange schlafen. Die Stunden, die er aber geschlafen hatte, waren tief und erholsam gewesen.

Er sprang aus dem Bett, ging ins Badezimmer, putzte sich schnell die Zähne und versprach seinem Spiegelbild, sich das nächste Mal auch zu rasieren.

Er lief dann kurz runter zur Bäckerei in der Neutorstraße und holte sich ein paar frische Brötchen und die Emder Zeitung.

Zurück in seiner Wohnung, als er sich frischen Kaffee einschenkte und ein Brötchen aufschnitt, nahm Peter die Zeitung vom Stuhl, wo er sie abgelegt hatte, und begann zu lesen.

Die Nachricht vom Mord am Stadtbaurat Enno Folkerts war natürlich die Schlagzeile auf der Titelseite der Samstagsausgabe.

Wie immer kam die Polizei in solchen ersten Artikeln in einem frischen Mordfall nicht gut weg und wurde mit den Worten wie „tappt völlig im Dunkeln" und „hat keinerlei Anhaltspunkte" bedacht.

Beim Weiterlesen und näherem Hinsehen unter Betrachtung des Fotos der Pressekonferenz der Polizei fiel Peter aber dann fast das Brötchen aus dem Mund.

Er wollte einfach nicht glauben, was er dort sah und las.

Der neu beorderte zuständige Staatsanwalt für den Fall war laut des Berichts die Oberstaatsanwältin Frau Lena Holtmann von der Staatsanwaltschaft Aurich!

Das darf doch nicht wahr sein, von allen Staatsanwälten in Deutschland, warum gerade sie? dachte sich Peter und ihm war der Appetit gründlich vergangen.

Lena, Scheiße, und nun ist sie auch noch Oberstaatsanwältin, da hat sich ja die Affäre mit ihrem Generalstaatsanwalt zumindest auf eine ihrer beiden Karrieren positiv ausgewirkt, schoss es ihm sarkastisch durch den Kopf.

„Von allen Städten in Niedersachsen musste es gerade Aurich sein, und nun ist sie auch noch verantwortlich für meinen Fall, so eine verdammte Riesenscheiße!", führte er seinen Selbstdialog.

Innerlich aufgewühlt und mit sehr gemischten Gefühlen stieg Peter in seinen Wagen und machte sich auf den Weg ins Revier. Auf der Fahrt versuchte er sich auf den heutigen Tag und auf die Aufgaben, die er sich dafür vorgenommen hatte, zu konzentrieren. Es wollte ihm aber nicht so recht gelingen.

Lena Holtmann ging ihm einfach nicht aus dem Kopf.

Im Polizeirevier angekommen führte ihn sein direkter Weg sofort ins Büro seines Vorgesetzten Ewald Theesen. Gerade als er damit anfangen wollte, mit ihm über die Zuständigkeit der Staatsanwaltschaft Aurich zu sprechen, öffnete sich die Tür und herein kam Oberstaatsanwältin Lena Holtmann.

Lena Holtmann war vierzig Jahre alt, eins fünfundsiebzig groß, hatte blassgrüne Augen, einen vollen Mund, makellose Haut und eine weibliche, athletisch betonte Figur. Ihre halblangen blonden Haare waren zu einem Ponytail hinterm Kopf zusammengebunden und sie trug zu einer schwarzen Hose mit weißer Bluse einen grauen kurzen Blazer.

Peters Mund stand weit offen und er kam nicht darum herum, sich einzugestehen, dass sie umwerfend aussah.

„Guten Morgen, die Herren", sagte Lena Holtmann knapp und sichtlich geschockt, plötzlich vor Peter zu stehen.

„Guten Morgen, Lena, Entschuldigung, Frau Oberstaatsanwältin", kam es von Peter, der sich wieder gefangen hatte, mit einem nicht zu überhörenden sarkastischen Unterton.

Polizeirat Ewald Theesen war die gespannte Atmosphäre natürlich nicht entgangen und fragte die beiden mit einem lauernden Blick: „Sie kennen sich?"

„Ja, wir hatten das Vergnügen, vor sehr langer Zeit einmal in Hannover miteinander zu arbeiten", entschärfte Lena, nachdem sie sich auch schnell gefasst hatte, mit einem leichten Lächeln die Situation in professioneller Manier. Dann, ganz in Businessmodus und gewohnt, Befehle zu erteilen, fuhr sie fort: „Meine Herren, wenn Sie nichts dagegen einzuwenden haben, würde ich gerne in zehn Minuten eine Besprechung zu dem Fall anberaumen, um zu erfahren, was die Ermittlungen bisher ergeben haben. Bitte informieren Sie Ihr Team und wir sehen uns alle dann in etwa zehn Minuten im oberen Besprechungszimmer." Daraufhin drehte sie sich um, ohne noch ein weiteres Wort zu verlieren, und verließ den Raum.

Polizeirat Ewald Theesen schaute Peter fragend an und sagte: „Gibt es da irgendetwas, was ich wissen sollte? Ich möchte hier keine Komplikationen in meinem Fall. Die Presse und der Polizeidirektor machen mir schon genug Schwierigkeiten."

Seine Vergangenheit mit Lena Holtmann ging niemanden etwas an und hatte auch nichts mit dem Fall zu tun. Es betraf nur ihn und Lena und niemanden sonst.
Peter konnte sich nicht erklären, warum sie plötzlich hier in Ostfriesland auftauchte. Was macht sie hier und warum trägt sie keinen Trauring und warum ist mir das mit dem Trauring zuallererst aufgefallen? dachte er sich und ärgerte sich über sich selbst, dass er es überhaupt bemerkt hatte.

„Nein, nichts, was Sie wissen sollten!", schoss es aus Peter etwas zu knapp und wenig überzeugend.

Ewald Theesen schwante nichts Gutes, aber entschied sich dafür, erst einmal besser nicht weiterzubohren und die Angelegenheit auf sich beruhen zu lassen.

Marquart und Anja hatten schon alles im Besprechungsraum vorbereitet. An der Wand waren mehrere Bilder vom Mordopfer, vom Fundort und auch ein vergrößertes Passbild von Enno Folkerts gepinnt.

Im Besprechungszimmer befanden sich neben Peter, Anja und Klaus auch noch POK Gerold Meier, seine Kollegin, PK-Anwärterin Gesa Kramer, Polizeikommissar Unno Tjaksen, PK Hindrek Janssen, PK Menno Ulferts, Polizeirat Theesen und Polizeidirektor Johann Lütjens.

Die Anspannung im Raum war merklich und alle warteten darauf, dass es losgeht. Keiner der anwesenden Emder Polizisten konnte sich daran erinnern, jemals in einem so grausamen Mordfall in Emden ermittelt zu haben.

Die Tür öffnete sich und Oberstaatsanwältin Lena Holtmann betrat den Raum. Sie stellte sich den Anwesenden kurz vor und setzte sich dann am Ende des Tisches neben Polizeidirektor Lütjens und Polizeirat Theesen.

Die Besprechung konnte beginnen. Peter blickte in die Runde, erhob sich, räusperte sich und legte ohne weitere Umschweife los:

„Wie in der gestrigen Pressekonferenz bekannt gemacht wurde, bin ich als der leitende Ermittler im Mordfall Enno Folkerts eingesetzt worden und unser Polizeirat Theesen als Dienststellenleiter übernimmt die Koordination aller Einsatzkräfte und in Zusammenarbeit mit der Staatsanwaltschaft Aurich die Pressearbeit.

Die Frau Oberstaatsanwältin Lena Holtmann von der Staatsanwaltschaft Aurich ist mit dem Fall beauftragt worden.

Alle damit zusammenhängenden Beschlüsse und Ergebnisse der Untersuchungen sind mit ihr abzustimmen.

Lassen Sie mich zusammenfassen: Was wissen wir bisher an Fakten?

Enno Folkerts wurde in der Nacht zum Donnerstag auf Freitag, um circa elf Uhr dreißig, von einem uns bisher noch unbekannten Täter erschossen.

Er wurde am nächsten Morgen am Kurzen Tief, einem Binnenhafen für Sportboote an der Hieve, von dem Meerhausbesitzer Benno Nordsieg im Wasser treibend gefunden.

Polizeioberkommissar Gerold Meier und seine Kollegin, Polizeikommissaranwärterin Gesa Kramer, waren die Ersten am Fundort der Leiche. Sie haben alles sofort großräumig abgesperrt, die zuständigen Abteilungen informiert und die ersten Ermittlungen vor Ort eingeleitet.

Es wurden von der Spurensicherung keinerlei brauchbare Spuren gefunden, weder am Fundort noch in der Nähe der Leiche.

Es ist daher mit aller Wahrscheinlichkeit davon auszugehen, dass der Fundort der Leiche nicht gleichzeitig auch der Tatort ist.

Die gerichtsmedizinische Untersuchung der Leiche hat ergeben, dass das Opfer mit einer großkalibrigen Waffe, mindestens Kaliber neun Millimeter oder größer, mit einem Schuss direkt ins Gesicht erschossen wurde. Die Schmauchspuren in der Schussverletzung lassen darauf schließen, dass der tödliche Schuss aus allernächster Nähe erfolgt ist. Das Projektil trat am linken Jochbein unterhalb des Auges ein und am rechten Hinterkopf wieder aus. Es wurde kein Projektil gefunden, das uns helfen könnte, die Waffe oder Art der verwendeten Munition zu bestimmen.

Die Leiche weist ansonsten keinerlei weitere Verletzungen auf, die auf einen Kampf schließen lassen oder dass sich das Opfer in irgendeiner Weise gewehrt hat.

Durch das mehrstündige Im-Wasser-Liegen der Leiche sind alle DNA-Spuren, wenn denn welche vorhanden waren, unbrauchbar geworden.

Auch die genaue Todeszeit kann, durch die Unterkühlung der Leiche im Wasser, nur mit plus oder minus fünfzehn Minuten bestimmt werden.

Unsere Ermittlungen haben bisher ergeben, dass Enno Folkerts sich am Donnerstag noch für elf Uhr abends mit dem Bauunternehmer Heinrich Klaasen verabredet hatte, aber nach dessen Aussage war Folkerts nicht zur vereinbarten Zeit erschienen.

Warum Enno Folkerts Heinrich Klaasen treffen wollte, konnte oder wollte uns Klaasen nicht sagen. Der vereinbarte Treffpunkt soll angeblich die „Cherie Bar" in der Nesserlander Straße gewesen sein. Klaasen sagte aus, er sei dann um Mitternacht allein nach Haus gefahren. Das müssen wir aber noch überprüfen.

Nach Aussagen der Ehefrau war Enno Folkerts ein treusorgender Mustergatte, Familienvater ohne Probleme und hatte keinerlei Feinde.

Bei seinen Arbeitskollegen war er beliebt gewesen, auch dort wusste keiner etwas über irgendwelche etwaigen Probleme.

Er hatte keine direkten Feinde, auch wenn seine Arbeit als Stadtbaurat ihm nicht immer nur Sympathien eingebracht haben.

Die Aussagen der Anwohner vom Kleinen Meer haben auch keinerlei Hinweise gebracht. Niemand will etwas gesehen oder gehört haben.

Das sind so weit die Fakten der Ermittlungen.

Wir haben aber auch schon einmal etwas tiefer in die Firmen- und Familienverhältnisse von Heinrich Klaasen geschaut und meiner Meinung nach ist dort einer unserer Ansatzpunkte, Licht ins Dunkel zu bringen.

Am Donnerstag war eine Stadtratsausschusssitzung, wo es um das neue, sehr umstrittene Hieve-Projekt ging, und nun wird es interessant.

Der Investor ist kein anderer als der Bauunternehmer Heinrich Klaasen und der starke Befürworter im Stadtratsausschuss kein anderer als der Stadtbaurat Enno Folkerts.

Jetzt wird die Sache noch interessanter, es sollen während der Sitzung von den teilnehmenden protestierenden Bürgern wiederholt Morddrohungen ausgerufen worden sein.

Die Morddrohungen richteten sich gegen den Investor, aber wer weiß, vielleicht ist ja auch Folkerts durch seine Befürwortung des Projekts ungewollt in die Schusslinie geraten.

Die weitere Vorgehensweise ist wie folgt:

Wir benötigen sofort das Sitzungsprotokoll und eine Liste sämtlicher Teilnehmer und vor allem die der protestierenden Bürgerinitiative.

Dann müssen wir speziell die Personen überprüfen, die im Sitzungssaal offen mit Mord gedroht haben.

Des Weiteren möchte ich alles über das Hieve-Projekt wissen, wer davon profitiert, wer Interesse hat, dass es nicht zustande kommt. und warum.

Ich benötige die Besitzverhältnisse und Bankauszüge von Folkerts. Wir müssen feststellen, ob irgendetwas auf unregelmäßige Zahlungen und Bestechung hindeutet.

Kommissar Marquart überprüft das Alibi von Heinrich Klaasen und vernimmt die Besitzerin der „Cherie Bar" eine gewisse Charline.

Anja Kappels und ich fahren noch mal zu Klaasen und befragen ihn zum Hieve- Projekt und warum Folkerts sich so sehr für das Projekt eingesetzt hat. Irgendetwas sagt mir, dass es da nicht ganz so sauber zugegangen ist.

Noch weitere Fragen? Keine?

Damit würde ich die Besprechung von meiner Seite gerne abschließen und mit meinem Team wieder zurück an die Arbeit gehen."

Als alle aufstanden und den Raum verließen und bevor Peter den Raum verlassen konnte, hielt ihn Lena Holtmann am Arm fest mit den Worten: „Bleib noch etwas, ich muss unbedingt noch mit dir reden."

Peter wollte nicht mit Lena reden und erwiderte schroff: „Ich weiß nicht, was wir zwei noch zu besprechen hätten, außer es handelt sich um etwas Offizielles zum Fall."

Lena, sichtlich verletzt über Peters schroffe Art, antwortete ihm: „Du bist immer noch sauer auf mich, Peter, das tut mir leid. Ich wollte dir nur sagen, wir sollten mit unserer persönlichen Vergangenheit die Dinge nicht komplizieren und unsere Arbeit damit beeinträchtigen. Im Übrigen fand ich es sehr gut, wie professionell du die Ermittlungen führst und die Besprechung geleitet hast, weiter so."

„Danke, Frau Oberstaatsanwältin, Sie brauchen sich um meine Person keine Gedanken machen. Ich habe meine Lektion gelernt, Arbeit und Bett zu trennen", kam es mit harter Stimme von Peter zurück, und damit ließ er sie einfach stehen.

Es tat ihm im gleichen Augenblick schon wieder leid, so schroff zu ihr gewesen zu sein, und er hat es an ihrem verletzten Gesichtsausdruck sehen können, wie schwer er sie mit seinen Worten getroffen hatte.

Geschieht ihr recht, dachte er sich, mich hat auch keiner gefragt, wie ich mich gefühlt habe, als der Herr Generalstaatsanwalt Brunner mir vor einem Jahr von seinem langjährigen Verhältnis und seinen Heiratsabsichten mit Lena Holtmann erzählt hat.

Er hatte damals gedacht, er und Lena seien ein Paar, und in Wirklichkeit hatte sie während der ganzen Zeit und seit Jahren immer etwas mit dem Generalstaatsanwalt Armin Brunner gehabt.

Dazu kam noch, dass Peter und Brunner sich nie richtig leiden konnten und sich schon mehrfach beruflich in die Quere gekommen waren.

Für Brunner war Peter ein rücksichtsloser Querulant, der sich nie an die Vorschriften hielt und aus dem Polizeidienst besser entfernt werden sollte. Für Peter war Brunner nur ein affiger und steifer Paragraphenreiter, der es vergessen hatte, sich den Stock aus dem Arsch zu ziehen.

Peter hatte Lena drei Monate vor seiner Suspendierung auf einem Polizeiseminar kennengelernt und sie hatten eine leidenschaftliche Liebesaffäre angefangen.

Für Peter war Lena alles gewesen, aber er hatte sie nie groß weiter nach ihrem Leben befragt. Dass sie da war, genügte ihm, und sie verbrachten sowieso die meiste Zeit miteinander nur im Bett.

Er wusste, dass sie als Staatsanwältin in Hannover tätig war und wenn er sie fragte, ihm etwas mehr von sich zu erzählen, wich sie meistens geschickt aus. Peter nahm es nicht als so wichtig und hatte sich nichts dabei gedacht.

Sie waren beide voll mit ihrem Job beschäftigt und sahen sich deshalb oft nur in billigen Hotelzimmern oder in Peters Wohnung. Das eine oder andere mal fuhren sie für ein langes Wochenende aufs Land. Diese Zeiten waren die schönsten gewesen, sie hatten eine Unmenge Spaß gehabt und lauter verrückte Dinge gemacht.

Einmal waren sie nackt in einem Waldsee Baden gegangen, ein anderes Mal hatten sie bis in den frühen Morgen die ganze Nacht einfach nur durchgetanzt. Sie waren immer nur glücklich und unbeschwert gewesen und sie hatte es ihm immer wieder gesagt, dass sie das auch so empfand, wenn sie mit ihm zusammen war.

Als er dann von Brunner gesagt bekam die Hände von Lena zu lassen, und den Grund dafür hörte, glaubte er ihm kein Wort, sah rot und schlug ihm vor Zeugen im Präsidium mit der Faust ins Gesicht.

Die sechsmonatige Suspendierung und die Strafversetzung nach Emden machten Peter nichts aus, aber der anschließende Anruf von Lena, in dem sie ihm sagte, dass sie ihn nicht wiedersehen wolle und alles aus sei, hatte ihn zutiefst verletzt. Er hatte sich in dem Moment gefühlt, als hätte man ihm das Herz bei lebendigem Leibe herausgerissen.

Er begann zu trinken und stürzte sich in zahllose Affären, konnte aber Lena einfach nicht vergessen, und jetzt war sie wieder da und er wusste nicht, was er denken sollte.

Irgendwie war er froh und glücklich, als er sie wiedergesehen hatte, aber er war noch immer zu sehr verletzt und wütend auf seine Gefühle für sie.

„Peter, kommst du oder brauchst du eine Extraeinladung?", rief ihm Anja durch den Flur zu. Peter riss sich aus seinen Gedanken und folgte Anja aus dem Revier vor die Tür.

Peter rauchte erst einmal hastig eine Zigarette, dann stiegen sie in seinen Wagen und fuhren diesmal zur Privatadresse von Heinrich Klaasen.

Dieser hatte vor einem Jahr eins der neuen Penthäuser in der Hermann-Neemann-Straße am Neuer Delft bezogen. Heinrich Klaasen erzählte seinen Freunden, er fände es einfach bequemer, in der Stadt zu wohnen, und hatte seine große Villa an eine Versicherung, die sie als Büro nutzte, vermietet.

Er war auch mit seiner Firma an dem Bauprojekt „Neuer Delft" beteiligt gewesen und hatte dort in dem Areal ein paar Mehrparteienhäuser gebaut.

Er selbst hatte aber eine der Penthauswohnungen, die direkt von der Sparkasse Emden am Wasser gebaut wurden, gekauft und sich schon richtig gut eingelebt.

Dort empfing Heinrich Klaasen die beiden auf der großzügig angelegten Dachterrasse. Sichtlich nervös fragte er, was denn nun schon wieder sei und ob er seinen Anwalt dazuholen sollte.

Der Ausblick von der Terrasse war herrlich und man konnte sehr schön in den Hafen und in Richtung Ratsdelft und auch zum Schreyers Hoek blicken, wo sich Peters Wohnung befand.

Klaasens Hund, ein weißer Terrier namens „Sir Alfred" rannte auf der Dachterrasse herum und wedelte freudig über den Besuch der fremden Leute mit seinem kurzen Schwanz.

„Nein, nur noch ein paar Routinefragen", antwortete ihm Peter.

Er hatte in der Zwischenzeit einen Anruf von Klaus Marquart bekommen und erfahren, dass Charline, die Besitzerin der „Cherie Bar", das Alibi von Heinrich Klaasen bestätigte.

„Wir haben Ihre Angaben überprüft, Herr Klaasen, und sie wurden so, wie Sie gesagt hatten, uns von Charline bestätigt. Wir wüssten aber gerne etwas mehr von Ihnen über das Hieve-Projekt. Uns ist nämlich zu Ohren gekommen, es soll unangenehme Zwischenfälle, ja sogar Morddrohungen während der Ausschusssitzung gegeben haben. Richteten sich die Drohungen ihrer Meinung nach ausschließlich gegen Sie oder auch gegen den Stadtbaurat Folkerts, der ja öffentlich ein starker Befürworter Ihres Projekts gewesen sein soll?"

„Ich bitte Sie, meine Herren, das kann man doch nicht ernst nehmen, wenn so ein paar grüne Spinner und Umweltfantasten verbal entgleisen. Wo würden wir denn dahinkommen, wenn ich jede Aussage eines Gegners meiner Projekte ernst nehmen würde?", kam es sehr überzeugend von Heinrich Klaasen zurück.

„Nun ja, aber war es nicht der Stadtbaurat Enno Folkerts, der das ganze Projekt überhaupt erst einmal in die Stadtplanung eingebracht hatte? Und jetzt ist er tot. Was hatte Folkerts denn für einen Grund, das Projekt so vehement voranzutreiben, etwa einen finanziellen?", erwiderte Peter mit einer indirekten Anspielung auf Bestechlichkeit.

„Das kann ich Ihnen leider auch nicht sagen, Herr Kommissar. Ich weiß nur, als wir das erste Mal darüber gesprochen hatten, dass ihm das Projekt an sich gefallen hat und er über die Vorteile, die es der Stadt bringen würde, begeistert war. Und falls Sie mit Ihrer Bemerkung darauf anspielen wollen, ob Herr Folkerts Geld von uns dafür bekommen hat, das Projekt zu befürworten, muss ich Sie leider enttäuschen und dies hiermit strikt von uns zurückweisen."

„Und warum wollte Enno Folkerts Sie dann nachts nach der Sitzung noch so dringend sprechen?", wagte es Anja einzuwenden.

Heinrich Klaasen lächelte süffisant und antwortete Anja mit einem spöttischen Blick und in einem sehr arroganten Ton: „Tja, junge Frau, das werden wir alle wohl nun niemals mehr erfahren. Falls Sie aber jetzt keine weiteren Fragen haben, bitte ich Sie, mich zu entschuldigen. Ich habe noch einen dringenden Termin wahrzunehmen. Für weitere

Befragungen bitte ich Sie, dann auch in Zukunft sich an meinen Anwalt Herrn Doktor Kahlberg zu wenden. Ich denke, Sie finden alleine hinaus. Guten Tag, die Herrschaften."

Anja war sichtlich erleichtert, Klaasens Apartment zu verlassen, der Typ Mensch lag ihr absolut nicht und man konnte es ihr anmerken.
„Puh, was für ein Kotzbrocken! Der Kerl ist absolut aalglatt und mit allen Wassern gewaschen. Kein Wunder, dass dem nie etwas nachzuweisen war. Was meinst du dazu, Chef, hat er oder hat er nicht?"

Peter schaute Anja an und war sich nicht ganz so sicher, ob ihre Frage ernst oder rein rhetorisch gemeint war. Er antwortete ihr aber dann trotzdem: „Wie, was meinst du damit, hat er oder hat er nicht? Ihn erschossen? Nein, was sollte er für einen Grund dafür gehabt haben, seinen besten PR-Mann, der sein Projekt im Stadtrat durchdrückt, zu erschießen?
Ihn bestochen? Ja, mit an Sicherheit grenzender Wahrscheinlichkeit.
Es ist da aber noch irgendetwas anderes faul im Staate Dänemark, ich weiß nur noch nicht was. Das werde ich aber schon noch herauskriegen, verlass dich drauf, Anja. Jetzt komm, lass uns Klaus abholen und mal den Anhängern der Bürgerinitiative am Meer auf den Zahn fühlen."

Kapitel VIII

Den Ostfriesen ist nichts heiliger als ihr Wochenende, die verdienten freien Tage nach einer Woche Arbeit. Wenn das Wetter mitspielt, bleiben sie selten in ihren Häusern oder Wohnungen, es zieht sie magisch raus in die Natur. Viele fahren mit dem Auto zu den Küstenfischerdörfern, zum Teetrinken ins Witthuus in Greetsiel, oder sie gehen in den Parks und auf den Wallanlagen spazieren. Einige fahren mit ihrem Boot auf den vielen Kanälen oder auch mit dem Fahrrad zum Großen oder Kleinen Meer oder auch zu anderen Ausflugszielen.

Ostfriesen fahren gerne mit dem Fahrrad und bei schönem Wetter sieht man besonders viele Gruppen ihre Ausflüge mit dem Rad bestreiten, das flache Land lädt förmlich dazu ein. Es gibt keine Steigungen zu bewältigen, aber manch einer hat sich auch schon mit dem ständig wehenden Wind versehen, der, wie die Ostfriesen wissen, Kraft kostet.

Es war wieder mal seit Langem ein Wochenende ohne Regen und ein sehr schönes noch dazu.

Am Kleinen Meer erfreuten sich die Anwohner an dem wunderschönen Samstag im Mai. Auch die vielen Gegner des Hieve-Bauprojekts, die verständlicherweise fast alle ein Haus am Kleinen Meer haben, hielten sich an diesem Wochenende gerne am Meer auf. Es lag in der Natur der Dinge, dass sie alle gerne und am liebsten ihre Wochenenden dort am Meer verbringen. Nur sehr wenige der Meerfahrer leben auch ständig am Kleinen Meer, die meisten kamen nur an den Wochenenden, um sich vom mürben Alltagsstress der Woche zu erholen.

Peter und Anja waren nach ihrem Besuch bei Heinrich Klaasen noch kurz ins Büro zurückgefahren, um Klaus abzuholen.

Peter wollte vorher auch noch einen Blick auf das Sitzungsprotokoll der Stadtratausschusssitzung werfen, um mehr über die Aktivisten, die Morddrohungen ausgestoßen hatten, herauszufinden. Er wollte sehen, ob die Personen schon mal mit dem Gesetz in Konflikt gekommen waren.

Da Peters Triumph Stag nur ein Zweisitzer war, bat er Anja und Klaus, schon einmal mit einem Dienstwagen vorauszufahren.

Mit der Liste der Anhänger der eingeschriebenen Bürgerinitiative und Gegnern des Hieve-Projekts folgte Peter ihnen kurze Zeit später an die Hieve.

Am Kleinen Meer angekommen, nahm sich jeder von ihnen einen Teil der Liste mit den Namen der Bürgerinitiative, gingen von Haus zu Haus und starteten mit ihrer Befragung.

Peter begann mit Arne Büskens, dreiundfünfzig Jahre alt, Gründer und Vorsitzender des Bürgervereins zur Rettung der Hieve, leidenschaftlicher Naturfreund und ein strikter Gegner des geplanten Bauprojekts.

Büskens Haus stand am Kanal kurz vor der alten, verlassen wirkenden Gaststätte Köhnemann und wirkte irgendwie sehr kitschig auf Peter.

Jede Menge Gartenzwerge, Windmühlen und andere Gartendekoration erstickten jeden freien Raum auf dem Grundstück.

Das Haus war gepflegt und in blauer Farbe mit weißen Fenstern und weißer Tür angestrichen.

Als Peter das Haus erreichte, sah er einen hageren großen Mann auf der vorgelagerten Terrasse sitzen, der gerade dabei war, eine alte, stumpf aussehende Messinglampe zu putzen.

„Moin, sind Sie Herr Büskens?", fragte Peter und ging zu dem schlanken großgewachsenen Mittfünfziger auf die Terrasse.

„Hauptkommissar Streib von der Emder Kriminalpolizei, ich hätte da ein paar Fragen zum Mord am Stadtbaurat Enno Klaasen und dem Hieve-Projekt. Darf ich hereinkommen? Man sagte mir, Sie sind der Initiator und der Vorsitzende der Protestbewegung."

Der Mann legte seine Putzutensilien aus den Händen, wischte sich mit einem alten Tuch die Finger sauber und reichte Peter die Hand.

„Das ist richtig, Herr Oberkommissar, kommen Sie herein. Ich hatte mich schon gefragt, wann Sie endlich auftauchen. Schlimme Sache mit Folkerts, aber glauben Sie mir, da liegen Sie total falsch, wenn Sie den Mörder in unserer Bürgerinitiative vermuten. Ich kann Ihnen versichern, Herr Hauptkommissar, wir von der Bürgerinitiative haben damit absolut nichts zu tun."

Peter schaute nachdenklich zum Wasser und in Richtung Meer, bevor er Büskens ins Haus folgte. Im Haus saß Büskens Frau am Küchentisch und bereite etwas zum Essen vor. Sie war etwa Mitte vierzig, von untersetzter Statur, vom rauen Wetter in Ostfriesland geprägter Natur und mit intelligent blickenden Augen.

Sie sah kurz auf und begrüßte ihn, nachdem ihr Mann Peter als einen Kommissar von der Polizei vorgestellt hatte. Sie fragte, ob Peter ein Bier oder eine Tasse Tee möchte, und als dieser verneinte, meinte sie nur kurz, sie lasse die Männer besser alleine, denn sie habe eh noch etwas in der Stadt zu besorgen.

Peter schaute ihr nach, als sie aus dem Haus ging, und formuliert seine nächste Frage, auf Büskens' vorherigem Statement basierend, niemand von der Bürgerinitiative habe etwas mit dem Mordfall zu tun.

„Um darauf zurückzukommen, Herr Büskens, woher wollen Sie denn so genau wissen, das keiner von Ihrer Bürgerinitiative den Mord begangen hat? Haben Sie irgendwelche Informationen, die das Gegenteil beweisen können, oder wissen Sie sogar, wer der Täter ist?"

Arne Büskens fühlte sich plötzlich nicht sehr wohl in seiner Haut und stammelte entschuldigend nur: „Nein, nein, Herr Oberkommissar, natürlich nicht, und so habe ich das auch gar nicht gemeint."

Peter, zufrieden mit der Wirkung seiner Fragen, legte noch eine Frage nach und beobachtete dabei ganz genau Büskens Reaktion.

„Hören Sie ganz genau zu, Herr Büskens, es wurden während der letzten Ratsausschusssitzung von ihren Aktivisten der Bürgerinitiative eindeutige Morddrohungen ausgerufen, und jetzt ist Enno Folkerts tot. Das sieht mir nicht nach Zufall aus und schon gar nicht danach, dass Ihre Bewegung nichts damit zu tun hat."

„Ach papperlapap, der Franz und der Ralf, das sind doch nur ein paar Spinner, die immer ihre Fresse nicht halten können, wenn sie ein paar Bier hatten. Da steckt sonst nichts weiter hinter, die wollten sich doch nur wichtigmachen. Die sind zu so etwas gar nicht fähig und die bringen erst recht keinen um!", kam es wie aus der Pistole geschossen und verteidigend von Büskens zurück.

Peter lächelte und antwortete: „Ich sag dazu nur Pferde und Apotheke. Was wissen Sie denn Näheres über Franz Aalhus und Ralf Gerken und wo wohnen die beiden?"

„Franz Aalhus wohnt etwas weiter vorne direkt am Kanal in Höhe des Baugebiets. Er hat vor einem Jahr ein schönes, neues, hellgraues Haus dort gebaut, das können Sie gar nicht verfehlen, und Ralf Gerken hat sein Haus direkt vor dem Baugebiet, Am Kurzen Tief. Dort stehen nur zwei Häuser und es ist das linke davon."

Peter hatte erst einmal genug Informationen von Arne Büskens gesammelt. Er machte sich noch ein paar Notizen, sah keinen weiteren Grund, die Befragung fortzusetzen, und verabschiedete sich. Er verließ Arne Büskens Haus und wandte sich in die Richtung, die ihm Büskens genannt hatte. Er lief an mehreren Häusern vorbei und sah fast überall Menschen geschäftig irgendwelchen Instandhaltungstätigkeiten nachgehen.

Das war das Leben am Meer, es gab immer etwas zu tun und es hörte auch nie auf. Nach dem Winter gibt es den Frühjahrsputz, die Gärten und Häuser müssen wieder auf Vordermann gebracht, die Boote vom

Herbst- und Winterunrat gereinigt und die Uferbefestigungen mit den Stegen inspiziert sowie repariert werden.

Im Sommer verlagern sich die Aktivitäten und es werden neue Schuppen gebaut oder alte ausgebessert, Terrassen verlegt oder überdacht, geputzt, gepflanzt, gesegelt, geangelt, gegrillt und natürlich viel gefeiert, bis dann der Herbst dem Ganzen ein Ende bereitet und der Winter das Kleine Meer wieder in einen Dornröschenschlaf versinken lässt.

Peter war gespannt auf diesen Franz und er nahm sich vor, Aalhus einmal etwas genauer unter die Lupe zu nehmen. Als er an dem grauen Haus, das ihm Büskens beschrieben hatte, ankam, erschien es jedoch so, das, Aalhus wohl nicht zu Hause war.

Peter wollte sich gerade abwenden, da auch nach mehrmaligem Klopfen niemand die Tür öffnete, als ihn eine Stimme vom Nachbargrundstück erreichte.

„Moin, de is neet to Huus, de hat Dennst as Wachmann in Haven un de is neet vor sess Ühr vanavend weer ant Meer!", rief ihm ein graubärtiger Mann mit tiefem ostfriesischen Slang vom Nachbargrundstück zu, der dort gerade sein Segelkajütboot von einer eigens dafür gebauten Slipanlage zu Wasser ließ.

„Moin, ich bin Hauptkommissar Streib von der Emder Kriminalpolizei. Können Sie das bitte noch mal auf Deutsch wiederholen? Ich spreche leider kein Platt. Und Sie sind?"

„Oh, Polizei, Gerd Wolters ist mein Name, ich bin der Nachbar von Franz Aalhus und ich wohne hier. Wenn Sie den Franz suchen, der arbeitet als Wachmann im Hafen und ist vor sechs Uhr heute Abend nicht zurück von seinem Dienst", bemühte sich Wolters auf Hochdeutsch.

Wolters war zwar kein Mitglied der Bürgerinitiative und stand auch nicht auf Peters Liste, aber man kann sich ja trotzdem einmal ein Bild von den Leuten hier am Meer verschaffen, dachte sich Peter. Außerdem erschien ihm der Mann ganz sympathisch, aber, noch viel wichtiger als das, auch sehr gesprächig zu sein.

„Das trifft sich ja gut, Herr Wolters, hätten Sie eventuell etwas Zeit, mir ein paar Fragen zum Hieve-Projekt zu beantworten?"

„Warum nicht, Herr Kommissar, wenn es ihnen nichts ausmacht, mit mir aufs Meer zu fahren? Ich wollte gerade einmal meinen neuen Motor, den ich mir über E-bay gekauft habe, ausprobieren."

Peter war noch nie mit einem Boot aufs Kleine Meer gefahren. Ihm gefiel die Idee, sich die Hieve einmal vom Wasser aus anzusehen und sich ein Bild von der Landschaft und dem Kleinen Meer zu machen.

„Liebend gern, Herr Wolters, das ist nett, dass Sie mich mit aufs Meer nehmen. Was muss ich machen?"

„Rein gar nichts, steigen Sie einfach nur in das Boot und setzen Sie sich hinten auf die Bank, den Rest regle ich schon."

Peter tat, wie ihm geheißen, und stieg in das Boot, das Wolters nach dem Slippen an seinem Steg fachmännisch vertaut hatte. Er saß komfortabel auf einer Bank im Heck des Bootes und sein Blick fiel in eine kleine, aber geräumige Kajüte, die über zwei Schlafplätze, eine kleine Küche, Seetoilette und über reichlich Stauraum verfügte.

„Schönes Boot haben Sie, Herr Wolters", sagte Peter anerkennend. „Was ist das denn für ein Typ? Sie müssen wissen, ich verstehe nämlich so gut wie gar nichts von Booten."

„Das ist ein Shark Achtzehn, ein Kajütboot zum Segeln auf solchen Gewässern mit geringer Tiefe, wie das bei uns hier am Kleinen Meer der Fall ist. Es ist eine sogenannte Dreikiel-Ausführung und somit fast nicht zum Kentern zu bringen, falls Sie das beruhigt", fügte er noch mit einem süffisanten Grinsen hinzu.

Gerd Wolter löste die Leinen, verstaute die Fender im Boot und begab sich in das Heck des Bootes, wo ein schwarzer sechs PS-Mercury-Außenbordmotor mit der Schraube aus dem Wasser hing.

Wolters schloss die Leitung zum Benzintank an und beugte sich über den Motor, um ihn ins Wasser hinabzulassen.

„Autsch, verdammt noch mal!", schrie er auf einmal auf, zog mit schmerzverzerrtem Gesicht seine linke Hand zurück und schüttelte diese ein paarmal. Auf seinem Handrücken, genau zwischen Daumen und Zeigefinger, sah Peter einen Euro-großen dunkler Bluterguss sich abzeichnen.

„Was ist denn passiert, Herr Wolters? Das sieht aber nicht gut aus. Kann ich Ihnen helfen?", fragte Peter, besorgt dreinblickend.

„Nein, nein, schon in Ordnung. Der Verkäufer hatte mich gewarnt, dass der Hebel des Motors zum Wassern klemmt, und es ist meine eigene Schuld, dass ich nicht aufgepasst habe. Ist meine eigene Schusseligkeit. Das Problem ist, wenn man nicht aufpasst und den Motor ins Wasser lässt, kann der Hebel einem die Hand kneifen, und dann sieht das so aus", und damit zeigte er Peter den immer dunkler werdenden, roten, kreisrunden Bluterguss.

„Ist nicht so schlimm, das wird schon wieder, die Zeit heilt alle Wunden", sagte er noch philosophisch und riss dann mit einer sicher tausendfach praktizierten und schwunghaften Bewegung an der Startleine des Motors.

Der Motor sprang auch sofort beim ersten Riss an der Leine an und sputterte erst ein wenig unrund. Nach einigen wenigen Augenblicken drückte Wolters eine Kaltstarthilfe für Bootsmotoren, den sogenannten Choke, rein. Danach lief der Motor rund, wie man sagt, und man hörte ihn nur noch ein leises Putt-putt-putt vor sich hin tuckern.

Gerd Wolters legte behutsam den Vorwärtsgang ein, das Boot nahm langsam Fahrt auf und bewegte sich mit einem leichtem Plätschern des Wassers am Bug in Richtung offenes Meer.

Es ging vorbei an den vielen kleinen Meerhäuschen, die links und rechts in unterschiedlicher Bauweise den Kanal säumten.

Die Anwohner waren fast alle ausschließlich mit Gartenarbeit beschäftigt und überall hörte man, als Zeugen der unermüdlichen Beschäftigung, das Knattern der unzähligen Rasenmäher.

Einige wenige Anwohner lagen auf ihren bunten Sonnenliegen in ihren Gärten und lasen Bücher oder schliefen. Andere wiederum werkelten an ihren Booten oder saßen einfach auf ihren Stegen mit einer Flasche Bier und winkten den vorbeifahrenden Booten zu.

Als sie ein Stück den Kanal hochgefahren waren, tauchte auf der rechten Seite die alte Gastwirtschaft Köhnemann auf. Alles sah verwildert aus und wirkte verlassen. Im Wasser vor der Kneipenterrasse dümpelte ein altes, vermodertes, rostiges Ausflugsboot, das aussah, als würde es jeden Moment im Kanal für immer versinken.

Gerd Wolters schüttelte den Kopf und brabbelte unter seinem Bart mit grimmiger Stimme: „Eine Schande ist das, alles so verkommen zu lassen. Das war einmal ein beliebter Ausflugsort für alle Emder und das Stammlokal für uns Meerfahrer, müssen Sie wissen, Herr Kommissar.

Und jetzt, sehen Sie selber, der Besitzer, ein gewisser Müller, hat es einfach nicht mehr nötig und ist weggezogen. Nach Süddeutschland, wie man sagt, und lässt alles hier verrotten.

Wir Meerfahrer haben jetzt nicht mal mehr eine Kneipe, wo wir abends ein Bier trinken gehen können. Nun ja, das wird sich bald ändern, wenn es nach dem Willen der Stadt geht."

Peter war sichtlich geschockt von dem erbärmlichen Zustand der Gebäude und des kompletten Areals.

„Aber ist das nicht Teil des neuen Bauplans und für alle gut, wenn hier wieder ein neues Ausflugslokal gebaut wird?", fischte Peter mit seiner Frage.

„Dagegen haben wir Meerhausbesitzer ja auch nichts einzuwenden, aber wir wollen nicht diesen Ferienpark mit hundert zusätzlichen Häusern hier vor unserer Haustür haben. Die sollen alle doppelt so groß gebaut werden, wie es uns erlaubt war. Wo bleibt denn da die Gerechtigkeit? Alle unsere Häuser verlieren an Wert, wenn so ein Investor sich einfach, nur weil er Geld hat, über die einheitlich gewachsenen Strukturen hinwegsetzen kann. Aber so ist das nun mal in der Welt und hier in Ostfriesland auch nicht anders. Geld regiert die Welt", erklärte ihm Wolters und endete sein Plädoyer wieder mit einem seiner philosophischen Sprüche.

In der Zwischenzeit waren sie an der Mündung des Kanals zur Hieve und das Kleine Meer breitete sich in voller Pracht vor ihnen aus.

Es war ein fantastischer Ausblick, die wenigen weißen Wolken hingen tief und die Sonne glitzerte auf der Wasseroberfläche.

Am fernen gegenüberliegenden Ufer konnte man die Umrisse weiterer Meerhäuschen sehen, und links und rechts gab es an den Ufern nur mit Schilf bewachsene Uferränder und eine endlose weite Natur.

Wasservögel flogen mit weit ausladenden Schwingen übers Wasser und spähten nach Fischen. Möwen kreischten kreiseziehend von oben und vereinzelt sah man Boote mit Anglern auf dem Meer vor Anker liegen.

Man konnte kilometerweit übers Meer ins Land bis zum Horizont der flachen ostfriesischen Landschaft blicken.

Wolters, dem Peters Staunen nicht entgangen war, fand sich irgendwie dazu verpflichtet, etwas zu sagen, und ihm fiel nicht Besseres ein als eine seiner unzähligen Weisheiten.

„Ein altes ostfriesisches Sprichwort besagt, wenn man bei uns am Montag aus dem Fenster sieht, kann man schon sehen, wer am Wochenende zu Besuch kommt."

„Herrlich, ich wusste nicht, dass es hier am Kleinen Meer so schön ist", entfuhr es Peter, als er sich zurücklehnte, in den blauen Himmel mit den vereinzelten kleinen weißen Wölkchen blickte und die warme Maisonne sein Gesicht wärmte.

„Jetzt können Sie es vielleicht auch etwas besser verstehen, warum wir alten angestammten Meerfahrer hier keinen Ferienpark haben wollen.
Mit hundert Ferienhäusern, die auch noch ständig von den Klaasens an Auswärtige vermietet werden sollen, wird es hier bald vorbei sein mit dem Idyll und der Ruhe."

Peter konnte ihn und die anderen Meerbewohner gut verstehen und war auch überzeugt davon, dass es dem Kleinen Meer nicht unbedingt guttun würde, wenn hier hunderte Feriengäste sich Woche für Woche ausbreiteten. Die Feriengäste hätten niemals den Respekt vor der Natur wie die Anwohner hier, die seit Jahrzehnten die Balance halten zwischen dem, was das Meer vertragen kann, und dem, was nicht.
„Wenn Sie keinen Ferienpark hier haben wollen warum sind Sie dann kein Mitglied der Bürgerinitiative, frage ich mich dann aber allen ernstes Herr Wolters?"

„Das kann ich Ihnen genau erklären, Herr Kommissar", leitete Wolters seine Ansprache ein und spuckte dabei verächtlich ins Wasser.
„Diese alten Wichtigtuer denken doch nur an sich selbst und labern einen Haufen Scheiß, wenn der Tag lang ist. Denen ist doch nur daran gelegen, dass sie hier ihre Ruhe und ihre Privilegien genießen können. Naherholungsgebiet für die Emder, dass ich nicht lache, das Kleine Meer ist doch gar nicht richtig öffentlich zugängig, nur für

uns Meerfahrer und für die, die mit dem Boot aus der Umgebung hierher fahren.

Dann sind da noch die vielen Spinner, die meinen, das stört die Brutstätte irgendeines Vogels oder eines seltenen Frosches, aber wenn sie selber tagtäglich mit ihrem Rasenmäher rumfahren oder ihre unzähligen Katzen sich vermehren lassen wie die Karnickel, das ist dann in Ordnung, oder was?

Nein, diese Doppelmoral, das ist nichts für mich. Ich bin ganz bestimmt nicht für einen Ferienpark hier und das ganze Gesocks aus dem Ruhrgebiet kann mir gestohlen bleiben. Man kann aber den Fortschritt eh nicht aufhalten und bauen werden die trotzdem, auch wenn die sich alle hier auf den Kopf stellen."

Das gesagt, spuckte Wolters noch mal in das Meerwasser, als wollte er damit seine Rede unterstreichen und ihr mehr Gewicht geben.

„Was denken Sie, Herr Wolters, hat das Hieve-Projekt etwas mit dem Mord an Enno Folkerts zu tun und ist jemand von der Bürgerinitiative dafür bereit zu morden?"

Wolters blickte lange über das Meer und in den weiten Horizont, dann zog er die Pinne rum, brachte das Boot wieder in Richtung Kanal und sagte, ohne auf Peters Frage einzugehen: „Ich denke, wir fahren jetzt zurück, der Motor läuft fein und ich muss mir nur noch etwas wegen des Motorhebels einfallen lassen."

Peter fand es schade, dass die Bootsfahrt schon zu Ende gehen sollte, und er wunderte sich über Wolters plötzlich komische plötzliche Zurückhaltung.

„Sie haben mir meine Frage noch nicht beantwortet, Herr Wolters."

Gerd Wolters, wegen irgendetwas sichtlich verärgert, gab jetzt mehr Gas und beschleunigte das Boot.

„Hören Sie, Herr Kommissar, woher soll ich denn wissen, wer Enno Folkerts ermordet hat? Fragen Sie doch mal den Sohn vom alten Klaasen, den Benjamin Klaasen, der steckte doch immer mit Folkerts zusammen, und damit habe ich mehr als genug gesagt."

Die weitere Fahrt verlief mehr oder weniger schweigend und Peter konnte mit dem plötzlich so unerklärlich verärgerten Gerd Wolters nicht mehr so recht was anfangen.

Er schaute sich lieber die vielen Meerhäuser links und rechts vom Kanal an und winkte dessen Bewohnern zu.

Am Meerhaus von Wolters angekommen und nachdem das Boot vertaut war, dankte Peter Gerd Wolters für die schöne Bootsfahrt und dafür, das er ihm das Kleine Meer gezeigt hatte.

Franz Aalhus war in der Zwischenzeit von seinem Dienst im Hafen ans Meer gekommen, und als Peter und Wolters mit dem Boot anlegten, saß er in einem Gartenstuhl mit einer Flasche Bier in der Hand auf der Terrasse seines Meerhauses.

Aalhus war achtunddreissig Jahre alt und geschieden. Peter wusste aus den Akten, das er wegen schwerer Körperverletzung vorbestraft war und vor fünfzehn Jahren eine zweijährige Haftstrafe in der Strafvollzugsanstalt Vechta abgesessen hatte.

Peter verabschiedete sich von Gerd Wolters, lief die paar Meter zu Franz Aalhus' Grundstück, um ihn zu den Morddrohungen zu befragen.

„Moin, Herr Aalhus, mein Name ist Hauptkommissar Streib von der Emder Kriminalpolizei, ich würde ihnen gerne ein paar Fragen stellen."

„Womit kann ich Ihnen dienen, Herr Kommissar? Habe ich falsch geparkt oder hat sich mal wieder so ein Wichser über meine zu laute Musik beschwert?", blaffte ihn Aalhus in ironischer Tonart an und grinste dabei.

„Sie wissen ganz genau, worum es geht, Herr Aalhus, und ich würde an Ihrer Stelle etwas vorsichtiger sein mit dem, was Sie so von sich geben. Vor allem, wenn Sie, mit Ihrer Vergangenheit, in aller Öffentlichkeit eine Morddrohung ausstoßen", kam es postwendend von Peter zurück.

„Nun mal halblang, das war ja nicht ernst gemeint, und Sie glauben doch nicht etwa, dass ich Folkerts auf dem Gewissen habe? Das ist doch totaler Blödsinn. Wer behauptet denn so was? Dieser Schwachkopf von Wolters etwa? Dem haue ich eins an die Birne, wenn der so einen Scheiß über mich erzählt."

„Was ich glaube oder nicht, tut hier nichts zur Sache. Fakt ist, dass Sie und Ralf Gerken öffentlich Morddrohungen gegen den Investor Klaasen und den Stadtbaurat Folkerts ausgerufen haben, und Enno Folkerts liegt jetzt auf einer Bahre in der Gerichtsmedizin und ist tot.
Herr Aalhus, wo waren Sie in der Nacht von Donnerstag auf Freitag zwischen dreiundzwanzig Uhr und Mitternacht?"

Aalhus kratzte sich erst verunsichert an seinem Bart, gewann dann aber sofort wieder seine impertinente Selbstsicherheit und erwiderte mit einem überlegenden Grinsen: „Das kann ich Ihnen ganz genau sagen, Herr Kommissar, ich war auf Nachtschicht im Hafen. Ich arbeite dort als Wachmann bei der Polders Hafen- und Schifffahrts-AG, das können Sie gerne überprüfen, und nun hauen Sie ab und lassen Sie mich in Ruhe."

Peter hatte keine große Lust, sich mit Aalhus auf einen Streit einzulassen, und wusste, dass jedes weitere Wort mit ihm hier am Kleinen Meer reine Zeitverschwendung war.
„Sie wissen, Herr Aalhus, wir werden Ihre Angaben überprüfen, und wenn wir etwas finden, was Ihren Angaben nicht entspricht, sehen wir uns bald wieder, aber nicht hier, sondern auf dem Polizeirevier."

„Tun Sie, was Sie nicht lassen können", stieß Franz Aalhus noch zwischen den Zähnen gepresst hervor, zeigte Peter den Finger und verschwand im Eingangsraum seines Meerhauses.

Peter hatte genug gehört für einen Nachmittag und begab sich unter der Beobachtung unzähliger neugieriger Augenpaare der Anwohner zurück zum Parkplatz am Soltendobben, wo schon Klaus und Anja ungeduldig auf ihn warteten.

„Na, Chef, hast du eine schöne sonnige Bootsfahrt gehabt? Wir haben dich vorbeifahren sehen", empfing ihn Anja in ihrer unbeschwerten Art.

„Ja, danke, und eine aufschlussreiche Fahrt dazu. Wie lief es denn bei euch beiden, habt ihr etwas rausgefunden, was uns weiterhilft?", antwortete ihr Peter und grinste über beide Ohren.

„Leider nicht sehr viel", kam es von Klaus Marquart, der dabei eifrig in seinem Notizblock blätterte. „Die sind hier alle verschlossen wie Fort Knox. Nur ein gewisser Aggi Sanders nicht, achtundzwanzig Jahre alt, ein Student, der sich mit Gelegenheitsarbeiten am Meer etwas dazuverdient. Er hilft anderen Meerhausbesitzern im Garten und bei den jährlich anfallenden Ausbesserungsarbeiten an den Holzhäusern. Der war eine Ausnahme und etwas gesprächiger als die anderen sturen Ostfriesen.

Der Typ ist ein eingefleischter Naturfreund und strikt gegen die Bebauung an der Hieve. Meines Erachtens raucht der zu viel Natur, wenn du weißt, was ich damit meine, ist aber sonst ganz schön helle.

Sanders hat von einer gewissen Karin Breuer, sechsunddreissig Jahre alt, erzählt. Die soll als freischaffende Prostituierte auf Haus Calls arbeiten. Sie hat hier ihr kleines Meerhaus, in dem Sie ganzjährig wohnt, und sie bekommt so ziemlich alles mit, was am Meer vor sich geht. Sie soll einen gewissen Gerd Wolters sehr mögen und lässt ihn ab und zu auch mal umsonst ran. Er soll ihr erzählt haben, dass er bald an das ganz große Geld kommt, hat ihr aber sonst nichts weiter dazu verraten.

Dann hat er noch von einem Marko Focken, einundfünfzig Jahre alt, gesprochen, ein alter Bekannter aus der Emder Zuhälterszene, der sein Meerhaus angeblich für wilde Sex-Partys mit jungen Polinnen vermietet. Der möchte absolut nicht, dass eine Feriensiedlung hier seine schönen Geschäfte zerstört.

Das ist ungefähr alles, was ich in der kurzen Zeit herausbekommen habe. Nicht allzu viel, aber wir haben zumindest ein paar neue Anhaltspunkte, die wir verfolgen können."

„Anja, wie sieht es bei dir aus, hast du was in Erfahrung bringen können, was uns weiterhilft?"

„Nein, Chef, absolut nichts, was wir nicht schon wissen. Nur eine Sache war interessant,. Johann Kampen, ein Anwohner vorne am Soltendobben, behauptet, in der Mordnacht, als er so um kurz vor Mitternacht aus der Stadt kam, ist ihm vor Marienwehr ein sehr schnell fahrender dunkler SUV entgegengekommen.

Er ist sich aber nicht sicher, um welches Fabrikat es sich dabei gehandelt hat. Er meinte, es war zu dunkel und die sehen heute eh alle gleich aus."

Peter hatte so weit alles gesagt, stieg in seinen Stag, öffnete das Verdeck und zündete sich genüsslich eine Zigarette an.

„Okay, Leute, lasst uns Schluss machen für heute. Morgen ist auch noch ein Tag. Wir treffen uns in der Früh um acht im Revier zur Besprechung, um die Aussagen zu analysieren und zu überprüfen. Mal schauen, was sonst noch so dabei herauskommt.

Ich wünsche euch einen schönen geruhsamen Abend, und geht früh schlafen, meine Kinderchen!", rief er ihnen noch aus seinem offenen Auto zu und brauste mit röhrendem Motor davon.

Dass er Anja und Klaus schon in nur wenigen Stunden bei einem weiteren Mordopfer wiedersehen sollte, ahnte Peter da noch nicht.

Kapitel IX

Heinrich Klaasen saß gemütlich in einem seiner komfortablen Klubsessel im Wohnzimmer seines Penthouse und legte das Buch zur Seite, das er an diesem Abend eigentlich hatte zu Ende lesen wollen.

Er war mit seinen Gedanken woanders und konnte sich nicht so recht konzentrieren. Der Mord an Enno Folkert war ihm doch relativ nahe gegangen. Er kannte Enno Folkerts seit fast fünfzehn Jahren; sie hatten so manches schöne Projekt zusammen bestritten, und nun hatte ihn irgend so ein Irrer einfach erschossen.

Enno war immer bemüht gewesen, für ihn, Heinrich, Projekte durch den Stadtrat zu boxen. Er hatte dafür auch nicht wenig Geld bekommen, und Heinrich hatte ihm damals, als der Stadtbaurat sein eigenes Haus baute, sogar noch einige Sonderkonditionen eingeräumt.

Das war jetzt alles vorbei und wer weiß, wer der nächste Stadtbaurat von Emden wird? Kann mir auch egal sein, dachte sich Heinrich, den werde ich genauso kaufen wie seinen Vorgänger.

Er ging rüber zu seiner Hausbar und holte sich eine Flasche achtzehnjährigen Glenmorangie Single Highland Malt Scotch Whisky. Er füllte großzügig bemessen sein Glas und nahm einen tiefen Schluck. Der goldfarbene Whisky erwärmte ihn und erfreute die Tiefe seiner Kehle mit einem leichten, befriedigenden Brennen.

Whisky war eine seiner großen Leidenschaften und Heinrich hatte ein gut gefülltes Sortiment an verschiedenen Sorten aus der ganzen Welt. Auch einige seltene Hibiki Single Malt Whiskys aus Japan konnte er sein Eigen nennen. Die trank er aber nur zu ganz besonderen Anlässen wie an seinem Geburtstag oder anderen Feierlichkeiten.

Er hatte eine ganze Flasche davon allein getrunken, als seine Frau 2005 auf Mallorca tödlich verunglückt war. Zu seinem Glück war damals die mallorquinische Polizei nicht sehr sorgsam mit den Untersuchungen gewesen, sonst hätten sie eventuell die gelöste Bremsleitung gefunden. Das wäre dann aber auch nur purer Zufall gewesen, denn der Wagen war, wie er es geplant hatte, fast hundert Meter die Steilküste hinuntergestürzt. Das Wrack hatte sich zu einem Bündel Metall verformt. Man hatte den Leichnam seiner Frau mit Schweißbrennern herausschneiden müssen, und es war kein schöner Anblick gewesen, als er sie hatte identifizieren müssen.

Warum hatte sie ihm auch mit Scheidung drohen müssen, gerade als er in finanziellen Schwierigkeiten steckte? Das hatte sie nun davon. Die zehn Millionen Euro, die ihm dann die Versicherung nach ein paar Monaten auszahlte, waren natürlich auch nicht von schlechten Eltern und hatten damals sein Unternehmen vor dem Bankrott gerettet.

Das schlechte Gewissen, sie umgebracht zu haben, hatte ihn aber nie ganz verlassen und er war danach nie mehr so fröhlich gewesen wie früher. Zufrieden und selbstgefällig, ja, aber glücklich nur noch sehr selten.

Heinrich Klaasen gingen die Worte von Kommissar Streib nicht aus dem Kopf und er fragte sich andauernd selber, warum ihn Folkerts an dem Abend noch so dringend sprechen wollte.

Es musste etwas mit dem verdammten Hieve-Projekt zu tun haben, da war er sich ziemlich sicher, aber was?

Folkerts hatte an dem Tag während der Stadtratssitzung sehr nervös gewirkt und sich andauernd den Schweiß von der Stirn abgewischt.

Es war ihm erst hinterher aufgefallen, nach der Sitzung, und je länger er darüber nachdachte.

Die Sitzung war auch ein ganz schöner Hexenkessel gewesen, so was hatte er in seiner vierzigjährigen Laufbahn noch nie erlebt. Er sah noch all die hasserfüllten Gesichter der Aktivisten vor sich, die in Wirklichkeit nur neidisch auf seinen Erfolg und sein Geld waren.

Diese abartigen Drohungen und die ständigen Buhrufe, waren ihm ganz schön auf die Nerven gegangen, als wenn das etwas an dem Ausgang des Projektes ändern würde, hatte er sich dabei noch gedacht.

Diese verdammten Aktivisten gingen ihm nicht aus den Kopf und er verfluchte diese Grünen und Weltverbesserer, die immer und an allem etwas auszusetzen hatten.

Hatten etwa diese militanten Aktivisten etwas mit Folkerts' Tod zu tun und war auch er selbst in Gefahr? Zuzutrauen war denen alles und nach seiner Einschätzung schloss er die Möglichkeit auch nicht aus.

Sein Sohn Benjamin hatte die meiste Zeit das Projekt mit Enno Folkerts und dem Stadtrat besprochen und Klaasen wusste, dass dieses Mal sein Sohn Folkerts bestochen hatte, damit das Projekt ohne Probleme durch die Ausschüsse kommt.

Heinrich hatte wie üblich selbst versucht, Folkerts zu bestechen, und da hatte ihn dieser nur verunsichert angeschaut und gefragt, ob das ein Test sei oder so etwas. Dann hatte er Heinrich erzählt, dass er genug bekommen habe und damit war für Heinrich klar, dass sein Sohn ihm zuvorgekommen war. Er hatte noch insgeheim darüber lachen müssen, wie schnell Junior das Geschäft lernte und dass sie beinahe Folkerts doppelt bezahlt hätten.

Die Frage war, wusste sein Sohn etwas mehr zu Folkerts' Tod oder hatte er sogar etwas damit zu tun?

Ach Quatsch, so ein Blödsinn, verwarf er den Gedanken gleich wieder, der Versager doch nicht, der fällt ja gleich um, wenn er auch nur einen Tropfen Blut sieht.

Er konnte sich gut daran erinnern, wie sein Sohn einfach umgefallen war, als er sich einmal vor Jahren in der Küche in den Finger geschnitten hatte und das Blut nur so aus der Wunde lief.

Nein, Betrug, Lug und Bestechung, so etwas traute er seinem Sohn zu, Mord niemals.

Er goss sich noch einmal großzügig vom Whisky nach und rief nach seinem Hund Sir Alfred. Der Terrier hatte die ganze Zeit auf dem Sofa geschlafen, regte sich beim Ruf seines Herrn und kam mit dem Schwanz wedelnd angerannt. Heinrich liebte seinen Hund, Sir Alfred war seine ganze Freude und ihm fast lieber als sein Sohn, der Terrier machte ihm wenigstens keinen Ärger.

Er und sein Sohn Benjamin hatten sich am Freitag wieder einmal wegen der üblichen Themen heftig gestritten. Sie stritten oft und das Thema war immer das gleiche, Heinrich warf ihm vor, dass er seine Frau nicht im Griff hatte und sie mit ihrer Kokainsucht noch die ganze Familie in Verruf bringen würde. Er sollte sich endlich von diesem Flittchen trennen, eine nette Frau heiraten und Kinder machen. Heinrich wollte endlich Opa werden und viele Enkelkinder bekommen.

Dann warf er Benjamin wieder seine Spielsucht vor und dass er es leid sei, ihm immer wieder Geld für seine Gläubiger zu geben.

Benjamin hatte ihm vor Monaten versprochen, dass er sich ändern wird, mit dem Spielen aufhört und er und Marion bereits über eine IVF, eine künstliche Befruchtung, nachdenken.

Das hatte den alten Klaasen damals wieder versöhnlich gestimmt und Heinrich übernahm danach sämtliche Rechnungen für die besten Kliniken, egal was es kostete.

Nichts war passiert, ganz im Gegenteil, Marion war noch öfter von ihrem Mann getrennt und gab sich noch mehr ihrer Kokainsucht hin.

Und was tat sein Sohn, dieser Hampelmann, dagegen? Einfach gar nichts! Er hatte wieder angefangen zu spielen.

Er, Heinrich, spielte auch, aber eher mit dem Gedanken, ob er sich selber noch mal auf Brautschau begeben sollte.

In ihm steckten mit erst siebenundsechzig noch einige gute Jahre, und wenn er schon nicht Opa werden würde, dann könnte er es ja noch einmal als Vater versuchen.

Mit dem Gedanken schenkte er sich noch einen weiteren großzügigen Whisky ins Glas und musste über sich selbst lachen. Er sah sich schon mit Frack und Zylinder, an der Hand eine hübsche junge Braut in Weiß und hörte fast die Hochzeitsglocken läuten.

„So ein Blödsinn, so weit kommt das noch", sagte er laut zu sich selbst. Dafür war er dann doch zu alt und hatte auch gar keine Lust mehr auf Windelnwechseln Babygeplärre und diesen ganzen Erziehungsscheiß.

Er würde Benjamin noch einmal richtig einnorden, und so verkehrt war er ja nun auch nicht, er war schließlich sein Sohn.

„Was sagst du dazu, Sir Alfred? Alles Blödsinn, oder? Ja, du bist der Beste, mein Kleiner", sprach er zu seinem Hund, der freudig an ihm hochsprang. Er nahm ihn auf den Arm und Sir Alfred leckte ihm sofort in Dankbarkeit das Gesicht.

„Ist ja fein, mein Guter, wir gehen noch mal Gassi, was hältst du davon?"

Der Hund, der das Wort Gassi nur zu gut verstand, wedelte wie verrückt mit dem Schwanz, sprang vor Freude hin und her und auf die Ausgangstür zu.

Heinrich schaute auf die Uhr, die ihm fast elf Uhr anzeigte, und er machte sich fertig, vor dem Schlafengehen mit seinem Terrier seine allabendliche Runde zu gehen.

Noch schnell einen letzten Schluck Whisky und es konnte losgehen.

Sir Alfred zog wie immer schon im Fahrstuhl wild an seiner Leine, und kaum draußen löste Heinrich sein Halsband.

Der Terrier rannte wie vom Blitz getroffen los und Heinrich folgte ihm gemächlich hinterher.

Es war eine sehr dunkle Nacht und kaum ein Stern war am wolkenverhangenen Firmament auszumachen.

Alles war sehr ruhig in dem Neubauviertel am Neuer Delft, als Heinrich seine gewohnte Runde lief.

Sir Alfred lief voraus und suchte sich ein Plätzchen, wo er sein Geschäft verrichten konnte.

Heinrichs abendliche Runde führte ihn meistens bis zum Ende der Arthur-Engler Straße an den Gleisanlagen für den Güterverkehr vorbei.

Dort standen sie, dachte er, die Früchte des VW-Werks und anderer deutscher Automobilhersteller, Neuwagen an Neuwagen aufgereiht auf Waggons der Bundesbahn. Sie kamen entweder für den Seetransport nach Emden oder fuhren für den Inlandvertrieb in die Republik.

Mehr als eine Million Neuwagen pro Jahr werden über Emdens Hafen im- und exportiert.

Heinrich Klaasen hörte den Emsland-Express schon von Weitem sich der alten Eisenbahnbrücke nähern. Wieder einmal mit Verspätung, dachte er sich, als er auf seine Armbanduhr schaute, die elf Uhr zehn anzeigte. Dann fuhr der Zug mit lautem Quietschen und Dröhnen über die noch von vor dem Zweiten Weltkrieg stammende Eisenkonstruktion. Der Lärm ist so unangenehm laut, dass es wohl nicht mehr sehr lange dauern wird, bis endlich einflussreiche Bürger der Stadt dafür Sorge tragen werden, eine Erneuerung der Brücke im Stadtrat durchzusetzen. Schließlich war es keine gute Werbung für Emden, wenn man im Sommer auf dem Ponton des Restaurants Hafenhaus sitzt und sein eigenes Wort nicht mehr verstehen kann.

Die Anwohner der anliegenden sogenannten Kapitänshäuser sind jedes Mal, wenn ein Zug über die Brücke fährt, nur zu bemitleiden.

Auch verzieht sich die Brücke im Sommer regelmäßig, wenn es zu heiß wird und die Sonne direkt auf die Klappbrückenkonstruktion scheint. Sie lässt sich dann nicht mehr öffnen, Sportboote und Yachten, die im Emder Hafen liegen, können dann nicht mehr auslaufen. Es war in den letzten Jahren schon etliche Male vorgekommen, und es dauerte jedes Mal einige Tage, bevor die Brücke wieder in Betrieb genommen werden konnte.

Während der Zug lärmend über die Eisenbahnbrücke donnerte und ohne dass Heinrich Klaasen es bemerkte, hatte sich ihm eine Gestalt von hinten bis auf wenige Meter genähert.

Heinrich Klaasen fühlte auf einmal instinktiv die Nähe einer anderen Person, ungewollt sträubten sich seine Nackenhaare und ein kalter Schauer lief ihm den Rücken hinunter.

Als er endlich den Mut gefasst hatte und sich umdrehte, stand eine Person mit dunklem Anorak und einer Kapuze, tief ins Gesicht gezogen, direkt vor ihm. In der Hand der dunklen Gestalt schimmerte eine Waffe mit einem langen Lauf und war direkt auf seinen Kopf gerichtet.

Heinrich wollte noch etwas sagen, aber ein kurzes Plopp verstummte ihn für immer, und die Kugel, die dann seinen Kopf durchschlug, spürte er schon nicht mehr.

Heinrich Klaasen brach auf der Stelle zusammen und war tot.

Kapitel X

Es war eine fast gespenstisch anmutende Szene. Die pechschwarze Nacht wurde nur unterbrochen von zwei rotierenden blauen Lichtern und einigen gleißend umherspringenden Lichtkegeln, die sich auf der glatten Wasseroberfläche des Hafenbeckens vom Neuer Delft widerspiegelten.

In den wenigen schon bewohnten Häusern konnte man einige Anwohner in den Fensterrahmen entdecken, die hier, wie ein Publikum in einem schlechten Theaterstück wirkend, dem grausigen Schauspiel mehr oder weniger freiwillig beiwohnten.

Peter parkte seinen Wagen hinter den Polizeiautos und ging in Richtung der Lichtkegel. Er entdeckte auch sofort Klaus Marquart, der über eine am Boden liegende Gestalt gebeugt war.

„Wer hat Heinrich Klaasen gefunden?", war Peters erste Frage an Klaus, als er am Tatort ankam und sich neben ihm auch über die mit dem Kopf in einer Blutlache liegenden Leiche beugte.

„Einer der Anwohner, der spät mit seinem Wagen nach Hause kam, sah beim Aussteigen den Hund von Klaasen am Ende der Straße und hörte ihn aufgeregt bellen.

Erst hatte er sich dabei nichts weiter gedacht, aber als der Hund nicht aufhörte zu bellen, lief er in seine Richtung, um nachzuschauen, warum der Hund so aufgeregt war.

Als er dann auf das Tier zuging, fand er Klaasen in einer Blutlache am Boden liegen und rief sofort die Polizei.

Der Mann heißt Fritz Tegel, wohnt hier gleich im ersten Block und ist total fertig mit den Nerven. Er hat noch nie vorher eine so entstellte Leiche gesehen. Aus dem kriegen wir erst einmal so schnell nichts raus, der zugerufene Arzt von der Ambulanz hat ihm eine Beruhigungsspritze gegeben.

Ich denke aber auch, dass er uns nicht viel mehr erzählen kann, aber vielleicht hat er ja auf dem Weg hierher jemanden oder ein Fahrzeug gesehen."

Peter wirkte auf irgendeine Weise gereizt und es hatte wohl damit zu tun, dass er noch vor ein paar Stunden mit Heinrich Klaasen gesprochen hatte, und jetzt lag dieser tot vor ihm auf dem kalten Untergrund.

Er hatte sich gerade schlafen legen wollen, als ihn der Anruf von Klaus Marquart erreichte. Peter war äußerst geschockt und sofort wieder hellwach über die Nachricht, dass man Heinrich Klaasen erschossen aufgefunden hatte.

Er hatte nur kurz gefragt, wo und dann zu Klaus gesagt, dass er in zehn Minuten da sein werde; er hatte es in fünf geschafft.

„Was wissen wir sonst noch, Klaus? Habt ihr schon mit der Befragung der Anwohner begonnen und gibt es schon Informationen, ob irgendjemand etwas gehört oder gesehen hat?"

„Langsam, Chef, wir sind auch erst seit fünfzehn Minuten am Tatort und haben erst einmal damit begonnen, den Tatort großräumig abzusperren und nach verwertbaren Spuren zu suchen.

Anja ist immer noch dabei, mit PK Hindrek Janssen und PK Menno Ulferts die Anwohner aus den Betten zu klingeln und zu befragen.

Du kannst dir ja vorstellen, wie glücklich die Leute darüber sind; es ist fast zwei Uhr nachts. Der einzige Vorteil ist: Morgen ist Sonntag und die Leute können ausschlafen.

Alles, was wir bisher feststellen konnten, ist, dass Klaasen genauso wie Folkerts aus nächster Nähe mit einer großkalibrigen Waffe von vorne in den Kopf geschossen wurde.

Es gibt wieder keine Patronenhülse, keine Kampfspuren, nichts, was uns irgendwie weiterbringt. Wir müssen das Tageslicht abwarten, um den Tatort genauer untersuchen zu können."

„Hat schon jemand die Familie verständigt?", fragte Peter noch.

„Ja, Anja hat Klaasen junior angerufen und aus dem Bett geklingelt, der muss jeden Moment hier sein."

Peter verarbeitete die ihm gegebenen Informationen, ließ sie auf sich einwirken und sah hinauf in den wolkenverhangenen Nachthimmel, der düster und unfreundlich, nichts Gutes verheißend, über der Stadt hing.

Dann blickte er zurück auf die am Boden liegende Leiche, an der sich jetzt, der kurz nach Peter eingetroffene Gerichtsmediziner Sigurd Schmitz sichtlich ungehalten zu schaffen machte.

„Könnt ihr eurem Mörder nicht mitteilen, er soll innerhalb der Woche und etwas früher seine Morde begehen? Ich war gerade so schön eingeschlafen, wollte morgen endlich einmal ausschlafen, und da müsst ihr mich wieder aus dem Bett klingeln."

„Beruhige dich, Siggi, uns allen ist es ja auch nicht anders ergangen, und ich kann mir auch Schöneres vorstellen, als hier mit dir gemeinsam eine Leiche zu betrachten", antwortete ihm Klaus.

„Da kommt Benjamin Klaasen, es ist besser, wenn du mit ihm sprichst, Peter, ich mache hier mit Siggi weiter."

PK Unno Tjaksen hielt Benjamin Klaasen an der Absperrung zurück mit den Worten: „Sie können da jetzt nicht hin, das ist ein Tatort und die Spurensicherung..."

Weiter kam er nicht, da erschien Peter schon, nahm Benjamin Klaasen am Arm und führte ihn zur Seite mit den Worten: „Mein herzlichstes

Beileid, Herr Klaasen, aber hier können Sie nichts weiter tun, gehen Sie nach Hause zu Ihrer Frau. Wir kommen Sie morgen früh besuchen und hoffen, Sie können uns helfen, dann einige Fragen zu beantworten, um herauszufinden, warum Ihr Vater erschossen wurde."

„Das waren die verfluchten Militanten vom Meer; ich hatte Vater gewarnt, es nicht auf die leichte Schulter zu nehmen, aber er wollte ja nicht auf mich hören, und jetzt ist er tot", schluchzte Benjamin Klaasen und begrub das Gesicht in seinen Händen.

Nach Fassung ringend wandte er sich kurz ab, und als er sich wieder umdrehte, wischte er sich die Tränen aus den Augen, nickte Peter nur zu und sagte noch: „Okay, Herr Kommissar, ich erwarte Sie dann morgen früh in meinem Haus."

Peter schaute ihm noch kurz hinterher, wie Klaasen junior mit seinem dunkelblauen Range Rover wegfuhr, und wandte sich wieder an Klaus Marquart.

„Das ist alles ganz schön beschissen, Klaus, ich bin mir nicht sicher ‚was hier für ein Blues abgeht, aber die Musik ist richtig heiß.

Zwei Morde in zwei Tagen, und wir haben noch nichts, was uns irgendwie weiterhilft, den Mörder zu fassen.

Keine Spuren, keine Waffe, niemand hat was gehört oder gesehen, lass uns hoffen, dass Anja etwas mit ihrer Befragung herausfindet, oder die Presse wird uns gewaltig den Arsch aufreißen und unsere Staatsanwaltschaft noch dazu."

Sigurd Schmitz kam mit großen Schritten rüber zu Klaus und Peter, hielt in seiner rechten Hand einen Plastikbeutel mit einem in ihr befindlichen kleinen grünen Objekt und strahlte.

„Die haben wir in der rechten Hand des Opfers gefunden, sieht so aus, als wenn er sie dem Mörder noch abgerissen hat, bevor er erschossen wurde. Es ist so eine Anstecknadel, wie sie die Typen von der Protestbewegung zur Erhaltung der Hieve tragen, wenn ihr mich fragt. Wir werden sie aber noch genauer untersuchen, auch auf Fingerabdrücke und DNA.

Todeszeit ist so um elf Uhr durch einen Schuss aus nächster Nähe, genau wie bei Enno Folkerts. Das ist zurzeit alles, mehr nach der Obduktion. Kann ich die Leiche jetzt abtransportieren lassen?"

„Ja, mach ruhig, Siggi, und sei so gut, schick mir die Nadel bitte sofort ins Büro, nachdem ihr sie untersucht habt.

Na endlich haben wir eine brauchbare Spur, und lass uns hoffen, der Mörder hat einen entscheidenden Fehler gemacht und seine Visitenkarte hinterlassen.

Was meinst du dazu, Klaus?", wandte sich Peter fragend an Marquart.

„Oder er hat die Nadel absichtlich dort hinterlassen, um die Polizei auf eine falsche Spur zu locken", kam die Antwort, aber nicht von Klaus, sondern von Oberstaatsanwältin Lena Holtmann, auf einmal wie aus dem Nichts aus der Dunkelheit auftauchend.

„Wie kommst du, äh, Sie, denn hierher?", stammelte Peter sichtlich über Lenas plötzliche Anwesenheit überrascht.

„Hauptkommissar Theesen hat mich angerufen, und es ist schließlich mein Job, mich um die Ermittlungen in meinem Mordfall auch vor Ort zu informieren.

Und jetzt haben wir es sogar mit einem zweiten Mord in sehr kurzem Abstand zu tun. Was gibt es sonst zu berichten?"

„Leider nichts von meiner Seite, wie immer hat niemand etwas gesehen oder etwas gehört", kam es von Anja, die die Befragung der nächsten Anwohner abgeschlossen und sich zu ihnen gesellt hatte.

„Klaasen wurde aus nächster Nähe von einem uns noch unbekannten Täter erschossen. Wir müssen den genauen Obduktionsbefund, die weitere Spurensicherung und Analyse der Spuren abwarten.

Im Moment können wir nichts weiter tun. Ich schlage vor, wir gehen alle jetzt noch ein paar Stunden schlafen und treffen uns in aller Frühe im Revier. Es steht uns ein harter Tag bevor und wir brauchen alle noch etwas Schlaf."

Mit diesen Worten drehte sich Peter um, ließ Klaus, Anja, Siggi und Lena stehen, ging zu seinem Wagen und fuhr davon.

Lena schaute genau wie die anderen Peter verdutzt hinterher, fasste sich aber am schnellsten wieder und sagte mit verärgerter Stimme: „Tja, Frau Kappels, Herr Marquart und Herr Schmitz, Sie haben Ihren Chef gehört. Ich sehe Sie alle morgen früh zur Besprechung um zehn Uhr im Büro. Gute Nacht."

Peter, zurück in seiner Wohnung und immer noch aufgewühlt von den Ereignissen der Nacht, konnte einfach nicht einschlafen. Ihm ging weder der Mord an Heinrich Klaasen noch der Anblick von Lena, umrahmt vom blauen Licht der Polizeiwagen, aus dem Kopf.

Sie sah so wunderschön aus und es wurde ihm da so richtig bewusst, er liebte sie noch immer, und mit dem Gedanken schlief er dann doch noch endlich ein.

Kapitel XI

Sonntag, der 10. Mai

Am Morgen nach der kurzen Nacht waren alle vollzählig und pünktlich um zehn Uhr im Besprechungszimmer erschienen. Es roch nach frisch aufgebrühtem Kaffee und jemand hatte vom Bäcker eine große Tüte noch warmer, duftender Croissants mitgebracht. Peter half sich zu einer Tasse Kaffee und einem Croissant als Lena Holtmann plötzlich vor ihm stand. Sie trug einen dunkelblauen Hosenanzug mit einer hellblauen Bluse und schwarzen halbhohen Schuhen. Sie sah übernächtigt aus mit dunklen Ringen unter den Augen.

Lena wirkte nervös und die Anspannung war ihr anzumerken, als sie das Wort ergriff und sagte: „Guten Morgen, liebe Kollegen, aber ob es ein guter Morgen ist, wird sich erst noch zeigen.
Wir haben jetzt zwei Morde unmittelbar aufeinanderfolgend an zwei Tagen hier in Emden und wir benötigen dringendst Antworten.
Sind sie miteinander verbunden? Handelt es sich um den gleichen Täter und was können wir der Presse mitteilen?
Ihr könnt euch ja wohl gut vorstellen, was in Emden los ist, und wir brauchen irgend etwas, womit wir die Medien befriedigen können.
Polizeirat Theesen, Polizeidirektor Lütjens und ich haben für heute, zwölf Uhr Mittag, eine Pressekonferenz anberaumt.
Ich schlage vor, Hauptkommissar Streib gibt uns und dem Team eine Zusammenfassung der bisherigen Ergebnisse der Ermittlungen."

Peter war schon um acht Uhr früh ins Revier gefahren und hatte alle Protokolle der bisherigen Befragungen und die kriminaltechnischen Berichte, soweit sie schon vorlagen, noch mal gelesen. Er schaute in die angespannte Runde der Anwesenden, klopfte kurz mit den Fingern auf den Tisch und begann mit seiner Zusammenfassung der bisherigen Ereignisse.

„Alles, was wir bis zum jetzigen Zeitpunkt wissen, ist, die Mordopfer, Enno Folkerts sowie Heinrich Klaasen, sind aus nächster Nähe von einem uns noch unbekannten Täter oder, auch nicht auszuschließen, mehreren Tätern mit einer großkalibrigen Waffe erschossen worden.

Es konnte bis jetzt in beiden Fällen weder eine Tatwaffe, Patronenhülse noch ein Projektil gefunden werden. Die Spurensicherung im zweiten Mordfall dauert zwar noch an, aber es ist unwahrscheinlich, dass wir noch etwas finden.

Wir haben aber beim zweiten Mordopfer, Heinrich Klaasen, eine Anstecknadel der Bürgerinitiative zur Rettung der Hieve in seiner Hand gefunden. Ob Heinrich Klaasen sie noch im Reflex dem Täter abgerissen hat, oder ob sie absichtlich dort deponiert wurde, können wir nicht mit Bestimmtheit sagen.

Die bisherigen Untersuchungen weisen stark darauf hin, dass die beiden Morde mit dem Hieve-Projekt, dem eventuellen Bau einer Ferienanlage mit Hotel am Kleinen Meer, im Zusammenhang stehen.

Enno Folkerts war als Stadtbaurat der starke Befürworter und Heinrich Klaasen der Investor des Projekts; und jetzt sind beide tot.

Während der ersten Ausschusssitzung zum Projekt wurden von Aktivisten der Bürgerinitiative zur Rettung der Hieve, die den Bau der Ferienanlage verhindern wollen, mehrfach Morddrohungen in Richtung Investor und auch Stadtbaurat ausgerufen.

Das ist ein mögliches Motiv und leider unser einziges bis zum jetzigen Zeitpunkt.

Wir sind dabei, die Alibis der Aktivisten, die während der Sitzung letzten Donnerstag Morddrohungen gerufen haben, zu überprüfen.

Das ist so weit alles, was wir haben; wir gehen noch anderen einzelnen Hinweisen nach und überprüfen auch die finanziellen Verhältnisse von Folkerts auf Korruptionshinweise. Wir müssen aber leider warten, bis die Banken am Montag wieder aufmachen.

Über die anderen Hinweise jetzt schon etwas Genaues zu sagen, wäre reine Spekulation, aber wir arbeiten daran, und ich bin sicher, in achtundvierzig Stunden kann ich Ihnen mehr dazu sagen.

Ich bitte Sie, der Meute von der Presse nur das Nötigste mitzuteilen und den Zusammenhang mit dem Hieve-Projekt für den Moment noch zu verschweigen.

Sagen Sie der Presse einfach, die Polizei verfolgt eine wichtige Spur, und aus diesem Grund und um die weiteren Ermittlungen nicht zu beeinträchtigen kann nicht viel weiter dazu gesagt werden.

Sagen Sie der Presse weiter, die Polizei benötigt die Hilfe der Bevölkerung Emdens und sucht nach Zeugen, die eventuell etwas wissen oder gesehen haben, was zur Klärung des Falles dienlich sein könnte."

Nachdem er seinen Bericht beendet hatte, schaute Peter die Anwesenden an und wartete auf Fragen oder sonstige Wortmeldungen, aber niemand hatte etwas zu seiner Zusammenfassung der Fakten und Ereignisse hinzuzufügen.

Nach kurzem Schweigen der Runde entschied Lena Holtmann mit ernster Miene und Peter direkt anblickend.

„Gut, so machen wir das, Herr Hauptkommissar Streib. Wir werden uns bei der Pressekonferenz, wie Sie vorschlagen, bedeckt halten. Ich stelle Ihnen noch ein paar Beamte aus Aurich zu Ihrer Unterstützung zur Verfügung und freue mich, wenn ich in achtundvierzig Stunden erste Erfolgsmeldungen von Ihnen höre, und nun möchte ich Sie und Ihr Team nicht länger von der Arbeit abhalten, und halten Sie mich bitte über den Stand der Ermittlungen auf den Laufenden, Herr Streib, ist das klar?"

Zurück im Büro setzten sich alle an ihren Schreibtisch und schauten Peter fragend an.

„Okay, Leute", fing Peter an und begab sich an die weiße Schreibwand, die links hinter der Tür an der Wand festgeschraubt war. Es hingen dort schon mit Magnetknöpfen befestigt die Fotos der beiden Mordopfer, Enno Folkerts und Heinrich Klaasen.

„Nun lasst uns mal ‚Butter bei die Fische packen', wie man hier in Ostfriesland so schön sagt, und ich denke einfach mal laut nach, schreibe die einzelnen Punkte auf, die mir spontan einfallen, und ihr macht euch Notizen und schreibt alles auf, was euch dazu einfällt."

Peter nahm sich einen Stift vom Bord, redete seine Gedanken laut vor sich hin und begann unterhalb der Fotos anzuschreiben.

„Erstens, was ist das Motiv für die Morde, warum wurden die beiden umgebracht? Wir brauchen ein handfestes Motiv, dann haben wir auch den oder die Täter.

Zweitens, Enno Folkerts will unbedingt am Abend seines Todes noch Heinrich Klaasen treffen, und jetzt sind beide tot. Worum ging es bei dem Termin von Enno Folkerts mit Heinrich Klaasen am Donnerstagabend, noch zu so später Stunde? Was wollte Enno Folkerts unbedingt noch mit Heinrich Klaasen besprechen? Es muss etwas mit dem Hieve-Projekt zu tun haben, aber was? Hat Enno Folkerts Geld von Heinrich Klaasen genommen?

Drittens, wer hat Enno Folkerts noch um zehn angerufen? Wir wissen zwar, von wo Enno Folkerts angerufen wurde, aber nicht, von wem. Haben wir eine Möglichkeit, das herauszufinden?

Viertens, Franz Aalhus und Ralf Gerken, militante Aktivisten der Hieve-Bürgerinitiative, rufen öffentlich Morddrohungen in der Stadtratssitzung aus. Die müssten meiner Meinung nach doch verrückt sein, danach ihre Worte in die Tat umzusetzen. Sind die wirklich so dumm?

Ich glaube es einfach nicht, aber wer weiß? Aalhus hat angeblich ein Alibi und war in der Nacht bei seiner Arbeit. Was ist mit Gerken?

Fünftens, was ist, wenn ein anderer Aktivist die Gunst der Stunde nutzte und die beiden umgebracht hat? Wir haben eine Anstecknadel, der Aktivisten wissen aber nicht, wem sie gehört. Wer von den Aktivisten vermisst seine Anstecknadel?

Sechstens, was hatte dieser Aggi Sanders über die Prostituierte Karin Breuer und Gerd Wolters noch ausgesagt? Gerd Wolters würde bald an das große Geld kommen, hat sie ihm erzählt. Der ist doch Taxifahrer, wie will der an großes Geld kommen und wodurch?

Siebtens, was hatte Gerd Wolters auf meine Frage geantwortet, ob, um das Kleine Meer zu retten, jemand von der Bürgerinitiative dafür bereit ist zu morden? Er antwortete mir: ‚Fragen Sie mal den Sohn vom alten Klaasen, der steckte doch immer mit Enno Folkerts zusammen'. Was hat er damit genau gemeint?

Achtens, was ist mit diesem Marko Fokken, der sein Meerhaus angeblich für wilde Sexpartys und junge Polinnen vermietet. Könnte man dem einem Mord zutrauen?

Neuntens, wer fährt einen großen dunklen SUV, der angeblich nachts so um die Tatzeit von Enno Folkerts Mord vom Meer in Richtung Stadt fuhr?

Zehntens, wer ist im Besitz einer Pistole oder eines Gewehrs und wo ist die Mordwaffe?

Okay, das sind für mich im Moment die wichtigsten offenen Punkte und Fragen, die mir einfallen. Falls ihr noch was zuzufügen möchtet, legt mal los.

Klaus, was ist dir spontan zu den zehn Punkten eingefallen?"

„Also ich bin der Überzeugung, einer der Hieve-Aktivisten ist völlig durchgedreht und hat den beiden das Licht ausgeknipst. Dafür spricht auch die Anstecknadel, die wir bei Klaasens Leiche gefunden haben.

Wir müssen das Alibi von dem Franz Aalhus überprüfen.

Wenn der als einziger Wachmann bei der Hafenfirma arbeitet, wer kann dann bestätigen, dass er nicht mal schnell seinen Arbeitsplatz verlassen hat und die Morde begangen hat?

Dann müssen wir den Ralf Gerken vernehmen und checken, ob der ein Alibi hat und eventuell unser Mörder sein könnte.

Wenn die beiden es nicht waren, dann, denke ich, war es ein anderer von der Protestbewegung, alles andere ergibt sonst keinen Sinn.

Mit Wolters kann ich nichts anfangen, den hast du doch befragt, und wer weiß, was der für einen Stich umsonst der Karin Breuer alles so erzählt? Den Marko Fokken können wir abchecken, aber den kenne ich aus der Zeit, als ich noch bei der Sitte gearbeitet habe, und eigentlich traue ich dem keinen Mord zu.

Zum dunklen SUV ist zu sagen, die fahren doch alle so dicke Dinger am Meer, damit sie ihre Boote und andere Anhänger ziehen können. Ich habe bei unserer Befragung mindestens sechs oder sieben solcher Wagen am Meer parken sehen", beendete Klaus seine Ausführungen.

„Und was ist dir bei meinen Punkten spontan eingefallen, Anja?"

„Nach dem, was wir über Klaasen in Erfahrung gebracht haben, bin ich stark davon überzeugt, dass Enno Folkerts Geld bekommen hat und dass wir morgen, wenn die Bank aufmacht, auch die Beweise dafür finden werden.

Der Anrufer um zehn ist voraussichtlich auch der Mörder, wir müssen rausfinden, wer Folkerts angerufen und noch getroffen hat.

Was mich auch stutzig macht, ist die Aussage von Gerd Wolters, Enno Folkerts habe immer mit dem Sohn zusammengesteckt. Woher weiß er das? Da sollten wir noch mal nachhaken und auch, was es mit dem angeblichen großen Geld, das er erwartet, auf sich hat.

Wir sollten Klaasen junior mal auf den Zahn fühlen. Der erbt ja nun auch mächtig und muss Papa nicht mehr um Geld anbetteln, um seine Spielschulden zu zahlen.

Das wäre ein mögliches Motiv für den Mord an Heinrich Klaasen, aber das passt nicht zum Mord an Folkerts.

Hat Benjamin Klaasen aber nicht auch einen dunklen Range Rover SUV?

Die Indizien, speziell die Nadel, davon gibt es leider hunderte in Emden, weisen auf aber einen Täter im Umkreis der Bürgerinitiative hin, ich schließe mich da den Ausführungen von Klaus an."

Peter überlegte, wie unterschiedlich doch die beiden waren. Für Marquart zählten die Indizien mehr als alles andere und für ihn stand schon fest, dass der Täter nur im Umfeld der Bürgerinitiative zu suchen ist, und, wer weiß, ganz so abwegig war seine These nicht.

Klaus war ein guter Polizist, mit einem sehr guten Instinkt, der sich nicht in tiefe komplizierte kriminalistische Denkzüge verstrickt.

Er hatte seine eigene Art und Weisen, wie er an einen Fall heranging und die Dinge in seiner Schwarz-und-Weiß Struktur bearbeitete.

Jede Vereinfachung einer Sachlage durch Indizien kam seiner Natur entgegen.

Anja dagegen hatte ein sehr feinfühliges kriminalistisches Denken und hinterfragte die Dinge. Sie ließ sich ihre Optionen offen, aber noch ohne zu wissen warum.

Da fehlte ihr noch die Erfahrung, aber die würde sie schon noch machen. Aus ihr würde mal eine richtig gute Ermittlerin werden, da war sich Peter sicher.

Sie musste nur darauf aufpassen, mit wem sie sich auch privat einlässt, oder ihre Karriere würde schnell vorbei sein, bevor sie überhaupt erst begonnen hatte.

Er fasste innerlich noch mal alle drei Überlegungen zusammen und hatte dann den Schlachtplan für das weitere Vorgehen für den Tag.

„Klaus, du überprüfst das Alibi von Franz Aalhus und dann fährst du noch mal ans Meer und knöpfst dir den Ralf Gerken einmal vor.
Wo war der zu den Tatzeiten usw.?
Ich möchte auch, dass du mit der Karin Breuer sprichst, und versuche herauszufinden, ob sie etwas mehr von dem zu erwartenden Geldsegen von Gerd Wolters weiß.
Dann brauche ich noch eine Liste sämtlicher Personen am Meer, die einen dunklen SUV fahren.

Anja und ich fahren erst einmal zu Klaasen junior, sehen uns dort mal die Verhältnisse an und checken sein Alibi ab.
Dann kommen wir auch zum Meer.
Ich möchte noch einmal mit Gerd Wolters sprechen und ein paar anderen der Meerhausbewohner, um zu erfahren, wer am meisten zu verlieren hat, wenn die Feriensiedlung gebaut wird.
Wenn ihr damit einverstanden seid, dann lasst uns jetzt loslegen."

Anja und Klaus nickten kurz ihre Zustimmung; damit war ihr internes Meeting beendet und ihre Aufgaben für den Tag klar definiert.

Klaus verließ das Büro wenig später, um ans Kleine Meer zu fahren. Anja und Peter folgten ihm kurze Zeit darauf, um Benjamin Klaasen den in der letzten Nacht für heute Morgen angekündigten Besuch abzustatten.

Kapitel XII

Ostfriesland zeigte sich mal wieder von seiner allerschönsten Seite; die kräftige Maisonne stand hoch am blauen Himmel, und es versprach ein richtig toller Tag zu werden.

Peter öffnete mit wenigen geübten Handgriffen das Verdeck seines Cabrios und setzte sich, eine Zigarette rauchend, hinter das Steuer.

Anja genoss die Fahrten mit Peters Triumph Stag genauso wie er und hatte aus Erfahrung schon immer ein seidenes Halstuch dabei, das sie sich um den Kopf band, damit ihre langen Haare nicht so im Wind hin und her wirbelten.

Benjamin Klaasen und seine Frau bewohnten einen alten, umgebauten und sehr aufwendig sanierten Bauernhof in Wolthusen. Auf der Auffahrt des Anwesens, vor einer zur Garage umgebauten Scheune, standen ein Porsche 911, der Ferrari, den sie schon bei der Firma Klaasen gesehen hatten, und der dunkle Range Rover von gestern Nacht.

Beim zweiten Klingeln an der prächtigen Haustür öffnete ihnen eine sehr gut aussehende Frau in einem schwarzen Kostüm die Eingangstür. Peter schätzte sie so um die dreißig und ertappte sich dabei, wie er sie wegen ihrer makellosen Schönheit fasziniert anstarrte.

Sie lächelte in einer Weise, sich ihrer Wirkung auf Männer sehr bewusst, und sprach mit einer dunklen und fast erotisch klingenden Stimme zu Peter: „Sie müssen Herr Hauptkommissar Streib sein. Bitte kommen Sie herein, mein Mann und ich erwarten Sie schon."

Sie drehte sich mit einer eleganten Hüftbewegung und führte Peter als auch Anja, die sie keines weiteren Blickes gewürdigt hatte, durch eine einladende, geschmackvoll und modern eingerichtete Eingangshalle in ein riesiges Wohnzimmer. Anja stieß Peter den Ellbogen in die Seite und verzog das Gesicht, als wollte sie ihn aus der Verzauberung einer bösen Hexe herausholen. Womit sie auch nicht ganz unrecht hatte, denn Peter wirkte nach dem Anblick von Frau Klaasen für einen Moment, als hätte er total vergessen, warum sie überhaupt hier waren.

Er lächelte Anja kurz zu, um ihr zu signalisieren, er war wieder Herr seiner selbst, aber sehr überzeugend wirkte er dabei irgendwie nicht.

Im Wohnzimmer, vor einer sich den ganzen Raum entlangstreckenden, bodentiefen Fensterfront stand, in den sehr schönen, parkähnlich angelegten Garten hinausblickend, Benjamin Klaasen.

Das Wohnzimmer hatte riesige Ausmaße. An der rechten Seitenwand befand sich ein großer, aus grauen Steinen gemauerter Kamin mit zwei dunkelbraunen ledernen Klubsesseln davor, und an der linken Wand befand sich ein mehr als fünfzig Zoll großer Flachbildschirm, eine sehr teure Musikanlage von Bose und zwei moderne Fernsehsessel.

Gegenüber der Fensterfront bedeckten vom Boden bis zur Decke ragende Bücherregale, bestückt mit teuren Einbänden sowie vielen Fotos, die letzte Wand. In der Mitte des Raumes, fast etwas verloren wirkend, stand eine geschmackvolle, bequem wirkende Sitzgarnitur von Rolf Benz mit einer zum Kaffeetisch umgebauten alten indischen Tür unter einer speziell dafür angefertigten Glasplatte. Der ganze Raum wirkte sehr harmonisch und vor allem sehr teuer eingerichtet. Alles passte zusammen und nichts war deplatziert oder dominierte über etwas anderes.

Marion Klaasen beobachtete immer wieder mit Stolz, welch guten Eindruck ihr sehr geschmackvolles Reich auf alle Besucher machte.

Als sie den Raum betrat, strich sie mit einer leichten Geste ihrer Hand durch ihr Haar, wies auf Peter und sprach zu ihrem Mann: „Hauptkommissar Streib und seine Kollegin sind hier, Liebling. Wie war noch mal Ihr Name, Schätzchen?"

„Ich bin nicht Ihr Schätzchen und hatte Ihnen meinen Namen auch noch nicht genannt. Aber für die Zukunft und für Ihr besseres Verständnis, Frau Klaasen, ist mein Name Kommissaranwärterin Anja Kappels", kam es knapp von Anja und ohne mit der Wimper zu zucken zurück.

„Guten Morgen, Herr Streib und Frau Kappels, bitte nehmen Sie doch Platz. Darf ich ihnen etwas anbieten?", mischte sich Benjamin Klaasen zwischen die beiden Frauen und wies auf die sehr einladend wirkende große Rolf-Benz-Ledergarnitur, bevor er fortfuhr: „Was können Sie uns Neues zum Tod meines Vaters berichten, Herr Kommissar, haben Sie schon irgendwelche Anhaltspunkte oder Hinweise auf den Täter?"

Anja und Peter setzten sich jeder in einen der bequemen Sessel, und Benjamin Klaasen und seine Frau nahmen auf dem großen Sofa gegenüber Platz.

Peter überlegte kurz und begann dann ohne weitere Umschweife: „Nochmals unser herzlichstes Beileid, Herr und Frau Klaasen. Leider ist die ganze Angelegenheit im Moment noch sehr undurchsichtig, aber die Ermittlungen laufen auf Hochtouren. Was wir zum jetzigen Zeitpunkt wissen ist, dass Ihr Vater um circa elf Uhr gestern Abend, aus nächster Nähe, genau wie das erste Opfer Enno Folkerts, erschossen wurde. Ob hier ein direkter Zusammenhang besteht oder ob es sich um denselben Täter handelt, können wir weder bestätigen noch ausschließen. Es benötigt weitere Untersuchungen und eine Klärung von verschiedenen Sachverhalten.

Das bringt mich auch gleich zu meinen ersten Fragen, wenn Sie gestatten.

Wie war Ihr Verhältnis zu Enno Folkerts und hat Folkerts von der Firma Ihres Vaters Geld bekommen, um das Hieve-Projekt im Stadtrat durch die Ausschüsse zu drücken?"

„Was wollen Sie denn damit sagen, Herr Kommissar, dass mein Vater den Stadtbaurat Folkerts bestochen hat? Ich weise solche Anschuldigungen strikt zurück. Wie können Sie denn so etwas behaupten? Dafür haben Sie keinerlei Beweise. Ich werde mich beschweren! Jetzt, nachdem er tot ist und sich nicht mehr wehren kann, kommen Sie und wollen das Ansehen meines Vaters in den Schmutz ziehen."

Benjamin Klaasen sprang bei seinen Worten sichtlich wütend vom Sofa auf und zeigte mit dem Finger in einer unbeherrschten Geste auf Peter.

„Nun machen Sie mal bitte halblang, Herr Klaasen, und beruhigen Sie sich. Ich habe nicht behauptet, dass ihr Vater Folkerts bestochen hat, ich habe lediglich gefragt, ob Folkerts Geld von Ihrer Firma bekommen hat. Außerdem wissen wir, dass Sie derjenige sind, der in letzter Zeit öfter mit Folkerts gesehen wurde, und nun beantworten Sie mir die Frage: Wie war Ihr Verhältnis zu Folkerts?"

Benjamin Klaasen setzte sich wieder neben seine Frau auf das Sofa. Sie nahm seine Hand in ihre und sagte zu ihm in einem beruhigenden Ton: „Bleib ganz ruhig, Liebling, der Herr Kommissar macht doch auch nur seinen Job."

Benjamin Klaasen stand daraufhin auf und holte aus dem angrenzenden Raum eine farbige A3-Planungsschematik des Hieve-Projekts, auf dem alle zukünftigen Ferienhäuser und die Hotelanlage eingezeichnet waren, und breitete diese auf dem Tisch aus.

Es war ein gewaltiges Projekt und Peter konnte die Meerhausbewohner und die Bürgerinitiative verstehen, die dadurch ihr Idyll am Kleinen Meer als bedroht sahen.

„Entschuldigen Sie, Herr Kommissar, der Tod meines Vaters und die Ereignisse der letzten Tage, können Sie sich sicherlich vorstellen, sind alles etwas zu viel. Sie möchten wissen, wie mein Verhältnis zu Enno Folkerts war? Die Antwort darauf liegt vor Ihnen auf dem Tisch und sie war rein geschäftlicher Natur. Wir hatten uns nur ein paarmal im Büro getroffen, um das Hieve-Projekt zu besprechen. Enno Folkerts hatte mehrfach darauf gedrängt, mehr Fokus auf die Hotelanlage und auf wesentlich weniger Ferienhäuser zu setzen, um die Bevölkerung, sowohl als auch mehr die Meerfahrer, auf die Seite der Befürworter zu ziehen.

Er hatte Bedenken, dass das Projekt aufgrund der großen Anzahl der Ferienhäuser eventuell an der Ablehnung der Bevölkerung scheitern könnte.

Mein Vater wollte davon ganz und gar nichts wissen und deshalb hatte sich Enno Folkerts an mich gewandt, damit ich mit meinem Vater darüber rede und ihn zum Einlenken bewege. Das ist alles."

„Und, wollte Ihr Vater einlenken, hatte er sich kompromissbereit den Vorschlägen Enno Folkerts' gegenüber gezeigt?", fragte Peter.

„Nein, der hat nur getobt und gesagt, der Trottel soll seinen Job machen und sich aus der Planung heraushalten, das wäre seine Sache. Sie kannten meinen Vater nicht, Herr Kommissar, wenn der sich in ein Projekt verbissen hatte, dann hat der vor nichts mehr zurückgeschreckt."

„Auch nicht vor Bestechung und Mord?", kam es postwendend von Anja, die bemerkenswerterweise die ganze Zeit sehr zurückhaltend war.

„Nein und nochmals nein. Ich bitte Sie, hören Sie doch endlich damit auf, mir andauernd das Wort im Mund herumzudrehen."

Klaasen war wieder wütend aufgesprungen und lief vor der Fensterfront auf und ab, und mit dem Rücken zu Peter und Anja gewandt fuhr er fort: „Außerdem hatte ich das so doch gar nicht gemeint. Mein Vater war nur rücksichtslos in geschäftlichen Dingen und ließ einfach keine anderen Meinungen zu; er war halt schwierig."

Peter hatte der Einwand von Anja gefallen, dabei die Reaktion von Benjamin Klaasen genau beobachtet und überlegte sich seine nächste Frage ganz genau.

„Was war denn Ihre persönliche Meinung zu Enno Folkerts'

Vorschlägen,und muss es nicht sehr frustrierend für Sie gewesen sein, kein richtiges Mitspracherecht in der Firma zu haben?"

Benjamin Klaasens Gesicht verzog sich zu einem verlegenen Ausdruck, aber genauso schnell wandelte sich die Verlegenheit wieder und änderte sich zu einer abfälligen Mimik.
„Wissen Sie, Herr Kommissar, mir ist scheißegal, was die Leute über mich reden. Ich habe mich in geschäftlicher Hinsicht immer ganz auf das Urteil meines Vaters verlassen. Er war der Chef und die Firma wäre heute nicht da, wo sie ist, wenn mein Vater nicht immer die richtigen Entscheidungen getroffen hätte."

Peter war bei den Worten von Benjamin Klaasen nicht der spöttische Blick entgangen, den ihm seine Frau dabei zuwarf. Sie schien allgemein nicht sehr interessiert an der Befragung ihres Mannes zu sein und wandte sich unablässig ihrem iPhone zu.

Anja wurde die ewige Rumeierei von Benjamin Klaasen zu viel und hoffte, Peter wusste, worauf er hinauswollte. Sie nutzte die kurze Pause von Peter, um selbst eine Frage zu stellen.
„Hatte Ihr Vater eigentlich viele Feinde, Herr Klaasen?"

„Was denken Sie, Frau Kommissarin, natürlich macht man sich in unserer Branche nicht immer nur Freunde. Sie wissen doch von der Sitzung und den Morddrohungen dieser Aktivisten. Erst Enno Folkerts, jetzt mein Vater. Das macht mich ganz schön nervös und ich frage mich, ob ich vielleicht der Nächste bin, der auf der Abschussliste dieser Verrückten steht."

Peter war mit seiner Befragung am Ende, stand auf und deutete Anja an, es ihm es gleichzutun. Bevor er das Wohnzimmer verließ, stellte er sich vor das Bücherregal und betrachtete eins der Bilder, die das Paar

Klaasen vor einer Cessna 172 zeigte, und bemerkte ganz nebenbei: „Schönes Hobby, und sehr kostspielig dazu; Sie fliegen beide?"

„Ja, meine Frau fliegt etwas öfter als ich in letzter Zeit, und in Zukunft sicherlich auch. Ich denke, ich muss mich ja jetzt mehr um die Firma kümmern, und werde für die Fliegerei leider weniger Zeit haben."

Peter ging zusammen mit Anja auf den Ausgang zu, drehte sich dann aber abrupt noch mal um und lächelte in Richtung der Klaasens.
„Bevor ich es vergesse, eine letzte Frage noch, und die muss ich aus reiner Routine an alle Beteiligten in einem Mordfall stellen.
Herr Klaasen, wo waren Sie Donnerstagnacht so um Mitternacht und gestern Abend um circa elf Uhr?"

„Bei mir hier zuhause, wir waren den ganzen Donnerstagabend vor dem Kamin, haben zusammengesessen, Wein getrunken und sind so gegen Mitternacht ins Bett gegangen. Gestern haben wir zusammen Fernsehen geschaut, bis der Anruf Ihrer Kollegin kam", antwortete Marion Klaasen für ihren Mann, der darauf nur bejahend nickte.

„Danke, das war es dann schon. Wir schicken morgen noch jemanden vorbei, um Ihre Aussage offiziell zu Protokoll zu nehmen. Damit möchten wir uns verabschieden und ich wünsche Ihnen noch, so weit es möglich ist, einen guten Tag."
„Einen sehr schönen Wagen haben Sie da, Herr Kommissar", sagte Benjamin Klaasen noch, von der Eingangstür winkend, und schloss die Tür hinter sich, noch bevor Peter ihm antworten konnte.

Als sie vom Anwesen der Klaasens losfuhren, hielt es Anja nicht mehr länger aus und sie musste dringend Luft ablassen.
„Irgendetwas stimmt nicht mit den beiden. Das Schätzchen ist mir nicht ganz koscher, sage ich dir, und hast du gesehen, wie sie die ganze

Zeit so gelangweilt tat und so spöttisch geschaut hat, diese arrogante Kuh?"

Peter musste lauthals lachen bei dem Ausbruch von offenem Groll und gefühlsmäßiger Abneigung.
„Nun reg dich ab, Anja, nur weil Frau Klaasen Schätzchen zu dir gesagt hat, ist sie oder ihr Mann noch lange kein Mörder. Sie haben sich beide ein gegenseitiges Alibi gegeben und daran können wir erst einmal nichts ändern. Aber du hast recht, irgendetwas stimmt nicht, es wirkt alles zu perfekt. Komm, lass uns ans Kleine Meer fahren, vielleicht hat Klaus etwas herausbekommen."

Kapitel XIII

Nach dem Meeting bei den Klaasens in Wolthusen fuhren Anja und Peter über die Wolthuser Straße in Richtung Kleines Meer. Es war Peters neue Lieblings-Berg-und-Tal Strecke in Richtung Uphusen, aber er machte sich wegen der vielen Schlaglöcher und Bodenwellen Sorgen um seinen Stag. In Uphusen bog man ab zum Meer und von dort wurde es dann besser. Eine gut befestigte Teerstraße führte durch die Felder bis nach Marienwehr und von dort weiter bis zur Hieve.

Ostfriesland pur, dachte sich Peter, als er hinter der Abfahrt von Uphusen anhalten musste, weil der Bauer seine Kühe von den Stallungen auf die Weide trieb. Die Tiere stanken und die eine oder andere Kuh ließ alle paar Meter der Natur freien Lauf. Als Peter dann mit Anja endlich nach zwanzig Minuten Wartezeit weiterfahren konnte, war die Straße voll mit Kuhscheiße und Peter war nicht sehr erbaut darüber, dass er nun später seinen Wagen auch noch zum Waschen bringen musste.

Anja amüsierte sich köstlich und musste laut lachen, als sie Peters Gesicht sah, wie er mit seinem geliebten Stag vorsichtig über die mit Kuhscheiße verschmutzte Straße fuhr. Sie tröstete ihn damit, dass er sein Auto ja als Dienstfahrtzeug benutzten würde und er die Waschrechnung mit den Spesen einreichen könnte.

Beide mussten dann darüber lachen, als sie sich vorstellten, dass Theesen eine Rechnung für Autoreinigung von Kuhscheiße genehmigen musste.

Trotz der übel riechenden Kuhintervention mochte Peter die Fahrt ans Meer und konnte sich nie sattsehen an der ostfriesischen Landschaft. Dazu gehörten auch die vielen Kühe und Pferde, die friedlich auf den zahllosen grünen Wiesen grasten.

Es war ein herrliches Stück Natur und man konnte hier frei durchatmen. Natürlich nur, wenn nicht gerade ein Bauer wieder einmal Gülle auf die Felder versprühte, was gelegentlich auch vorkam, oder eben Kuhmist die Luft mit ihrem Gestank füllte.

Ein weiteres Merkmal der Landschaft waren seit einigen Jahren auch die vielen Windräder geworden. Überall in den Wiesen und Feldern konnte man die hohen, ständig kreisenden Anlagen stehen sehen. Die Windparks, die mittlerweile überall in der Landschaft in ganz Ostfriesland entstanden, störten Peter aber ganz und gar nicht, denn er war ein Befürworter der Windenergie.

Die Leute sind nie zufrieden, schoss es ihm durch den Kopf. Erst wollen sie keine umweltverpestenden Dreckschleudern wie Kohlekraftwerke oder keine gefährlichen Atomkraftwerke, und dann regen sie sich über die Windparks auf, die ihrer Meinung nach nun die Natur verschandeln. Wind gab es nun einmal genug hier an der Küste und Wind kostet nichts. Also war es für ihn nur logisch, sich diesen zu Nutze zu machen. Er fand die Windparks in irgendeiner Weise sogar ästhetisch und sie passten zur Landschaft. Umweltschützer brandmarkten sie als Todesfallen für Milane, Seeadler, Fledermäuse oder die Wiesenweihe. Es ist nicht zu leugnen, das unter Windanlagen vermehrt tote Vögel gefunden werden, aber Statistiken belegen auch, dass die Zahlen dramatisiert wurden. Es sind inzwischen Bestrebungen im Gang, keine Windkraftanlagen mehr in der Nähe von sensiblen Vogelvorkommen zu bauen, und man hat es in dem sogenannten „Helgoländer Papier" festgeschrieben. Das „Helgoländer Papier" spiegelt den neuesten Stand der Forschung zur Gefährdung von Vögeln durch Windkraftanlagen wider und stellt damit auch die fachliche Messlatte für die Genehmigungsfähigkeit von Windkraftplanungen dar.

Am Parkplatz am Soltendobben stand der Wagen von Marquart, aber von ihm selbst war weit und breit keine Spur zu sehen. Peter stellte seinen Stag auf einen freien Platz daneben und rief ihn auf seinem Handy an.

„Wo steckst du, Klaus? Anja und ich sind jetzt hier am Parkplatz. Okay, gut, wir sehen uns in fünf Minuten."

Peter blickte kurz in Richtung des Hafens am Kurzen Tief, und steckte sein Handy wieder ein und sagte zu Anja: „He, Anja, Klaus kommt gleich, er ist fast fertig mit seinen Befragungen. Wir warten hier auf ihn und genießen die Sonne ein wenig."

Das gesagt, zündete er sich eine Zigarette an, inhalierte genüsslich, lief zu einem Zaun am Parkplatz und ließ seinen Blick über die weiten, saftigen grünen Felder schweifen.

Es dauerte danach auch nicht allzu lange und Marquart kam aus einer der Seitenstraßen, die vom Parkplatz zu den nahe gelegenen Meerhäusern führen, auf sie zugelaufen. Er wirkte verärgert und ließ dann auch gleich Dampf ab, als er seine Kollegen erreicht hatte.

„Dieser Aalhus ist ein Riesenarschloch und ist einfach mit seinem Boot vom Steg losgefahren, als er mich kommen sah. Der wusste ganz genau, dass ich mit ihm über sein Alibi sprechen wollte. Sein Alibi ist nämlich gar nicht so wasserdicht, wie er angibt. Der ist dort im Hafen ganz allein als Wachmann tätig und hätte jederzeit seinen Arbeitsplatz verlassen können. Dem habe ich hinterhergerufen, dass wir ihn morgen früh um neun Uhr aufs Revier vorladen und, falls er nicht erscheint, wir ihn mit Polizeigewalt abholen werden. Damit er sich nicht als taub herausreden kann, habe ich es ihm auch noch mal schriftlich an seine Meerhaustür genagelt. So weit ist das alles zu Aalhus. Der Ralf Gerken hat mit anderen Mererhausbewohnern am Donnerstagabend lange gegrillt und sie haben dabei auch reichlich getrunken. Ich habe die Aussage überprüft und die anderen haben es bestätigt. Gestern war er angeblich bei seiner Schwester zum Abendessen eingeladen und erst um Mitternacht wieder zu Hause gewesen. Das müssen wir noch überprüfen, ich denke aber, er sagt auch hier die

Wahrheit. Bei der Karin Breuer macht keiner auf. Ihr Auto steht aber vor der Tür und alle Rollläden sind heruntergelassen. Die ist aufgrund ihres Berufes mit Sicherheit noch im Tiefschlaf." Marquart grinste belustigt über seine eigene Formulierung.

Peter schaute kurz auf seine Uhr, er hatte wenig Hoffnung, heute noch viel erreichen zu können. Er überlegte kurz und entschied sich dafür, seine Kollegen nach Hause zu schicken.

„Ihr könnt dann ja schon mal ins Revier fahren, um zu Protokoll zu nehmen, was wir heute erfahren haben, und dann macht frei und geht nach Hause. Ich habe das Gefühl, dass wir noch ein paar harte Tage vor uns haben werden, und ich brauch euch frisch und erholt. Ich geh noch kurz zu Breuer und Wolters und versuche dort noch mal mein Glück, dann bin ich auch durch.
Macht es gut, bis morgen dann."

Peter schaute seinen Kollegen hinterher, als sie abfuhren, und er wusste aus Erfahrung, das es niemandem nutzt, wenn man bis zum Umfallen durcharbeitet. Man wird schnell unkonzentriert und es können einem wichtige Details bei Ermittlungen entgehen.
Er hatte in Hannover einmal einen Mörder zu spät gefasst, nur weil einer seiner Mitarbeiter wegen starker Übermüdung einen wichtigen Hinweis übersehen hatte. Der Kollege hatte die Broschüre einer Tanzschule auf dem Schreibtisch des zweiten Opfers nicht registriert.
Ein anderer Hinweis zur selben Tanzschule, eine Woche später dann, führte auf die Spur des Mörders und letztendlich zu seiner Verhaftung. Aber die kam zu spät für das dritte Opfer, das hätte noch am Leben sein können, wenn der Kollege wacher und aufmerksamer bei seiner Arbeit gewesen wäre.
Heute war außerdem Sonntag, keiner der Kollegen oder er selbst, hatten bisher etwas von ihrem Wochenende gehabt.

Nicht, es irgendjemanden besonders interessierte, aber Peter wurde das unbehagliche Gefühl nicht los, dass ihnen noch ein paar harte Tage mit schlaflosen Nächten bevorstanden.

Er entschied sich, noch mal kurz mit Wolters zu sprechen, bevor auch er zusammenpackte und ins Wochenende ging.

Auf dem Weg zu Gerd Wolters sah er, dass bei Karin Breuers Meerhaus die Rollläden hochgezogen wurden, und er entschied sich dafür, erst mit ihr zu reden und sie zu dem Fall zu befragen. Er ging zu ihrem Haus, klopfte an ihrem Fenster und eine hübsche, attraktive Frau, so Mitte dreißig, öffnete ihm, nur mit einem leichten Morgenmantel bekleidet, die Tür.

Peter stellte sich in seiner üblichen Weise vor: „Moin, Frau Breuer, ich bin Hauptkommissar Peter Streib von der Emder Kriminalpolizei. Darf ich bitte hereinkommen?"

Sie musterte ihn wie einen neuen Klienten von oben bis unten, zwang sich zu einem aufgesetzten Lächeln, drehte sich mit einem Wink, ihm zu folgen, um und ging zurück ins Haus.

„Entschuldigen Sie, Herr Kommissar, ich bin gerade erst aufgewacht, es ist alles hier noch sehr unordentlich. Ich hatte noch keine richtige Zeit aufzuräumen. Geben Sie mir ein paar Minuten."

Ohne seine Zustimmung abzuwarten, begann sie die herumliegenden Kleidungstücke wegzuräumen, leerte einen vollen Aschenbecher im Abfalleimer und setzte in der Küche frischen Kaffee auf.

„Darf ich Ihnen eine Tasse Kaffee anbieten, Herr Kommissar?", fragte sie ihn mit einem neugierigen, und wie Peter immer fühlen konnte, wenn Frauen sich für ihn als Mann interessierten, mit dem nach dem Trauring suchenden Blick.

Sie schenkte Peter und sich selbst Kaffee ein und bot ihm eine Zigarette an, die Peter dankend annahm. Mit einem Lächeln setzte sie sich ihm gegenüber, ließ absichtlich ihren seidenen Morgenmantel mit einer schauspielreifen Leistung über ihre langen Beine rutschen und zeigte Peter mehr, als ihm lieb war. Sie war sich ihrer Wirkung auf Männer sehr bewusst und es war ihr auch nicht entgangen, dass Peter keine Anstalten gemacht hatte, diskret zur Seite zu schauen.

Zufrieden mit ihrer kleinen Einlage, zog sie ihren Morgenmantel wieder zurecht und fragte lächelnd mit einer unterschwelligen Zweideutigkeit: „Was kann ich für Sie tun, Herr Kommissar?"

Peter empfand Karin Breuers dunkle Reibeisenstimme als besonders sexy und auch der Rest war ganz nach seinem Geschmack. Er musste sich stark konzentrieren, um nicht den Faden zu verlieren und auf den Grund seines Besuches zurückzukommen.

„Frau Breuer, ich brauche Ihnen nicht zu sagen, warum ich hier bin, es ist ja mittlerweile kein Geheimnis und allgemein bekannt, dass wir hier am Meer Untersuchungen im Mordfall Enno Folkerts und jetzt auch Heinrich Klaasen anstellen. Im Umfeld unserer Ermittlungen müssen wir allen Hinweisen nachgehen, die uns irgendwie in dem Fall weiterbringen können, auch wenn sie direkt nichts mit den Morden zu tun haben. Wir haben eine Aussage, dass Sie behauptet haben, Herr Gerd Wolters habe ihnen von einem baldig zu erwartenden Geldsegen erzählt. Was hat es damit auf sich, Frau Breuer?"

„Ach, das war bestimmt der Aggi Sanders. Der kann mal wieder seinen Mund nicht halten, der blöde Schwachkopf. Wie steh ich denn jetzt da? Der Gerd hat doch mit dem Scheißkram gar nichts zu tun, der wollte sich nur, als wir vom Spielkasino kamen, wichtig machen mit seinem plötzlichen Gebrabbel vom warmen Geldsegen. Der bringt niemanden um, der Gerd doch nicht."

Peters Alarmsirenen klingelten in den höchsten Tönen, als er das Wort Spielkasino hörte, und hakte sofort nach: „Moment mal, Frau Breuer, was war das gerade mit dem Spielkasino? Sie waren mit Gerd Wolters im Spielkasino? Wo und wann war das und was ist dort vorgefallen?"

Mit einer abwinkenden Handbewegung zündete sie sich eine weitere Zigarette an und begann zu erzählen: „Nichts, gar nichts ist vorgefallen, alles nur leeres Geschwätz. Letzte Woche Sonntag war ich mit Gerd in Bad Zwischenahn zum Zocken. Ab und zu gehen wir mal ins Kasino, aber der Gerd verliert meistens und ich leih ihm dann Geld, damit er noch etwas weiterspielen kann. Nicht viel, ein paar hundert Euro hier und da, und er hat mir bis jetzt auch immer wieder alles zurückgezahlt. Es war an dem Tag alles wie immer, nur kurz vor und auf der Rückfahrt war er auf einmal wie ausgewechselt und wirkte ganz euphorisch. Er hat dann plötzlich damit angefangen, dass alles bald besser wird und die große Kohle kommt. Er sagte zu mir: ‚Warte nur ab, Karin, der Geldsegen wird kommen, verlass dich drauf.' Ich konnte mir keinen Reim darauf machen und habe es als träumerisches Geschwätz abgetan."

„Frau Breuer, versuchen Sie sich genau zu erinnern, was war an diesem Abend anders als sonst? Irgendetwas muss anders gewesen sein. Ab genau welchem Zeitpunkt vor der Rückfahrt wirkte Gerd Wolters auf Sie anders?"

„Jetzt, wo Sie es sagen, Herr Kommissar, fällt es mir ein, es war, als wir das Kasino verlassen wollten, da bin ich noch kurz vorher zur Toilette, und als ich zurückkam, sah ich Gerd ins Restaurant des Jagdhauses Eiden starren. Ich folgte seinem Blick und da saß Enno Folkerts, der Stadtbaurat, mit jemandem, den ich aber nicht genau erkennen konnte, weil er halb von einem Pfeiler verdeckt war. Er sah ein bisschen so aus wie Klaasen junior, aber sicher bin ich mir dabei nicht.

Ich hatte mir an dem Abend auch nichts weiter dabei gedacht. Was denken Sie, Herr Kommissar, hat das irgendwie mit dem Fall zu tun?"

„Vielleicht, Frau Breuer, vielleicht aber auch nicht, das kann ich jetzt noch nicht genau sagen. Auf alle Fälle danke ich Ihnen für Ihre Aussage und den Kaffee. Ich möchte Sie aber auch nicht weiter aufhalten und verabschiede mich jetzt. Ich wünsche Ihnen noch einen schönen Tag. Falls ich noch weitere Fragen an Sie habe, komme ich noch mal wieder."

Sie schaute Peter mit einem unverholen lustvollen Blick an und sagte mit in diesmal offensichtlicher Zweideutigkeit zu ihm:
„Jederzeit, Herr Kommissar, wenn ich irgendetwas für Sie tun kann. Es wird mir ein Vergnügen sein."

Peter verließ das Haus von Karin Breuer, ging den kurzen Weg zu Gerd Wolters Haus und war gespannt auf das, was dieser ihm zu den Geschehnissen am Abend des Kasinobesuchs in Bad Zwischenahn berichten würde. Hatte er etwas gesehen, was niemand sehen sollte, und was für ein Spiel spielte Wolters, erpresste er die beiden? Dann hatte er aber keinen Grund, Enno Folkerts oder Heinrich Klaasen umzubringen. Keiner bringt seine Erpressungsopfer um. Dann gibt es ja kein Geld mehr, es sei denn... Und mit dem nicht ganz fertig gedachten Gedanken stand Gerd Wolters auf einmal wie aus dem Nichts vor ihm.

„Moin, Herr Hauptkommissar Streib, schon wieder zurück? Was kann ich heute für Sie tun?"

„Moin, Herr Wolters, ich habe da noch ein paar Fragen an Sie, die Ihren Kasinobesuch von letzter Woche betreffen."

An der Reaktion von Wolters, dem plötzlich die Farbe aus dem Gesicht wich, wusste Peter, dass er mit diesem Satz voll ins Schwarze getroffen hatte.

„Ich verstehe nicht, Herr Kommissar?", stammelte Wolters, der sich wieder gefangen hatte, „was geht Sie mein Kasinobesuch an und was hat das mit den Morden zu tun?"

Peter überlegte sich seine Antwort ganz genau. Er wusste, er brauchte dringend Antworten, die ihn irgendwie weiterbrachten in dem Fall. Er beschloss in die Offensive zu gehen und Wolters zu verunsichern.

„Nun hören Sie doch auf, hier das Unschuldslamm zu spielen, Wolters. Ich weiß ganz genau, dass Sie letzte Woche im Kasino Bad Zwischenahn Enno Folkerts mit Benjamin Klaasen gesehen haben. Was haben Sie dabei beobachtet? Haben Sie Folkerts und Klaasen erpresst? Ist das der zu erwartende Geldsegen, von dem Sie Karin Breuer erzählt haben? Wenn das der Fall ist, spielen Sie ein sehr gefährliches Spiel, Herr Wolters. Zwei Menschen sind schon umgebracht worden, wollen Sie unbedingt der Nächste sein?"

Peter beobachtete genau, welche Wirkung seine Worte auf Gerd Wolters erzielten, und er sah ein kurzes Aufblitzen in dessen Augen, als er das Wort „erpresst" ausgesprochen hatte, aber wenn er darauf gehofft hatte, dass Wolters jetzt auspacken und alles zugeben würde, hatte er sich schwer getäuscht.

Wolters starrte ihn nur an, schüttelte den Kopf und erwiderte mit eisiger Ruhe und einem nicht zu überhörenden ironischen Tonfall: „Sie haben eine blühende Fantasie, Herr Kommissar. Es ist mir doch egal, wer sich mit wem im Kasino Bad Zwischenahn trifft, und wie kommen Sie denn darauf, dass ich irgendetwas beobachtet habe? Im Übrigen war ich derjenige, der Ihnen bei Ihrem letzten Besuch erzählt hat, dass der junge Klaasen sich mit Folkerts trifft, falls Sie sich noch erinnern können. Und eigentlich gehen Sie meine finanziellen Verhältnisse gar nichts an, aber falls Sie es ganz genau wissen wollen, woher mein zu erwartender Geldsegen kommt: Meine Großtante ist vor Kurzem gestorben, sie war vermögend und ich erwarte als einer ihrer Großneffen etwas von ihrem Erbe. So, nun wissen Sie Bescheid und es tut mir leid, dass ihre Theorie mit der Erpressung nicht zutrifft. Kann ich Ihnen sonst noch irgendwie behilflich sein?"

Es machte fast ein imaginäres Plopp in Peters Kopf, als die Seifenblase dieser seiner Überzeugung nach guten Theorie platzte. Er stand da wie ein begossener Pudel, und alles, was er noch sagen konnte, war, dass er das mit der Großtante und dem Erbe überprüfen werde.

Ohne weitere Worte zu verlieren, drehte Peter sich daraufhin um und ließ grußlos einen verdutzten Gerd Wolters zurück.

Kapitel XIV

Der Motor des Achtzylinder Stag brummte gleichmäßig vor sich hin und der Wagen lag wie festgeklebt auf dem Asphalt. Peter war vom Kleinen Meer in Richtung Riepe abgebogen und brauchte eine kleine Spritztour, um sich abzulenken.

Er fuhr schnell durch die Kurven und mehr gemächlich auf den Graden. Peter liebte das Spiel, seinen Stag durch enge Kurven bis ans Limit zu beschleunigen, den Nervenkitzel der Gefahr. Seine Fahrt führte ihn von Riepe über die alte Auricher Landstraße nach Oldersum und von dort am Deich entlang zurück über Petkum und Borssum nach Emden.

Peter fuhr dann noch kurz ins Büro, schrieb seine Berichte und las die der anderen. Dafür benötigte er zwei Stunden, bevor er endgültig die Lust verlor und sich irgendwie frustriert auf den Weg nach Hause machte.

Er kam einfach nicht weiter, zwei Morde und er hatte nichts, was ihn auf die Spur des Mörders bringen konnte.

Peter entschied sich eine Runde am Wall zu laufen, um einen klaren Kopf zu bekommen. Er setzte seine Entscheidung sofort in die Tat um, zog sich seine Sportklamotten an und lief los. Wie immer beim Laufen konnte er so am besten die Ereignisse reflektieren und analytisch denken, aber heute half ihm auch seine Joggingrunde nicht, einen klaren Gedanken zu fassen.

Er war gerade vom Joggen zurück und mit dem Duschen fertig, als es an seiner Tür klingelte. Er schaute kurz auf seine Uhr und dachte sich, wer in aller Welt wollte ihn jetzt um zehn Uhr abends noch besuchen? Peter zog sich so schnell er konnte ein T-Shirt über, seine Jeans an und öffnete die Wohnungstür. Als er dann sah, wer da vor ihm stand, sagte ihm sein erster Instinkt, die Tür sofort wieder zuzuschlagen. Doch es siegte sein Verstand und er tat es nicht und schaute Lena Holtmann nur fragend an. Sie sah verstört aus und ihre blassgrünen Augen waren etwas verschwollen, als ob sie viel geweint hätte. Ihre Haare hingen ihr wild ins Gesicht und sie knetete verlegen wirkend ihre Hände.

Sie warf ihren Kopf zur Seite, blickte ihn an und er roch das Parfüm, das er so sehr an ihr liebte.

„Wir müssen reden, Peter", sagte sie dann leise in ihrer wie immer direkten Art.

Sie ließ ihm keine andere Wahl, als sie hereinzubitten, und in Wirklichkeit wollte Peter ja auch, dass sie hereinkam.

Er wollte insgeheim nicht nur, dass sie hereinkam, nein, er wollte sie am liebsten umarmen, sie küssen, ihre Nähe spüren, sie ausziehen und die ganze Nacht hindurch Liebe machen, genau so wie sie es früher immer getan hatten. Er spürte, wie das wilde Verlangen nach ihr in ihm wuchs, und gleichzeitig ärgerte er sich über seine immer noch so starken Gefühle für Lena.

In seiner Verletztheit bellte er sie an: „Was willst du von mir, Lena, was gibt es zwischen uns noch zu reden? Du hast mich damals verlassen, fallen gelassen wie eine heiße Kartoffel, mich behandelt wie einen Aussätzigen, mich belogen und betrogen. Ich musste von Armin Brunner, diesem Arschloch, erst die Wahrheit erfahren, dass meine Freundin seit Jahren in Wirklichkeit seine Verlobte war, die auch noch bereit war, ihn in Kürze zu heiraten. Denkst du nicht, es ist etwas spät, um zu reden?"

Es tat ihr weh, was er ihr an den Kopf warf. Lena zuckte bei jedem Satz von Peter sichtlich zusammen, wie unter Peitschenhieben.

„Du hast ja recht, Peter, und es tut mir auch alles sehr leid. Ich habe einen Fehler gemacht und hätte es dir sagen müssen, das mit Armin und mir, aber so einfach, wie du es darstellst, war es alles nicht. Immer wenn ich versucht habe, mit dir zu reden, hast du mir nie zugehört und nur einfach abgewinkt. Ich wusste doch selbst gar nicht, ob du unsere Beziehung ernst genommen hast oder ob ich nur eine deiner üblichen zahllosen Affären war. Dein zweifelhafter Ruf als Frauenheld bei der Kripo in Hannover war schließlich für niemand ein Geheimnis."

Peter in seiner eigenen tiefen Kränkung wurde bei Lenas Worten nur noch wütender und konnte kaum noch klar denken. Alles, was sich in ihm in den letzten Monaten aufgestaut hatte, musste irgendwie raus.

„So, nun ist es also meine Schuld, dass Frau Staatsanwältin seit Jahren mit Herrn Generalstaatsanwalt liiert war. Wie man sieht, hat es sich ja für die Karriere ausgezahlt, Frau Oberstaatsanwältin."

Lenas Augen begannen gefährlich zu funkeln und ihre Antwort kam jetzt auch wütend von ihr zurück: „Das ist nicht fair, Peter, und das weißt du auch. Meine Arbeit hat nichts mit meinem Privatleben zu tun. Ich kannte Armin Brunner noch von unserer gemeinsamen Studienzeit. Und ja, ich hatte vorgehabt, ihn einmal zu heiraten. Das war aber lange bevor ich dich kennenlernte und hatte überhaupt nichts mit uns zu tun."

Peter lachte verächtlich auf: „Ha, wie, es hatte nichts mit uns zu tun? Alles hatte mit uns zu tun. Ich habe dich geliebt, Lena, und dachte du liebst mich auch. Das ist zumindest, was du mir immer gesagt hast wenn wir miteinander im Bett waren, oder war das etwa auch gelogen?"

„Nein, war es nicht", presste Lena kaum hörbar hervor und Peter konnte sehen, wie sich ihre Augen mit Tränen zu füllen begannen.

Es tat ihm weh, sie leiden zu sehen, aber alles war ihre Schuld, dachte er sich, oder? Sie hatte wohl recht damit, dass er ihr nie richtig zugehört hatte, wenn sie mit ihm reden wollte. Er war viel zu sehr mit sich und dem Fall beschäftigt gewesen, an dem er zu der Zeit gearbeitet hatte. Sie war die erste Frau gewesen, die ihm etwas bedeutet hatte. Er hatte jede Minute mit ihr genossen und war noch nie so glücklich gewesen wie mit ihr. Die wenige Zeit, die sie miteinander verbringen konnten, wollte er nicht mit viel Reden vergeuden und vielleicht war das sein Fehler gewesen, aber er konnte die Uhr nicht mehr zurückdrehen, auch wenn er das wollte. Es änderte auch nichts daran, dass er sie aufrichtig geliebt, sie ihn die ganze Zeit belogen hatte, und mit dem Gedanken ließ er seinem Frust freien Lauf.

„Du hast mir verschwiegen, das du mit Armin Brunner seit Jahren eine feste Beziehung hattest. Wie konntest du die ganze Zeit über mit mir im Bett liegen und mir ewige Liebe schwören, während er schon die Einladungen für eure Hochzeit drucken ließ? Dann hast du nicht einmal die Courage gehabt und mir von Angesicht zu Angesicht gesagt, dass es aus ist mit uns, sondern mir nur eine SMS geschickt. Du hast nicht einmal mehr einen meiner Anrufe beantwortet. Mehr war ich dir nicht wert, als eine kurze SMS? Und weißt du, was die Krönung des Ganzen war? Die kam, als Brunner einen Tag später auf dem Flur des Gerichtsgebäudes mich vor die Brust stieß und mir sagte, ich solle gefälligst meine dreckigen Finger von seiner zukünftigen Ehefrau lassen. Was glaubst du, wie ich mich da gefühlt habe, Lena, na, was glaubst du? Das Arschloch hat Glück gehabt, dass ich ihm nur das Nasenbein gebrochen habe, ich hätte dem Lacken das Genick brechen sollen. Aber dein Ehemann hat ja dann noch seine Rache bekommen. Er hat dafür gesorgt, dass ich für sechs Monate suspendiert und hier in diese Einöde strafversetzt wurde."

Lena, geschockt von Peters Wutausbruch und seinen Vorhaltungen ihr gegenüber, konnte ihm nur noch erwidern: „Das habe ich nicht gewusst und er ist nicht mein Ehemann. Wir haben uns kurze Zeit nach dem Vorfall auch getrennt. Ich hätte mich schon viel früher von ihm trennen sollen und vielleicht wäre dann alles anders zwischen uns gekommen. Das ist eigentlich der wahre Grund, warum ich hergekommen bin. Das ist, was ich dir sagen wollte, und dass es mir alles sehr leidtut."

Sie war am Ende ihrer Fassung und wollte die Wohnung so schnell wie möglich verlassen. Peter sollte ihre Tränen nicht sehen, die jetzt ihren freien Lauf nahmen und an ihren Wangen hinunterliefen.

Doch bevor sie an der Tür war, hielt Peter sie fest, nahm sie in den Arm, küsste sie und sagte ihr jetzt auch mit feuchten Augen: „Es tut mir auch sehr leid, ich war ein egoistisches Arschloch. Ich liebe dich, Lena, ich habe dich immer geliebt!"

Sie erwiderte leidenschaftlich seinen Kuss und es war ein Feuerwerk der Gefühle, als er sie daraufhin in seine Arme nahm und ins Schlafzimmer trug. Lena und Peter waren beide endlich wieder nach Monaten so richtig glücklich. Peter zog Lena langsam aus, streifte dabei sein eigenes Shirt und die Jeans von seinem Körper. Als sie nackt nebeneinander auf dem weißen Laken lagen, begann er sie vorsichtig am Hals zu küssen und seine Finger strichen zärtlich über ihre Wangen, ihre Augenbrauen, ihre kleine Nase und ihren vollen Mund. Mit Ungeduld erwiderte sie seine Küsse und Monate des unerfüllten Begehrens entluden sich in diesen Augenblicken. Sie begannen ein zärtliches Liebesspiel, voller Leidenschaft und Lust. Sie liebten einander ungestüm und ausgehungert, als blieben ihnen nur noch wenige Momente zum Leben. Ihr endloses, beiderseitiges Verlangen nach dem anderen und die körperliche Glückseligkeit entluden sich in einer wilden Ekstase mit gleichzeitigem Höhepunkt. Erschöpft lagen sie danach für eine lange Zeit wortlos nebeneinander und lächelten sich an.

„Ich liebe dich, Peter", flüsterte Lena ihm zärtlich dann ins Ohr und er antwortete nur: „Ich weiß", und sie begannen ihr erotisches Spiel von vorne.

Als Peter am nächsten Morgen aufwachte, hörte er nur das Geräusch der laufenden Dusche im Badezimmer. Er lächelte vor sich hin und schwang sich aus dem Bett, ging in die Küche und brühte frischen Kaffee auf. Lena kam kurze Zeit später fertig angezogen aus dem Badezimmer, er gab er ihr einen langen zärtlichen Kuss und hielt ihr eine Tasse heißen duftenden Kaffee hin. Nur mit seinen Boxershorts bekleidet und mit noch verschlafenem Blick fragte er sie grinsend: „Was nun, Frau Oberstaatsanwältin Holtmann, wie soll es mit uns jetzt weitergehen?"

Sie blickte tief in seine blauen Augen, gab ihm noch einen weiteren langen, innigen Kuss und antwortete mit einem Lächeln: „Wir haben so viel Zeit, Herr Oberkommissar Streib, lass uns bitte einen Schritt nach dem anderen machen und nichts mehr überstürzen. Wir haben beide hier unseren Job zu tun und du musst zwei Morde aufklären. Es hilft uns wenig, wenn wir die Dinge jetzt mit unserer Beziehung komplizieren. Ich liebe dich und du liebst mich, das ist alles, was zählt im Moment. Ich sehe dich später im Präsidium."

Peter schaute ihr noch lange aus dem Fenster hinterher, dachte über ihre Worte nach und musste Lena recht geben.
    Es wäre nicht gut, die Dinge mit ihrer wiedergefundenen Liebe jetzt unnötig zu komplizieren.
    Er hatte einen Fall zu lösen, war froh, dass Lena wieder Teil seines Lebens war und irgendwie würde alles schon gut werden.
    Jetzt, nachdem er Lena wieder hatte, war alles andere auf einmal gar nicht mehr so wichtig.
    Peter duschte kurz, zog sich an und fühlte sich auf der Fahrt ins Büro seit langer Zeit wieder einmal so richtig verliebt; er hatte Schmetterlinge im Bauch, wie man so sagt.

Kapitel XV

Montag, der 11. Mai

Klaus Marquart empfing Peter im Büro und informierte ihn darüber, dass er einen Termin für zehn Uhr mit der Bank von Enno Folkerts gemacht hatte. Er fragte, ob er ihn dorthin begleiten wolle.
 Peter schwang sich an seinen Schreibtisch und wollte sich noch mal die Unterlagen der Familie Klaasen vornehmen.

Er schaute Klaus Marquart kurz an, überlegte und entschied: „Nein, mach du das ruhig allein, Klaus, und sei doch so gut und überprüfe dann auch gleich noch das Konto von Gerd Wolters, und check mal, ob er wirklich eine Großtante hatte, die ihm etwas vererbt."

„Moin, zusammen", kam es von der Tür und Anja Kappels stürmte in das Büro. Sie trug einen weiten lila Pullover über ihre Lieblingsjeans, dazu grüne flache Schuhe und eine dunkelrote Handtasche.
 „Wow", kam es von Marquart mit einem spöttischen Grinsen, „sind wir heute in den Farbeimer gefallen?"

„Lass mal gut sein, Klaus, wenn alle so farblos wären wie du, könnte die Modeindustrie gleich einpacken", gab ihm Anja ganz keck und frech Kontra.

Sie lief rüber zu ihrem Schreibtisch, schmiss sich in ihren Stuhl und pfiff vergnügt eine Melodie vor sich hin. Sichtlich guter Laune holte sie sich eine Tasse Kaffee aus der Küchenecke, nahm einen Schluck des heißen Gebräus und grinste Peter und Klaus an.

„What's up, Boys? Schon irgendetwas Neues im Fall, haben wir eine Spur zum Mörder? Wie war es denn noch am Samstag am Meer, Peter, hat dein Interview mit der Breuer und dem Gerd Wolters noch was brauchbares Neues ergeben?"

Bevor Peter Anja antworten konnte, pfiff Marquart durch die Zähne und wollte sich bei Anja noch für ihren Vorwurf der Farblosigkeit revanchieren.
„Was ist denn mit dir heute los, Anja, so aufgedreht kennen wir dich ja gar nicht. Hast du heute Morgen Red Bull zum Frühstück getrunken oder hat dein Freund es dir gestern Nacht mal wieder richtig besorgt oder sogar beides?"

Anja lief rot an, musste ein paarmal schlucken und holte gerade zu einer Antwort aus, als Peter sich dachte, dass es an der Zeit war einzugreifen, bevor die Situation hier noch zu einem echten Krach eskalierte.

„Beruhigt euch, Kinder, und du, Klaus, entschuldigst dich bei Anja, deine Bemerkung war etwas zu sehr unter der Gürtellinie und gehört hier nicht her. Vertragt euch, wir haben schon genug Probleme mit dem Fall, da kann ich hier nicht auch noch Streit gebrauchen. Ist das klar?"

Klaus nickte und entschuldigte sich bei Anja, die dann auch sofort wieder lächelte und Klaus einen imaginären Kuss zuwarf.

„Was den Fall angeht", fuhr Peter fort, „waren meine Gespräche mit Karin Breuer und Gerd Wolters zwar aufschlussreich, aber leider haben sie nur zur weiteren Verwirrung der ganzen Situation beigetragen. Die Breuer hat mir erzählt, sie hat mit Gerd Wolters zusammen im Kasino Bad Zwischenahn den Enno Folkerts angeblich mit dem jungen Klaasen gesehen. Wie wir wissen, zockt der junge Klaasen ganz gerne, aber Enno Folkerts auch? Das ist interessant und neu, wir sollten das noch genauer überprüfen. Anschließend hat der Wolters auf der Rückfahrt vom Kasino nach Emden der Breuer auf einmal euphorisch von einem baldigst zu erwartenden warmen Geldsegen erzählt.

Wieso der plötzliche Ausbruch von Euphorie? Hatte er etwas beobachtet, womit er Enno Folkerts und Benjamin Klaasen erpressen kann und, wenn ja, was hat er beobachtet? Als ich Wolters direkt darauf angesprochen habe, hat es als Blödsinn abgetan und dann plötzlich von der Erbschaft seiner Großtante erzählt. Ich werde nicht ganz schlau aus Wolters und auch das Gefühl nicht los, dass da mehr hinter der Sache steckt. Wir sollten uns den jungen Klaasen noch einmal vorknöpfen und ihn befragen. Wer weiß, vielleicht können wir ihn ja aus der Reserve locken und er verrät uns, was es mit dem ominösen Treffen der beiden im Kasino auf sich hatte. Er war doch derjenige, der uns erzählt hat, dass er Enno Folkerts immer nur im Büro getroffen hat."

„Vielleicht hat es ja etwas mit seinen angeblichen Spielschulden zu tun. Er profitiert schließlich am meisten vom Tod seines Vaters und jetzt erbt er alles. Das ist das perfekte Motiv!", warf Anja in den Raum.

Peter schaute nachdenklich rüber zu Anja. „Warum sollte er aber Enno Folkerts ermorden? Dafür hat er keinen Grund, und vergiss nicht, er hat ein wasserdichtes Alibi. Seine Frau hat ausgesagt, dass er zu beiden Tatzeiten bei ihr auf dem Sofa saß."

„Das ist richtig", meldete sich Klaus zu Wort, „es sei denn, seine Frau lügt."

Der Einwand von Klaus hing schwer im Raum und es war nicht so, dass nicht Peter oder Anja das Gleiche auch schon gedacht hätten, nur ausgesprochen hatte es bisher von ihnen noch keiner.

Anja durchbrach dann die plötzlich herrschende Stille im Büro mit der Frage an Klaus: „Hattest du nicht den Aalhus für neun Uhr aufs Revier bestellt? Wir sollten deinen militanten Aktivisten der Bürgerinitiative am Meer nicht ganz vergessen. Jetzt ist es schon fast halb zehn und er ist immer noch nicht hier. Ich schlage vor, du schickst mal eine Streife vorbei und lässt ihn abholen."

„Mach du das bitte, Anja, ich muss noch schnell weg zur Bank, ich habe um zehn Uhr einen Termin mit dem Filialleiter Drost", erwiderte Klaus, und das gesagt, griff er seine Jacke und stürmte aus dem Büro.

Anja seufzte kurz, telefonierte mit der Einsatzzentrale und bat darum, eine Streife ans Kleine Meer zu schicken, um Franz Aalhus abzuholen.
  Eine halbe Stunde später brachten dann die Polizeimeister Hindrek Janssen und Menno Ulferts einen aufgebracht schimpfenden Franz Aalhus in Handschellen aufs Revier.

„Der wollte gerade mit seinem Wagen abhauen", meldete Ulferts und zog so grob und heftig an den Handschellen von Aalhus, das dieser fast aus dem Gleichgewicht kam.
  „Und ihr glaubt es nicht, Kollegen, neben einer gepackten Tasche haben wir auch noch dies bei ihm im Wagen gefunden." Dabei hielt er triumphierend ein dunkelbraunes Jagdgewehr hoch, eine Sauer, Modell 80, Repetierbüchse Kaliber 7x64.

Peter traute seinen Augen nicht, vor fünf Minuten waren sie noch ohne eine konkrete Spur oder Beweise, und auf einmal sah es so aus, als hätten sie den Täter und die Mordwaffe. Er schaute Farnz Aalhus mit einem spöttischen Blick an, richtete das Wort an ihn und verkündigte den Anwesenden: „Na sieh mal einer an, Herr Aalhus, wer hätte das denn gedacht? Sie wissen, dass Sie damit auf der Liste der Verdächtigen ganz nach oben gerutscht sind? Da bin ich ja mal richtig gespannt, was Sie uns zu erzählen haben, und der Ordnung halber, Herr Aalhus, Sie sind vorläufig festgenommen. Ich verdächtige Sie hiermit des Mordes an Enno Folkerts und Heinrich Klaasen."

Dann wandte er sich an die beiden vor Stolz strahlenden Polizisten Janssen und Ulferts mit den Worten: „Gut gemacht, Kollegen, bringen Sie Herrn Aalhus jetzt bitte in den Vernehmungsraum eins und verständigen Sie die Oberstaatsanwältin Holtmann, das wir einen Verdächtigen festgenommen haben. Ja, und bevor ich es vergesse, schicken Sie das Jagdgewehr zum Spurenabgleich bitte zur kriminaltechnischen Untersuchung an das KTI nach Hannover. Es könnte sich bei dem Gewehr vermutlich um die Tatwaffe in beiden Mordfällen, Folkerts sowie Klaasen, handeln."

Franz Aalhus, dem erst jetzt so richtig bewusst wurde, was das alles für ihn bedeutete, fing plötzlich an, sich zu wehren und laut zu schreien.

„Seid ihr denn alle irre? Das ist doch alles Quatsch, das könnt ihr mit mir nicht machen, ich habe niemanden umgebracht. Herr Kommissar, glauben Sie mir, hier liegt ein fürchterlicher Irrtum vor. Herr Kommissar, ich bin doch kein Mörder!"

Peter hatte eine solche Situation, wenn ein Täter gefasst worden war, schon hundertmal erlebt. In dem Augenblick hofften alle erst noch mit der Theorie, dass alles ein Irrtum sei, davonzukommen, brachen dann aber nach kurzer Zeit zusammen und gaben ihre Verbrechen zu.

Er warf Aalhus einen mitleidigen Blick zu und antwortete ihm: „Das sagen sie immer alle, Aalhus. Sie werden noch genug Zeit haben, zu den Anschuldigungen Stellung zu nehmen und uns zu erzählen, wie Sie in den Besitz der Waffe gekommen sind und warum Sie abhauen wollten. Und nun abführen."

Die Polizisten führten den sich immer noch wehrenden und schreienden Aalhus aus dem Büro und brachten ihn in den Zellentrakt des Reviers.

Nachdem die Beamten ihn weggeschafft hatten, herrschte auf einmal eine bedrückende Ruhe im Raum.

„Was denkst du, Peter, war er es?", fragte Anja.

„Sieht fast so aus, Anja, die Indizien sprechen klar gegen ihn, und warum wollte er abhauen? Das macht doch keiner, der unschuldig ist", antwortete Peter auf Anjas Frage, aber es klang irgendwie nicht so richtig überzeugend. Peter glaubte selber nicht an so viel Dummheit von Franz Aalhus, so dumm konnte wirklich keiner sein.

„Ich brauche jetzt erst einmal einen Kaffee, bevor wir den Verdächtigen vernehmen, und ich muss noch mit der Holtmann und Theesen sprechen. Nicht, dass die gleich eine Pressekonferenz einberufen und es an die große Glocke hängen. Hinterher haben wir den Falschen verhaftet und müssen ihn wieder laufen lassen. Ich habe gehört, das geht hier ganz schnell in Emden und ist schon einmal vorgekommen. Wir brauchen stichhaltige Beweise und sollten zumindest die Untersuchung des KTI abwarten, bevor wir der Presse etwas mitteilen. Sage das bitte auch den anderen Kollegen und dass mir keiner mit der Presse redet, bevor ich nicht mit den beiden die weitere Vorgehensweise abgesprochen habe, ist das klar?"

„Klar, Chef, verstanden, ich teile es den Kollegen sofort mit."

Damit verließ Anja den Raum und Peter war allein mit seinen Gedanken.

Er informierte Theesen und Lena über die neue Situation per Telefon und schlug vor, sich zu einer Besprechung in zehn Minuten im Büro von Ewald Theesen zu treffen. Auf dem Weg zu dessen Büro hatte

Peter Bedenken. Es ist zu einfach, ging es ihm durch den Kopf, aber wo steht geschrieben, das es immer kompliziert sein muss? Mit diesen unbefriedigenden Gedanken betrat Peter das Büro seines Chefs. Dieser wartete schon mit dem Polizeidirektor Lütjens und mit Lena auf ihn. Bevor Peter die Tür zu Theesens Büro schließen konnte, gratulierten ihm Johann Lütjens und auch Ewald Theesen überschwänglich zum Fahndungserfolg.

„Ausgezeichnete Arbeit, gratuliere", kam es von Lütjens.

Theesen fügte hinzu: „Klasse, Streib, ich wusste, dass ich mich auf Sie verlassen kann. Mann, wie machen Sie das nur und in so kurzer Zeit? Der Mörder ist gefasst und die Bevölkerung von Emden kann wieder ruhig schlafen gehen, einfach großartig! Wir müssen sofort die Medien einladen, eine Pressekonferenz abhalten und …"

Peter hatte nur darauf gewartet, hob die Hand und fiel Theesen ins Wort: „Nun mal ganz langsam, Herr Polizeirat Theesen, genau darum bin ich hier. Wir wissen doch noch gar nicht, ob Franz Aalhus unser Täter ist. Alles, was wir bisher haben, ist sein Alibi ohne Zeugen, ein Jagdgewehr, von dem wir noch nicht mal wissen, ob es die Tatwaffe ist, und dass er im Begriff war, überstürzt wegzufahren. Das alles macht ihn noch lange nicht zum Mörder. Wir sollten zumindest die Untersuchung vom KTI abwarten, ob es sich bei dem Gewehr um die Tatwaffe handelt, bevor wir alles groß an die Presse hängen."

Theesen, nicht gewohnt, dass man ihm das Wort einfach abschneidet, wischte wild gestikulierend und mit hochrotem Kopf Peters Einwand beiseite: „Papperlapapp, klar ist der schuldig. Der Franz Aalhus hat doch auch während der Sitzung die Morddrohungen ausgerufen und jetzt wollte er eindeutig fliehen. Sie werden sehen, Herr Oberkommissar Streib, das Gewehr wird sich als Tatwaffe herausstellen, und damit ist der Fall dann abgeschlossen. Wir brauchen dringend einen Erfolg für die Bürger unserer Stadt."

„Für die Bürger unserer Stadt oder für die Emder Polizei?", konnte sich Peter nicht verkneifen zu antworten und Theesens Kopf wurde bei der Frage noch roter.

Es war Zeit für Oberstaatsanwältin Lena Holtmann, Autorität zu zeigen und zu demonstrieren, dass sie ihrer Führungsrolle gerecht zu werden gedachte. Sie schlug mit der flachen Hand einmal kurz auf den Tisch, hielt einen Moment inne und als es still wurde im Raum, sagte sie: „Meine Herren, beruhigen Sie sich, wir haben den Verdächtigen noch nicht einmal richtig befragt und er sitzt, wenn ich richtig informiert bin, zurzeit im Vernehmungsraum eins und wartet auf das erste Verhör. Weiter sollten wir die Untersuchung des Gewehrs vom KTI in Hannover abwarten, genau wie Hauptkommissar Streib es vorgeschlagen hat, bevor wir mit irgendetwas an die Öffentlichkeit gehen. Des Weiteren möchte ich bei dem Verhör des Verdächtigen Franz Aalhus anwesend sein. Das ist zunächst alles, meine Herren, und ich schlage vor, Herr Kommissar Streib, Sie beginnen jetzt unverzüglich mit dem Verhör des Verdächtigen Franz Aalhus."

Bevor Theesen oder Lütjens noch etwas erwidern konnten, nahm sie ihre Akten vom Tisch, klemmte sie unter den Arm und bat Peter, ihr aus dem Raum zu folgen.
Peter grinste Lena an, als sie allein im Aufzug zum Vernehmungszimmer hinunterfuhren und er ihr einen schnellen Kuss auf die Lippen drückte.

„Denen hast du aber ganz schön die Luft aus den Segeln genommen, das hat den beiden ganz und gar nicht gefallen."
„Lass das, Peter, nicht hier, und ich habe es nicht für dich getan,

sondern weil es die richtige Entscheidung ist. Was denkst du, war er es?"

„Du bist jetzt die zweite Frau innerhalb von einer Stunde, die mich das fragt. Ich weiß nicht, es sieht alles danach aus, aber mein Instinkt sagt mir, da ist viel mehr zu dem Fall, als wir bisher schon wissen."

Der Vernehmungsraum eins befand sich im Keller des Reviers gleich neben dem Zellentrakt, und vor der Tür stand Polizeimeister Menno Ulferts und hielt Wache.

Franz Aalhus saß auf einem Stuhl und sprang sofort auf, als Peter den Raum betrat. Lena war mit Anja im angrenzenden Raum geblieben und beide konnten das Verhör über ein Mikrofon, das im Verhörraum auf dem Tisch stand, und durch einen einseitig durchsichtigen Spiegel verfolgen.

„Setzen Sie sich wieder hin und bleiben Sie ruhig. Es sieht nicht gut aus für Sie, Herr Aalhus", begann Peter das Verhör.

„Erst die Morddrohungen, das durchlässige Alibi, jetzt die versuchte Flucht, obwohl man Ihnen gesagt hat, am Montag um neun Uhr im Revier zu erscheinen, und dann ist da noch das Gewehr, das wir bei Ihnen gefunden haben."

Schwitzend und sich seiner prekären Lage offensichtlich bewusst, begann Franz Aalhus zu sprechen: „Das ist alles ein großes Missverständnis, Herr Kommissar, ich war auf meiner Arbeit, als die Morde passiert sind, und ich wollte doch nicht fliehen, so ein Blödsinn. Ich bin Jäger und wollte nur für ein paar Tage zu meinem Bruder nach Gielow in Mecklenburg-Vorpommern zur Jagd. Wir hatten das schon vor Wochen geplant, das können Sie alles nachprüfen."

Das war eine einfache Erklärung und sie klang ziemlich plausibel, dachte sich Peter. Ob sie aber der Wahrheit entsprach, musste sich noch herausstellen.

„Dann haben Sie sicherlich auch einen Waffenschein, Franz, ich darf doch Franz sagen? Und das Gewehr ist auch amtlich registriert?"

„Nein, das dürfen Sie nicht, für Sie immer noch Herr Aalhus, und einen Waffenschein habe ich auch, Herr Kommissar. Aber ich muss zugeben, ich habe vergessen, das Gewehr anzumelden. Leider habe ich einfach nie die Zeit dafür gefunden. Ich wollte immer, aber irgendwie ist mir immer etwas dazwischengekommen. Ich werde es aber sofort registrieren lassen, wenn es Sie zufriedenstellt, und jetzt sage ich nichts mehr ohne einen Anwalt."

„Das ist Ihr gutes Recht, Herr Aalhus. Die erste Befragung ist hiermit beendet und wir werden die Vernehmung fortsetzen, sobald Sie Ihren Anwalt verständigt haben und dieser hier eingetroffen ist. In der Zwischenzeit bleiben Sie als dringend Tatverdächtiger weiter in Haft."

Im Nebenraum, wo sie alles mitgehört hatte, empfing ihn Lena mit einem enttäuschten Gesichtsausdruck und sagte: „Gut, dass wir Theesen und Lütjens von ihrer Idee einer sofortigen Pressekonferenz abhalten konnten. Mit der dünnen Beweislage können wir Aalhus nicht länger als einen Tag festhalten. Wenn sich herausstellt, dass die Geschichte mit seinem Bruder der Wahrheit entspricht, wandert er im gleichen Moment hier raus.
Alles hängt jetzt davon ab, ob das KTI das Gewehr eindeutig als die Mordwaffe identifizieren kann."

„Komm, Chef", fügte Anja noch hinzu, „wir haben Arbeit zu tun."

Zurück in seinem Büro schlug Peter frustriert mit der Faust auf seinen Schreibtisch und ließ seinem Frust freien Lauf: „Wir haben nichts, das langt alles nicht, und Franz Aalhus ist spätestens in vierundzwanzig Stunden wieder auf freiem Fuß, wenn das KTI nicht bestätigt, dass sein Gewehr die Mordwaffe ist.

Anja überprüfe mal die Angaben mit dem Bruder und der Jagd."

In gleichen Moment kam Klaus Marquart freudestrahlend mit einem Bündel von Kontoauszügen in seiner Hand wedelnd zurück ins Büro.

„Wir hatten Recht! Folkerts hatte in den letzten zwei Monaten mehrere Bareinzahlungen von insgesamt fast fünfzigtausend Euros auf seinem Konto.

Die letzte Einzahlung über zehntausend Euro stammt vom vorigen Montag."

Als er merkte, dass seine Information nicht die gewünschte Reaktion erzielte, schaute er von Peter zu Anja und bemerkte: „Was ist denn hier für eine Stimmung? Ist euch allen eine Laus über die Leber gelaufen? Ich dachte, ihr freut euch, wenn ich mit dieser guten Nachricht komme."

Peter klärte Klaus kurz über die Verhaftung von Franz Aalhus auf. Über die vermeintliche Flucht, das Gewehr, das sie gefunden hatten, und das Ergebnis der ersten Befragung, die absolut nichts ergeben hatte.

„Holy Shit, ich habe doch gleich gewusst, dass der Motherfucker nicht ganz astrein ist. Der kam mir von Anfang suspekt vor. Ich habe es euch ja gesagt, es war einer von diesen Heinis der militanten Bürgerinitiative. Wann ist denn mit dem Ergebnis des KTI zu rechnen?"

„Nicht vor morgen früh, und solang wir nicht das Ergebnis haben, ob es sich um die Tatwaffe handelt, sind uns die Hände gebunden.

Wir überprüfen gerade die Aussage von Franz Aalhus, ob es stimmt, dass er seinen Bruder zur Jagd besuchen wollte, und mehr können wir im Moment nicht dazu tun."

Peter nahm seine Jacke vom Stuhl und machte Anstalten, das Büro zu verlassen. Im herausgehen rief er Anja und Klaus noch zu: „Ich werde noch mal zu Benjamin Klaasen ins Büro fahren und ihn zu dem Abend im Kasino befragen, an dem er Enno Folkerts getroffen hat."

Kapitel XVI

Peter öffnete das Verdeck, stieg in seinen Triumph Stag und rauchte erst einmal eine Zigarette. Er brauchte den Nikotinschub und etwas Zeit zum Nachdenken, bevor er zu Benjamin Klaasen fuhr. Ein Kaffee im Maxx war genau die richtige Ablenkung, dachte er sich und lenkte seinen Wagen zum Marktplatz in der Stadtmitte, stellte ihn dort ab und ging die paar Schritte zum Maxx zu Fuß. Die Sonne schien und Peter entschied sich für einen Platz draußen vor der Kneipe. Er bestellte einen Kaffee und machte es sich bequem. Er mochte es, in der warmen Frühlingssonne zu sitzen und die freundlichen Leute, die in ihrer emsigen Geschäftigkeit vorbeiliefen, zu beobachten. Emden war seiner Meinung nach mehr eine Frühlings- und Sommerstadt. Sobald die ersten Sonnenstrahlen die Tage erwärmten, hatten jede Kneipe und jedes Restaurant Tische draußen stehen, die fast immer und zu jeder Tageszeit nach einem dunklen Herbst und langen Winter voll besetzt mit sonnenhungrigen Menschen waren.

Peter war in der für ihn, wie er sie nannte, trostlosen Jahreszeit nach Emden gezogen und hatte bisher nur die nasskalten Wintermonate hier verbracht. Die Straßen der Stadt waren dann zumeist leer, alles wirkte verlassen wie im Dornröschenschlaf und wurde erst im Frühling wieder zum Leben wachgeküsst. Er freute sich schon sehr auf seinen ersten Sommer in Emden. Jetzt da er Lena wiedergefunden hatte, würde es bestimmt herrlich werden. Peter sah sich und Lena schon in Gedanken auf einer der Ostfriesischen Inseln am Strand spazieren gehen und mit dem Stag über die Landstraßen durch die endlosen Felder hinterm Deich fahren.

Ostfriesland wird durch seine vielen kleinen Küstenorte sowie das weite, vielfältige Binnenland geprägt. Das Marschland, die Geest und das Moor mit den unendlich wirkenden Deichen entlang der Küstenstraßen und den bis zum Horizont reichenden blühenden Feldern sind ein einzigartiger, ganz besonderer Teil Deutschlands.

Die stolzen Einwohner Ostfrieslands sind unkonventionell, oft ein wenig wortkarg, aber freundlich zu Fremden und in ihrer Natur traditionell sehr heimatverbunden.

Ela Frya Fresena wie es der Wahlspruch der Ostfriesen sagt und was als zentraler Ausdruck der friesischen Freiheit zu verstehen ist und mit „Lever dood as Slaav" (Lieber tot als Sklave), wie es in plattdeutscher Mundart heißt, einhergeht.

Ostfriesen sind nicht nur Teetrinker oder die als einfältig dargestellten Menschen aus den Ostfriesenwitzen. Ironischerweise ist das aber zu mehr als neunzig Prozent alles, was man unter „Ostfriese" findet wenn man das Wort einmal googelt.

Peter empfand die Ostfriesen als sehr intelligent, sich den überzogen klischeehaften Vorstellungen des restlichen Deutschlands anzupassen und, mehr als das, diese sogar zu intensivieren. Die meisten Ostfriesenwitze kommen von Ostfriesen selbst und haben unter anderem dazu beigetragen, den Tourismus für diesen Landstrich anzukurbeln und der Region in jeder Saison ständig ausgebuchte Hotels und Pensionen zu bescheren. Wer kann von sich schon behaupten, dass Urlauber kommen, um ein Ostfriesenabitur zu machen. Die eigene Vermarktung des Ostfriesen ist einfach genial. Ostfriese sein ist viel mehr als die personifizierte Idee eines Otto Waalkes oder die Person in einer gelben Öljacke, auch Ostfriesennerz genannt, mit Gummistiefeln.

Ostfriese zu sein ist für die meisten Einwohner eine Lebenseinstellung und darin manifestiert sich ihre stolze Mentalität, anders zu sein als der Rest der Deutschen.

„Moin, Peter, schön, hier in der Sonne zu sitzen, was? Alles gut?", fragte ihn die Besitzerin vom Maxx, die Peter bei seinen zahlreichen Besuchen kennengelernt hatte.

„Moin, ja, alles gut", antwortete ihr Peter in der üblichen Art und Weise und trank seinen Kaffee in Ruhe aus. Er legte zwei Euro für den

Kaffee plus Trinkgeld auf den Tisch, bestellte sich wie so oft noch ein Sandwich beim Subway gegenüber und ging zurück zu seinem Wagen.

Auf der Fahrt zu Klaasens Büro schlang er dieses mit großem Hunger hinunter, und dort angekommen rauchte er erst noch eine Zigarette, bevor er das Gebäude betrat. In der Eingangshalle empfing ihn Benjamin Klaasen und sagte, er habe ihn schon vom Fenster aus kommen sehen. Er bat Peter, ihm ins Büro seines Vaters zu folgen, und forderte die Rezeptionistin auf, ihnen Kaffee zu bringen.

Benjamin Klaasen ließ sich demonstrativ gelassen im Chefsessel hinter dem Schreibtisch seines Vaters nieder und wies Peter an, sich es auf einem der Stühle vor dem Schreibtisch bequem zu machen.

„Herr Kommissar, welchem Umstand verdanke ich schon wieder die Ehre Ihres Besuches? Ich habe gehört, Sie haben jemanden verhaftet. Ist es das, was Sie mir mitteilen wollen, dass Sie den Mörder gefunden haben?"

Peter war sichtlich erstaunt darüber, das Benjamin Klaasen schon von der Verhaftung von Franz Aalhus wusste, und brauchte einen kurzen Moment, sich zu sammeln.

„Schauen Sie nicht so verwundert, Herr Kommissar, Emden ist eine kleine Stadt und hier kann man nichts verborgen halten, besonders nicht, wenn es um die Verhaftung eines Mörders geht", sprach Klaasen weiter, sich augenscheinlich daran erfreuend, dass er Peter mit seinem Wissen von der Verhaftung überrascht hatte.

Peter, der nur einen kurzen Augenblick der Konzentration gebraucht hatte, um seine Fassung wiederzuerlangen, überlegte sich seine nächsten Worte ganz genau.

„Wenn man hier in der Stadt Emden, wie Sie es so schön ausdrücken, nichts verborgen halten kann, dann wissen Sie ja auch, dass man Sie und Enno Folkerts am vorletzten Sonntag im Bad Zwischenahner Spielkasino zusammen gesehen hat. Sie hatten doch ausgesagt, ihn nur in ihrem Büro getroffen zu haben. Können Sie mir den Grund Ihres Treffens mit Enno Folkerts im Kasino nennen, und wenn wir schon dabei sind: Wissen Sie, dass wir bei Enno Folkerts unregelmäßige Einzahlungen auf seinem Konto gefunden haben?"

Benjamin Klaasen, wahrnehmbar amüsiert, lächelte mit einer unverstellten Arroganz in Richtung Peter.
„Herr Oberkommissar Streib, ich habe Ihnen absichtlich nichts von dem wirklich absolut rein zufälligen Treffen mit Enno Folkerts erzählt, weil ich aus Rücksicht auf seiner Familie ihn nicht auch noch nach seinem Tode mit seiner Spielleidenschaft in Verruf bringen wollte. Er hatte mir an dem Abend erzählt, dass Fortuna ihm sehr wohlgesinnt war, wie er es ausdrückte. Das erklärt dann doch wohl auch gleichzeitig, dass die Zahlungen auf seinem Konto logischerweise aus Gewinnen vom Kasino stammen können."

Peter, dem die Selbstgefälligkeit und Arroganz von Benjamin Klaasen ganz und gar nicht passte, war wieder einmal mit einer plausiblen Antwort die Luft aus den Segeln genommen worden.
„Tja, das könnte die Erklärung sein, Herr Klaasen, falls es so stimmt, wie Sie es mir erzählen."

Benjamin Klaasen ließ sich nicht aus der Reserve locken, ging in keiner Weise auf die Anspielung einer Lüge ein und komplementierte Peter geschickt aus seinem Büro.
„Wenn das alles war und falls Sie keine weiteren Fragen mehr haben, Herr Kommissar, ich bin sehr beschäftigt und muss mich, wie Sie sicherlich verstehen können, um die Beerdigung meines Vaters kümmern."

„Nein, das war schon alles, Herr Klaasen, ich möchte Sie jetzt auch nicht weiter aufhalten. Ich würde aber ganz gerne noch einmal mit Ihrer Frau sprechen und komme die Tage bei Ihnen zu Haus vorbei. Würden Sie es Ihrer Frau bitte ausrichten?"

„Selbstverständlich, Herr Hauptkommissar Streib, jederzeit, wie es Ihnen beliebt."

Peter war wütend auf sich selbst. Was hatte er sich vorgestellt? Klaasen würde sofort zugeben sich konspirativ mit Enno Folkerts getroffen zu haben, und eine Bestechung zugeben? Peter hätte schier kotzen mögen, die kurze Befragung hatte wieder einmal zu nichts geführt. Im Gegenteil, es klang alles zu perfekt, und er musste sich eingestehen, dass Benjamin Klaasen recht hatte mit seiner These, dass die unregelmäßigen Zahlungen auf dem Konto von Enno Folkerts aus eventuellen Gewinnen aus dem Kasino stammen könnten.

Peter nahm sich vor, die Frau von Enno Folkerts noch einmal zu befragen, und fuhr mit seinem Wagen in das Constantia-Viertel zum Haus der Familie Folkerts.

Ute Folkerts, ganz in Schwarz gekleidet und mit dunklen Ringen unter verheulten Augen, öffnete ihm die Tür. Peter fühlte sich nicht sehr wohl, die Frau in ihrer Trauer jetzt auch noch nach einer eventuellen Spielsucht ihres Mannes zu befragen, aber er musste sich Gewissheit verschaffen. Sie bat ihn, ins Haus zu kommen, und Peter lehnte ab, als sie ihm eine Tasse Kaffee anbot.

„Frau Folkerts, es tut mir leid, Sie noch einmal behelligen zu müssen", begann er vorsichtig. „Wir haben Unregelmäßigkeiten auf den Kontoauszügen Ihres Mannes feststellen müssen. Ihr Mann hat in den letzten zwei Monaten insgesamt fast fünfzigtausend Euro auf sein Konto eingezahlt, können Sie sich erklären, woher Ihr Mann das Geld bekommen hat? Ihr Mann wurde auch kürzlich im Spielkasino Bad Zwischenahn gesehen. Haben Sie gewusst, dass Ihr Mann spielt?"

Offenbar erkenntlich geschockt von den Vorwürfen gab sie Peter eine Ohrfeige und fing gleichzeitig an, Peter zu beschimpfen: „Wie können Sie es wagen, jetzt, wo mein Mann tot ist und sich nicht mehr wehren kann, so seinen Ruf in den Schmutz zu ziehen? Mein Mann war kein Spieler, er hat Glücksspiel verabscheut. Sein Vater hat Haus und Hof verspielt und Enno hat bis zu seinem Tod nie wieder ein Wort mit ihm gesprochen. Das ist einfach nicht wahr, ich kann nicht verstehen, dass jemand so etwas von Enno behauptet."

Peters Wange brannte von der Ohrfeige, aber er war ihr deswegen nicht böse und konnte ihre Reaktion gut verstehen. Sie musste große Stücke auf ihren Mann gehalten haben und ihre Aussage schien glaubhaft.
„Beruhigen Sie sich bitte, Frau Folkerts, es muss ja nicht wahr sein und es gibt für alles bestimmt eine logische Erklärung. Wir werden die ganze Angelegenheit genaustens untersuchen und ich danke Ihnen für Ihre Aussage, Sie haben uns damit sehr geholfen."

Peter verabschiedete sich und machte sich auf den Rückweg ins Revier. Während der Fahrt versuchte er sich einen Reim auf die Aussagen zu machen, aber er kam zu keinem befriedigenden Ergebnis. Der Fall wurde immer verwirrter, und wem konnte Peter noch Glauben schenken und wer log ihn an? Was sagte ihm die Beweislage? Irgendwie ging das eine mit dem anderen nicht konform, aber wo war der Knackpunkt? Jede Frage warf mehr Fragen auf, aber es gab keine konkreten Antworten, es war zum Verrücktwerden. Jedes Mal, wenn er dachte, er wäre der Lösung des Falles ein Stück nähergekommen, drehte sich die Situation plötzlich um hundertachtzig Grad und er war wieder bei null angelangt.

Im Büro herrschte emsiges Treiben, als Peter durch die Tür trat. Anja war am Telefon und Marquart wühlte in Akten herum. Peter schmiss seine Jacke auf seinen Stuhl und erzählte den beiden von seinen Besuchen bei Klaasen und Ute Folkerts.

Im Anschluss an seinen Bericht, fragte er die beiden: „Na, habt ihr denn wenigstens etwas Neues erfahren? Wie steht es mit der Aussage des Bruders von Franz Aalhus? Kann er die Angaben, dass sie zusammen auf die Jagd gehen wollten, bestätigen? Gibt es schon was von dem KTI zum Gewehr? Und hat schon jemand von euch das mit dem Erbe von Gerd Wolters überprüft?"

Anja wischte sich ihre Haare aus der Stirn, setzte sich auf die Seite von Peters Schreibtisch und antwortete ihm: „Also ich bin dabei, Chef. Der Bruder von Aalhus ist nicht aufzutreiben, der ist irgendwo in der Pampa auf der Jagd, wie seine Frau uns am Telefon erzählte. Sie hat aber von uns Instruktionen erhalten, ihn zu veranlassen, dass er uns sofort zurückruft, sobald sie etwas von ihm hört.
Was das Gewehr von Franz Aalhus anbelangt, noch nichts vom KTI, das kann noch bis morgen dauern, sagte man mir. Es sei nicht so einfach, ohne Kugeln und nur anhand von Schmauchspuren festzustellen, ob es sich um die Mordwaffe handelt."

„Und Gerd Wolters hat wohl ein bisschen zu dick aufgetragen mit dem großen Erbe", kam es von Marquart.
„Es handelt sich bei dem Erbe um weniger als fünftausend Euro, die da für ihn abfallen werden. Das kann man ja nicht gerade einen warmen Geldsegen nennen, oder?"

Peter dachte genauso, fünftausend Euro, das kann man wirklich nicht als Geldsegen bezeichnen. Es hatte nach viel mehr geklungen, als er mit Karin Breuer und Gerd Wolters gesprochen hatte. Wieder so ein Teil des Puzzles, das nicht richtig passen wollte.

Peter war nicht zufrieden und fühlte sich auch nicht so recht in der Verfassung, sich momentan weiter auf den Fall zu konzentrieren.

„Ich geh und mache Feierabend, heute können wir sowieso nichts mehr erreichen. Wir müssen bis morgen und auf das Ergebnis vom KTI warten.

Anja, du bleibst noch dran und versuchst, ob du den Bruder von Aalhus nicht doch noch irgendwie erwischst, und wenn ja, schick mir eine SMS.

Tschüss, Leute, bis morgen."

Kapitel XVII

Peter freute sich schon den ganzen Tag über auf den Abend mit Lena. Sie hatten sich zum Essen im Restaurant Hafenhaus verabredet.

Das Hafenhaus war seit ein paar Jahren zu einer festen Einrichtung für gehobenes Ambiente und gutes Essen in Emden geworden. Mit einer Mischung aus ostfriesischer Gemütlichkeit und modernem Design hatte es Peters Geschmack getroffen und er war dort Stammgast geworden. Es lag direkt am Binnenhafen, unweit von Peters Wohnung, und er brauchte nur ein paar Minuten zu Fuß gehen, um es zu erreichen. Peter spazierte gerne diesen Weg vom Schreyers Hoek zum Hafenhaus. Er ging vorbei am alten Museumsfeuerschiff Amrumbank und dem Seenot-Rettungskreuzer Georg Breusig, die als Touristenattraktionen am Ratsdelft lagen. Dann kam die Promenade an der Delfttreppe vorm Rathaus, wo nach Emder Brauch alle unverheirateten Dreißigjährigen von ihren Freunden mit einem Besen und viel aufgeworfenem Unrat zum sogenannten Treppenkehren genötigt wurden. Von dort ging es weiter am Westufer des Ratsdelfts entlang in Richtung altes Hafentor aus dem Jahre 1635 mit dem Emder Wappen im Giebel, das „Engelke up de Muer" (Engelchen auf der Mauer). Das Emder Wappen symbolisiert den sogenannten Jungfrauenadler, darunter befindet sich die Emsmauer und ganz unten ist die Ems zu erkennen. Das „Engelke up de Muer" wurde der Stadt Emden vor rund fünfhundert Jahren vom Kaiser Maximilian in Wien verliehen. Ein Stadtwappen war im Mittelalter ein Zeichen für Macht und Reichtum. Peter musste immer, wenn er das Hafentor passierte, daran denken, wo diese Macht und dieser Reichtum wohl geblieben waren.

Emden war heute eher eine arme Stadt mit hoher Arbeitslosigkeit.

Vom Hafentor waren es dann nur noch wenige hundert Meter bis zum Restaurant Hafenhaus in der unteren Etage eines geschmackvollen Neubaus direkt am Wasser.

Als Peter das Restaurant betrat, wartete Lena schon bei einem Glas Wein auf ihn. Sie sah bezaubernd aus in einem dunkelblauen kurzen Kleid, in dem ihre schönen langen Beine sehr gut zur Geltung kamen. Sie trug wie immer flache Schuhe. Ihre halblangen blonden Haare hatte sie elegant mit einem perlenverzierten Kamm hochgesteckt und ihren schlanken Hals schmückte eine einfache, dazu passende Perlenkette. Lena benutzte nur wenig Make-up und wirkte daher immer sehr natürlich.

Als Peter ihr zur Begrüßung einen Kuss auf die Wange gab, roch er den Duft ihres Haares und zugleich einen kleinen Hauch ihres Parfüms.

Am liebsten wäre er mit ihr sofort aus dem Restaurant in seine Wohnung gegangen und hätte ihr die Kleider vom Leib gerissen. Sein verschmitztes Grinsen und sein lustvoller Blick verrieten Lena sofort seine Gedanken und sie schaute ihn vorwurfsvoll an, musste dann aber trotzdem lachen.

„Peter, reiß dich mal zusammen, ich bin hungrig und dafür haben wir später immer noch genug Zeit."

„Was hältst du davon, wir können uns das Essen ja einpacken lassen und mitnehmen", erwiderte er und verdrehte dabei die Augen.

„Du hast dich nicht geändert und kannst nie ernst sein, komm, setz dich und genieße den Ausblick in den Hafen. Ich habe mich nicht extra in Schale geworfen, damit du mir innerhalb von fünf Minuten wieder die Kleider vom Leib reißt. Ich möchte den Abend mit dir genießen und reden, hallo, erinnerst du dich? Wir müssen auch miteinander reden und nicht wieder den Fehler begehen und unsere Stunden nur zusammen im Bett verbringen."

„He, was ist daran denn so falsch? Mir kam es immer so vor, als ob du nicht genug davon kriegen kannst."

Peter konnte dabei nicht ernst bleiben, musste lachen und Lena gab ihm als Antwort einen Knuff über dem Tisch.

„Nein, Spaß beiseite, du hast ja recht, Lena, es ist nur, dass ich dich so sehr begehre und meine Sinne verrücktspielen, wenn ich in deiner Nähe bin.
Lass uns essen, trinken, reden und den Abend genießen, ich liebe dich."

Lena schien glücklich über Peters Antwort zu sein und warf ihm einen Kuss zu.
Die Kellnerin kam mit der Speise- und Weinkarte und sie bestellten Fisch und eine Flasche „Henri Bourgeous La Vigne Blanche Sancerre".
Das war Peters Lieblingsweißwein aus dem Anbaugebiet an der Loire in Frankreich. Peter war einmal in seiner Jugendzeit eine ganze Woche in Sancerre gewesen und hatte dort den Wein lieben gelernt. Sancerre ist ein Städtchen in der Mitte Frankreichs, unscheinbar mit weniger als zweitausend Einwohnern, aber weltweit berühmt für seine guten trockenen und erfrischenden Weine.
Der Abend verlief perfekt, Lena und Peter redeten und lachten viel, und es dauerte nicht lange, da folgte nach der ersten schon eine zweite Flasche Sancerre. Es war das erste Mal, dass sie beide so richtig über sich, ihre Jugendzeit und ihre Familien redeten.
Peter erfuhr, dass Lena als Tochter eines Richters in Braunschweig aufgewachsen war und noch zwei jüngere Schwestern hatte mit den Namen Marissa und Tanja. Ihre Mutter war, als Lena gerade einmal zehn Jahre alt war früh verstorben und ihr Vater hatte die Mädchen mehr oder wenig allein großgezogen. Lena musste in ihrer Jugend schnell lernen, Verantwortung zu übernehmen, und war ihrem Vater in eine juristische Laufbahn gefolgt.
Peter erzählte ihr von seiner Familie, die original aus Brandenburg kam, aber schon lange vor der Wende geflohen war und sich in Hanno-

ver angesiedelt hatte. Dass sein Vater Ingenieur beim VW-Werk, aber jetzt in Rente, und seine Mutter eine Lehrerin gewesen war. Er erzählte ihr, dass er noch einen jüngeren Bruder hatte, der wie er die Polizeilaufbahn eingeschlagen hatte und beim LKA in Hannover arbeitete.

Peter hielt auch nicht damit zurück, dass er zwölf Jahre in der Bundeswehr gedient und dort in einer Spezialeinheit seinen Dienst verrichtet hatte. Er offenbarte ihr aber keine Einzelheiten über seine Einsätze, nur dass er viel Kampferfahrung hatte und auch verwundet worden war.

Es wurde später und später und sie hatten beide gar nicht gemerkt, wie die Zeit verflogen war.

Peter zahlte, gab der Kellnerin ein großzügiges Trinkgeld und sie verließen das Restaurant kurz nach Mitternacht.

Es war nachts immer noch kühl, Peter wickelte Lena in seine Jacke, die ihr drei Nummern zu groß war, und sie schlenderten Arm in Arm zurück zu Peters Wohnung.

Dort angekommen duschten sie gemeinsam und liebten sich mehrmals leidenschaftlich, bevor sie endlich vor Erschöpfung einschliefen.

Als Peter am Morgen aufwachte, war Lena schon gegangen und hatte ihm einen kleinen Zettel auf das Kopfkissen gelegt, auf dem, mit einem roten Lippenstiftkuss verziert, geschrieben stand:

Danke für den schönen Abend und die Nacht.
Ich sehe dich später im Büro.
Ich liebe dich!
Lena

Kapitel XVIII

Dienstag, der 12. Mai

Marion Klaasen fuhr mit ihrem Porsche 911 zum Emder Flugplatz und freute sich auf den Tag in Hamburg mit ihren Freunden. Emden war für sie so langweilig und sie war mit der Stadt und ihren Menschen nie richtig warm geworden. Hier in Emden kannte jeder jeden und ihr Mann mit seiner Familie und der Firma standen hier dauernd im Blickpunkt der Öffentlichkeit. Egal, was sie taten, am nächsten Tag wusste es gleich die ganze Stadt. Sie hatte keine Freundinnen hier, mit denen sie Shopping gehen konnte, und wenn sie sich einmal schöne, aufreizende Unterwäsche oder teuren Schmuck kaufen wollte, war die Auswahl nur begrenzt und es gab keine Privatsphäre.

In gewissen Kreisen in Emden war man einfach bekannt und alles war ihr zu spießig und zu normal. Sie liebte die Großstadt und die Anonymität, die mit dem Leben in einer großen Stadt kam. Auch konnte sie in Emden nicht ihrem liebsten Laster frönen. Sie liebte es, sich so richtig mit Kokain zuzudröhnen und die ganze Nacht durchzumachen. In Hamburg nahmen alle ihre Freunde Kokain und es gehörte für sie einfach dazu, zugedröhnt durch die Bars und Nachtcafés zu ziehen.

Noch mehr liebte sie es, auf Ibiza in ihrer Finka zu sein und in der Sonne am Pool zu liegen. Auf Ibiza ging die Post ab, dort fand sie viele Gleichgesinnte und vor allen Dingen jede Menge Drogen. Im Winter verbrachte sie fast vier Monate dort nur mit zwei oder drei kurzen Unterbrechungen. Es war ihr auch egal, ob ihr Mann Benjamin mitkam oder in Emden blieb. Es war ihr dort nie langweilig, sie ging Segeln oder Reiten und hatte sogar angefangen, etwas Golf zu spielen.

Auch Benjamin, ihr Mann, war ganz anders, wenn er in Hamburg oder auf Ibiza mit ihr und den Freunden um die Häuser zog. Sie hatten dort immer viel Spaß zusammen und er war nicht so langweilig wie in Emden, wo er immer nur im Büro seines Vaters die Drecksarbeit erledigen musste.

Aber jetzt, wo der Alte endlich tot war, wird hoffentlich alles besser werden, dachte sie sich. Sie hatte den alten Klaasen von Anfang an sowieso nie ausstehen können. Er hatte sie immer nur als die zukünftige Mutter seines Enkelsohns betrachtet, wie eine Zuchtstute. Bei fast jeder Gelegenheit hatte er ihr vorgeworfen, warum sie nicht endlich Kinder bekäme, und immer nur ihren ausgearteten, unsteten Lebenswandel für die Kinderlosigkeit verantwortlich gemacht. Nie hatte er auch nur einen Zweifel daran gehabt, dass es an ihr lag, niemals kam ihm die Idee, dass eventuell sein lieber Benjamin nicht in der Lage war, seine Frau zu befriedigen und ihm den langersehnten Enkel zu zeugen.

Ihre Ehe mit Benjamin war zu Beginn sehr glücklich gewesen, aber seit zwei Jahren mit häufigen Streitereien nicht mehr die beste. Sie hatte ihn seitdem immer wieder, wenn sie in Hamburg oder auf Ibiza war, mit anderen Männern betrogen. Sie genoss und brauchte einfach die Aufmerksamkeit, die andere Männer ihr entgegenbrachten, und sehr viel Sex. Benjamin war selbst schuld, beruhigte sie stets ihr schlechtes Gewissen, er hatte sie einfach viel zu sehr vernachlässigt.

Sie war immer stets nur auf sich fokussiert und es interessierte sie wenig, woher das Geld kam, das ihr den Jetset-Lebenswandel ermöglichte. Das war der Job ihres Ehemannes, und solange der Rubel rollte, war es ihr egal, wie er es verdiente. Es war ihr auch total egal, wer den alten Klaasen umgebracht hatte, und sie wusste gar nicht, ob Benjamin an dem Abend zu Hause gewesen war oder nicht.

An dem Tag, als Klaasen ermordet wurde, hatte sie am frühen Abend eine ihrer häufigen Migräneattacken bekommen, mehrere Schmerztabletten genommen, sich hingelegt und geschlafen.

Als der Kommissar dann fragte, wo Benjamin an dem Abend war, hatte sie einfach ganz spontan geantwortet, natürlich bei ihr zu Haus.

Schließlich hatte Benjamin ihr vorher ja auch erzählt, dass er die ganze Zeit zu Hause gewesen war, und warum sollte er sie belügen?

Den Abend zuvor hatten sie sich gestritten und Benjamin hatte wütend daraufhin das Haus verlassen. Er war aber schon so um kurz nach elf Uhr dreißig wieder zurück und hatte ihr erzählt, dass er die ganze Zeit einfach ziellos umhergefahren war, um sich abzureagieren und nachzudenken. Er hatte sich bei ihr für den Streit entschuldigt, wie er es immer machte, wenn sie sich gestritten hatten. Sie versöhnten sich danach meist schnell wieder und gingen dann zusammen ins Bett und hatten Sex. Es war genauso diesen Abend gewesen, nur diesmal hatten sie vorher erst noch eine Flasche Wein zusammen getrunken.

Das alles aber ging den Kommissar überhaupt nichts an, und von allen Leuten in der Welt war Benjamin der Letzte, dem sie einen Mord zutrauen würde, und sie musste es ja wohl am besten wissen, schließlich war sie seine Frau.

Der Himmel hatte etwas aufgeklart, als sie den Flugplatz erreichte, und der Regen hatte nachgelassen. Sie hatte den Wetterbericht vorher per Internet gecheckt und dieser zeigte Regen für Ostfriesland, aber für Hamburg am Nachmittag sah es besser aus, dort hatte man „heiter bis wolkig" angesagt.

Sie parkte ihren Porsche auf dem für Mitglieder eigenen Parkplatz, nahm ihre Tasche und lief rüber zum Hangar.

Die Maschine der Klaasens, eine zehn Jahre alte Cessna 172, stand schon vor dem Hangar, war aufgetankt und startbereit. Ihre Skyhawks, wie die Cessna 172 auch genannt wird, hatte hundertsechzig PS und flog mit einer Reisegeschwindigkeit von zweihundert km/h. Als Neuflugzeug kostet eine 172 so viel wie ein frei stehendes Einfamilienhaus, gebraucht ist sie je nach Zustand und Alter ab rund 25.000 Euro erhältlich.

Sie ging durch ihren üblichen Kontrollcheck, und als sie sich überzeugt hatte, dass alles in Ordnung war, stieg sie ein und startete die Maschine.

Sie meldete dem Tower ihren Flug, bekam ihre Starterlaubnis und rollte zur Start- und Landebahn.

Marion hatte vor acht Jahren, nachdem Benjamin sie ein paarmal zum Fliegen mitgenommen hatte, auch ihre Pilotenausbildung auf einer Cessna 172 gemacht. Es gibt keinen Flugplatz, wo dieser Typ nicht als Schulungsgerät für die Pilotenausbildung und als Reiseflugzeug eingesetzt wird. Die Gründe dafür sind ihre hervorragende Manövrierbarkeit, die Langsamflug-Eigenschaften und die relativ geringen Betriebs- und Wartungskosten.

Nachdem der Tower ihr die Starterlaubnis erteilt hatte, stellte sie die Klappen auf zehn Grad, vergewisserte sich, woher der Wind kam, um ein eventuelles Vorhalten zu gewährleisten, und gab dann Vollgas. Sie beschleunigte das Flugzeug auf fünfundsechzig Knoten und nach Erreichen der Geschwindigkeit zog sie langsam die Nase hoch. Sie hielt konstant den Anstellwinkel bei zehn Grad und bei einer Höhe von tausend Fuß fuhr sie die Klappen ein. Als sie die Maschine in der Luft hatte, leitete sie den Querabflug mit einer Neunzig-Grad-Kurve nach rechts ein und reduzierte den Gashebel auf fünfundsiebzig Prozent. Dann drehte sie gen Norden ab und flog direkt über die Krummhörn zur Küste.

Fliegen war ihre Leidenschaft und sie wollte auch heute nicht nur von Emden nach Hamburg fliegen, sondern einen schönen Flug haben, auch wenn das Wetter dazu nicht unbedingt sehr einladend war.

Marion liebte die Route über die vorgelagerten Ostfriesischen Inseln, das Meer und das Wattenmeer und machte immer, wenn sie nach Hamburg flog, erst einmal den Umweg zur Küste und zu den Inseln.

Etwa fünf bis zehn Kilometer vor der niedersächsischen Küste in der Nordsee liegen die sieben Ostfriesischen Inseln. Schön aneinandergereiht prägen die langen herrlichen Strände Borkum, Juist, Norderney, Baltrum, Langeoog, Spiekeroog und Wangerooge. Die Inseln unterschiedlicher Größe haben alle ihren eigenen Charakter und Charme, landschaftlich aber gleichen sie sich mit einem Sandstrand zum offenen Meer, Dünen in der Mitte und Marschland zur Wattenmeerseite, dem Festland zugewandt.

Oft waren Benjamin und sie zu Beginn ihrer Ehe mal kurz zu den Inseln geflogen, hatten schnell mal einen Kaffee getrunken, am Strand gebadet, Sex in den Dünen gehabt und waren dann abends zurückgekehrt.

Marion hatte ihre Flughöhe auf tausend Fuß, also ca. fünfhundert Meter, eingestellt. Überlandflüge müssen eigentlich mit mindestens zweitausend Fuß durchgeführt werden, aber die Wolkenlage ließ dies heute nicht zu und Marion liebte es sowieso, tiefer als erlaubt zu fliegen.

Der Flug verlief normal und über den Inseln waren sogar hier und da ein paar Sonnenstrahlen zwischen den Wolken zu sehen. Sie überflog Norderney und Baltrum und alles war gut bis Spiekeroog. Es fing dann aber wieder stärker an zu regnen, als Marion von Wangerooge über den Jadebusen schwenkte.

Die Sicht war miserabel, aber nicht so schlecht, dass Marion es nicht meistern konnte. Sie war schon öfter durch Schlechtwetterlagen geflogen.

Plötzlich begann der Motor der Cessna zu stottern und auszusetzen, die Maschine verlor Leistung, schnell an Höhe und flog immer weiter übers Wasser in den Jadebusen.

Eine leichte Nervosität befiel sie jetzt, aber noch immer sah sie keinen Anlass zur Unruhe. Sie hatte schon das eine oder andere Mal kleinere Flugprobleme gemeistert und war gewiss kein Angsthase.

So ein Scheiß, dachte sich Marion, und fluchend versuchte sie den Motor durch einige Einstellungen wieder in Gang zu bringen.

Durch den jetzt auch noch zusätzlich immer stärker werdenden Regen verlor sie mehr und mehr die Orientierung.

Der Motor wollte trotz aller Versuche einfach nicht mehr starten und nach einigen letzten Fehlzündungen setzte er auf einmal ganz aus.

Jetzt war es doch zu viel für Marion, sie geriet in Panik und vergaß alles, was ihr Fluglehrer ihr damals beigebracht hatte.

Nur nicht ins Wasser stürzen, dachte sie in ihrer Todesangst, und versuchte die Maschine mit einer harten Linkskurve wieder zurück zum Festland zu fliegen.

Als die Maschine plötzlich stallte, mit anderen Worten, die Luftströmung über die Tragflächen abriss und die Maschine über die linke Tragfläche kippte, registrierte Marion, das die Höhenanzeige der Cessna nur noch knapp zweihundert Fuß anzeigte.

Marions letzter Gedanke war die Erinnerung an die Flugschule und die Worte ihres Fluglehrers, keine Umkehrkurve unter tausend Fuß zu fliegen, dann stürzte sie mit ihrem Flugzeug ins Meer.

Kapitel XIX

Nachdem Lena am Morgen die Wohnung verlassen hatte, duschte Peter ausgiebig, frühstückte und las Lenas kurzen Liebesbrief oder, besser gesagt, kurze Liebesnotiz mit einem Lächeln auf den Lippen. Erst danach schaute er auf sein Handy und überprüfte, ob eine Nachricht von Anja eingegangen war, was aber nicht der Fall war.

Er zog sich eine neue Jeans und ein frisches Hemd an, nahm sein Sakko von der Garderobe und schloss die Tür zu seiner Wohnung hinter sich. Na dann wollen wir mal sehen, was der Tag uns bringt, dachte Peter und machte sich auf den Weg ins Revier.

Im Gegensatz zu den vorherigen schönen Tagen war es heute sehr regnerisch und kühl. Ostfriesland zeigte seine launische Seite.

Ein kräftiger Nordwestwind wehte vom Meer herüber und das bedeutete meistens britisches Wetter.

Das Verdeck des Triumph Stag blieb heute geschlossen und Peter hoffte, dass es am späten Nachmittag wieder aufklaren würde.

Er lief die paar Schritte vom Parkplatz zum Büro durch den Regen und schüttelte sich wie ein nasser Hund, als er eintrat.

„Moin, zusammen, gibt es schon irgendetwas Neues?", sagte er zu Anja und Klaus, die schon Kaffee gebrüht hatten und gerade dabei waren, sich ihre Tassen einzuschenken. „Ist auch noch etwas Kaffee für mich übrig?", kam es dann mehr rhetorisch als ernst gemeint von Peter hinterher. Er nahm sich seine Tasse und ging zur kleinen Küchenzeile des Büros.

Anja blickte kurz von Klaus zu Peter und mit einer nicht sehr erfreulichen Miene berichtete sie: „Moin, Peter, du wirst nicht sehr begeistert sein, denn wir haben vor einer halben Stunde einen Rückruf von Franz Aalhus' Bruder erhalten, und der hat bestätigt, das er mit seinem Bruder verabredet war und dass sie gemeinsam auf die Jagd gehen wollten.

Wir haben auch mit Franz Aalhus' Arbeitgeber gesprochen und sein Chef hat das Ganze noch untermauert, indem er erklärte, das Aalhus schon vor einer Woche Urlaub eingereicht und ihm nebenbei auch von dem Jagdausflug erzählt hatte."

„Alles was wir jetzt noch brauchen, ist ein negativer Befund des KTI und wir können wieder von vorne anfangen", sagte Peter sarkastisch.

„Da braucht ihr nicht mehr lange drauf zu warten, der ist gerade als E-Mail gekommen", kam es von Klaus, der in der Zwischenzeit seinen Computer hochgefahren hatte und dabei war, den Bericht auszudrucken.

Peter war als Erster beim Drucker und riss das Blatt mit dem Ergebnis aus dem Ausgangskasten, begann zu lesen und fluchte laut: „Tja, Leute, ich hätte mich auch gewundert, wenn es so einfach gewesen wäre.
Das KTI schreibt, es kann leider nicht eindeutig nachgewiesen werden, dass es sich bei dem Gewehr um die Tatwaffe handelt. So ein Scheiß, wäre auch zu schön gewesen, um wahr zu sein.
Jetzt müssen wir Franz Aalhus laufen lassen und stehen wieder ganz am Anfang. Gott sei Dank, dass ich unsere Herren von der oberen Etage von einer vorzeitigen Pressekonferenz abhalten konnte. Das hätte die Polizei, oder besser gesagt uns, ganz schön alt aussehen lassen."

Klaus und Anja konnten darauf nichts weiter sagen und schauten nur wie ein paar unschuldige Schulkinder.

„Sollen wir Franz Aalhus jetzt sofort laufen lassen, Chef?", fragte Anja.

„Natürlich, worauf willst du denn noch warten, auf eine schriftliche Einladung? Veranlasse seine Freilassung unverzüglich, aber sage ihm, dass er sich weiterhin zur Verfügung halten soll", schnauzte Peter, etwas harscher, als er eigentlich wollte, zurück, aber er hatte es sofort gemerkt und entschuldigte sich gleich darauf bei Anja.

Peters Laune war auf dem Nullpunkt angekommen und er war sich klar darüber. Die Untersuchungen hatten ihn bis jetzt einfach immer nur in Sackgassen laufen lassen. Es half aber alles nichts, er musste sich jetzt aus diesem Loch herausholen und mit seinem Team noch einmal ganz von vorne anfangen. Aber vorher hatte er das Resultat der erfolglosen Untersuchungen mit Lena, Theesen und Lütjens zu besprechen. Er rief im Büro von Theesen an und informierte diesen, dass er zu einer Besprechung in zehn Minuten hochkommen werde.

Nach der Besprechung war seine Laune nicht viel besser, aber zumindest hatte er Theesen bewiesen, wie schnell ein vermeintlich Schuldiger sich ganz schnell als unschuldig entpuppen kann. Natürlich kam dann die Retourkutsche mit dem Druck auf ihn, ein baldiges vorzeigbares Ergebnis zu erzielen.

Als Peter später wieder mit seinem Team zusammensaß, gingen sie gemeinsam noch mal durch jedes Protokoll, jede einzelne Aussage und alle wichtigen Details der Untersuchungsberichte der Spurensicherung. Sie spielten ein paar verschiedene Mordtheorien durch, und doch kamen sie nur zu einem einzigen Ergebnis, und das war, sie hatten einfach nichts, was sie irgendwie weiterbringen könnte. Nichts, nada, niente!

Es war so um zwei Uhr nachmittags, als plötzlich Benjamin Klaasen ins Büro gestürmt kam und ganz aufgeregt vom Verschwinden seiner Frau erzählte.

Klaus, Anja und Peter schauten sich fragend an und Peter übernahm die Initiative: „Jetzt beruhigen Sie sich doch erst mal, Herr Klaasen, setzen sie sich hin und erzählen uns in aller Ruhe, was passiert ist?"

„Kann ich bitte ein Glas Wasser haben?", fragte Benjamin Klaasen sichtlich erschüttert und aufgebracht.

Anja holte eine Flasche Wasser aus der kleinen Büroküche, füllte ihm ein Glas und reichte es ihm.

Benjamin Klaasen trank gierig, und nachdem er das Glas fast ganz leergetrunken hatte, begann er zu erzählen: „Ich wollte heute Morgen, wie immer dienstags, zu unserem Außenbüro nach Wilhelmshaven fliegen, aber meine Frau Marion hatte mich gefragt, ob sie die Maschine heute haben könnte, um damit nach Hamburg zu fliegen. Sie wollte dort mit ihren Freundinnen einkaufen und zu einer Geburtstagsparty gehen. Sie hatte vor, über Nacht zu bleiben und am nächsten Tag früh zurückzufliegen. Mir war eh nicht nach Wilhelmshaven, ich habe noch viel mit den Beerdigungsvorbereitungen meines Vaters zu tun und sagte okay. Sie versprach mir, mich gleich anzurufen, wenn sie in Hamburg landet, aber sie hat sich bis jetzt nicht gemeldet. Ich habe schon in Hamburg beim Flughafen angerufen, aber sie ist dort nicht gelandet. Ich kann sie auch nicht auf ihrem Handy erreichen und das schaltet sie sonst nie aus.
   Irgend etwas Schreckliches ist passiert, Herr Kommissar, ich fühle es."

Anja legte zur Beruhigung ihre Hand auf Benjamin Klaasens Schulter und versuchte ihm Mut zuzusprechen: „Bleiben Sie ganz ruhig, Herr Klaasen, es gibt bestimmt eine logische Erklärung dafür. Vielleicht ist Ihre Frau ja mit dem Flugzeug irgendwo anders gelandet und hat dort keinen Handyempfang.
   Wir werden das für Sie sofort überprüfen und Sie werden sehen, es handelt sich bestimmt alles nur um eine Aneinanderreihung unglücklicher Zufälle."

Peter glaubte nicht an Zufälle, speziell dann nicht, wenn er an einem Mordfall arbeitete, und hatte sofort ein mulmiges Gefühl im Bauch, als er die Geschichte hörte.

„Klaus, sei doch bitte so gut und gib mal eine Durchsage raus, dass ein Flugzeug vermisst wird. Frage gleichzeitig mal bei allen Dienststellen und Flugsicherungen in Ostfriesland und den Inseln, ob irgendeine Meldung eingegangen ist oder ob jemand etwas Ungewöhnliches gesehen hat, was in Zusammenhang mit einem Flugzeug steht."

Eine Cessna verschwindet doch nicht so einfach und irgendwo wird sie schon wiederauftauchen, dachte sich Peter und wusste nicht, wie recht er damit haben sollte, im wahrsten Sinne des Wortes.

„Herr Klaasen, Sie gehen besser jetzt nach Hause, hier können Sie uns eh nicht helfen. Wir melden uns bei Ihnen, sobald wir etwas in Erfahrung gebracht haben, und bitte rufen Sie uns an, falls Ihre Frau sich in der Zwischenzeit melden sollte. Möchten Sie, dass ein Kollege Sie zu Ihrem Haus fährt?"

„Nein, das geht schon, ich bin nur etwas durcheinander", antwortete ihm Benjamin Klaasen.

Das gesagt, stand Benjamin Klaasen auf und verließ ohne ein weiteres Wort das Büro. Peter schaute ihm noch aus dem Fenster hinterher, wie er in seinen Wagen stieg und davonfuhr. Nachdem Benjamin Klaasen das Büro verlassen hatte, brauchte Peter erst einmal eine Zigarette und ging nach draußen, um zu rauchen. Das wird ja immer schöner, ging ihm es durch den Kopf, erst zwei Morde durch Kopfschuss und jetzt haben wir auch noch eine verschwundene Ehefrau in einem Flugzeug.

Es dauerte auch nicht allzu lange, und schon am frühen Mittag kam die Nachricht von einem Fischer aus Hooksiel am Jadebusen, er habe die Teile eines Sportflugzeuges vor der Küste im Meer treiben sehen.

Ein Suchflugzeug der Deutschen Küstenwache startete von Wangerooge und war schon nach kurzer Zeit über der Stelle, an der die Wrackteile gesichtet worden waren. SAR-Hubschrauber unterstützten nach Bekanntwerden des Notfalls bei der Suche. Seenotrettungsboote der Stationen Hooksiel, Baltrum und Norddeich waren ebenfalls im Einsatz und wurden von der Seenotleitung Bremen koordiniert.

Der Jadebusen ist eine etwa hundertneunzig Quadratkilometer große Meeresbucht zwischen der Unterweser und der Ostfriesischen Halbinsel. Der enorme Gezeitenhub von fast vier Metern im Jadebusen und die damit zusammenhängende starke Strömung bei Ebbe und Flut machte die Suche nach dem genauen Fundort des Flugzeugwracks nicht einfacher. Es hatte den ganzen Tag geregnet und die Wetterbedingungen waren auch nicht gerade ideal. Ein Seenotkreuzer hatte dann das Wrack angepeilt und die Maschine war offenbar in einen Priel gestürzt. Aufgrund des starken Regens bestand zunächst kein Sichtkontakt zu dem abgestürzten Flugzeug. Die Unglücksmaschine wurde dann endlich von einem der kleinen Seenotrettungsboote, die Neuharlingersiel, die sich durch sehr geringem Tiefgang auszeichnete, im Wattenmeer gefunden. Es befand sich östlich der kleinen Insel Mellum im Meer und ragte zum Teil stark beschädigt aus dem Wasser. Mit einem Tonnenleger, einem Schiff der Wasser- und Schifffahrtsverwaltung, war es dann nach einigen Stunden gelungen, das Wrack an Deck zu nehmen und schließlich zum Festland zu transportieren.

Die Pilotin der Maschine, Frau Marion Klaasen, konnte nur noch tot aus dem Inneren des Flugzeugs geborgen werden.

Die offiziellen Ermittlungen zur Absturzursache des Flugzeugs übernahm die Bundesstelle für Flugunfalluntersuchung, kurz BFU genannt.

Bezüglich der Ermittlungen zur Todesursache der Pilotin Marion Klaasen hatte die Auricher Polizei in Zusammenarbeit mit der Emder

Polizei die Ermittlungen aufgenommen. Auf Beschluss der Auricher Staatsanwaltschaft wurde eine Obduktion der Leiche angeordnet.

Als Peter am späten Nachmittag die Meldung erhielt, machte er sich sofort mit Anja auf den Weg zu Benjamin Klaasens Haus, um ihm die traurige Mitteilung zum Tode seiner Frau zu bringen.
Benjamin Klaasen öffnete ihnen die Tür zu seinem Haus und blickte die beiden mit einem wissenden Ausdruck an, dass etwas Schreckliches passiert war.

„Sie haben Marion gefunden. Sie ist tot, oder? Oh Gott, Marion", kam es schluchzend aus ihm raus und Peter nickte nur bejahend.

„Herr Klaasen, wir wissen noch nicht genau, was passiert ist. Alles, was wir Ihnen mitteilen können, ist, dass Ihre Frau mit ihrer Maschine auf der Höhe der Insel Mellum im Jadebusen ins Meer gestürzt ist und den Absturz nicht überlebt hat. Die Ursache des Absturzes wird vom Bundesluftfahrtamt noch genau untersucht werden. Der Leichnam Ihrer Frau wurde zu einer gesetzlich vorgeschriebenen Obduktion ins gerichtsamtliche medizinische Institut nach Aurich gebracht. Wir werden Sie von den weiteren Untersuchungen in Kenntnis setzten und auch, wann der Leichnam Ihrer Frau freigegeben wird."

„Marion war eine gute, erfahrene Pilotin, die stürzt nicht einfach so ins Meer, das glaube ich nicht, Herr Kommissar, da steckt etwas anderes dahinter", kam es jetzt etwas gefasster von Klaasen.
„Was wollen Sie uns damit sagen, Herr Klaasen, dass jemand Ihre Frau umbringen wollte?", antwortete Peter.

„Nein, nicht Marion, mich, man wollte mich umbringen! Verstehen Sie denn nicht, Herr Kommissar? Ich bin derjenige, der jeden Dienstag mit der Maschine nach Wilhelmshaven fliegt, das ist allgemein bekannt. Ich sollte mit der Maschine abstürzen, nicht Marion."

„Ich glaube, Sie stehen zu sehr unter Schock und interpretieren Dinge in etwas hinein, die noch gar nicht bewiesen sind. Wir wissen doch noch gar nicht, warum das Flugzeug mit Ihrer Frau abgestürzt ist. Wir müssen erst einmal die Untersuchung der Bundesluftfahrtbehörde und die Obduktion abwarten. Aber falls sich Ihre Vermutungen bestätigen sollten, Herr Klaasen, haben wir hier einen dritten Mord und Sie sollten in nächster Zeit sehr vorsichtig sein, vielleicht versucht es der Mörder dann ja noch einmal."

Da es nichts weiter mehr zu besprechen gab, verabschiedeten sich Peter und Anja von Benjamin Klaasen, stiegen in Peters Triumph Stag und fuhren zurück zum Revier.

Auf der Fahrt schwiegen beide, bis Anja es nicht mehr aushielt und die „Tausend-Dollar-Frage" an Peter stellte: „Was hältst du davon? Er meint, er selbst sei derjenige gewesen, der mit der Maschine hätte abstürzen sollen, und der tragische Tod seiner Frau war in Wirklichkeit ein Anschlag auf sein Leben."

Peter hatte schon selbst die ganze Zeit darüber nachgedacht und war sich nicht sicher, wie er Anjas Frage beantworten sollte.
„Wir müssen die Untersuchungen abwarten. Wenn „Foul Play" im Spiel war, werden wir es bald wissen. Vielleicht war es ja aber auch nur ein unglücklicher Zufall, obwohl ich bei diesem Fall nicht mehr an Zufälle glaube. Klaasen war sichtlich erschüttert über den Tod seiner Frau und falls irgendjemand an der Maschine etwas sabotiert hat, klingt seine Theorie glaubhaft."

„Hat aber auch den Vorteil für ihn, dass er jetzt für die zwei Morde ein wasserdichtes Alibi hat. Seine Frau kann ihre Aussage nicht mehr widerrufen", schmiss Anja ihm an den Kopf.

„Damit hast du nicht unrecht, Anja, aber was ist, wenn der Mörder wirklich einen Anschlag auf Klaasen verübt hat und er erfährt, dass die falsche Person abgestürzt ist, wird er es wieder versuchen?"

Kapitel XX

Es gibt Tage im Leben, die man einfach aus dem Gedächtnis streichen möchte, und dieser war einer davon, dachte Anja Kappels auf dem Weg zu ihrer Wohnung.

Sie hatten absolut nichts, woran sie weiterarbeiten konnten, nicht die Spur eines Hinweises, sondern nur vage Theorien ohne handfeste Beweise. Ihre Hoffnung bestand darauf, dass der Obduktionsbericht aus Aurich oder die baldige Untersuchung der BFU etwas Stichfestes bringen würde.

Erst mussten sie Franz Aalhus laufen lassen und dann war auch noch eine wichtige Zeugin in zwei Mordfällen mit ihrem Flugzeug abgestürzt. Sie konnte die Frustration ihres Chefs sehr gut nachvollziehen, denn es ging ihr selbst nicht viel anders.

Anja wohnte in der Graf-Enno-Straße auf Port Arthur auf Transvaal. Sie hatte dort ein kleines Haus mit Garten angemietet und vor kurzer Zeit war ihr neuer Freund Manfred bei ihr eingezogen. Erst hatte sie sich strikt dagegen gewehrt, aber er wusste nicht wohin, und schließlich hatte sie seinem Drängen nachgegeben.

Manfred Jürgens, ihr neuer Freund, hielt das Haus und den Garten in Ordnung, während sie tagsüber auf dem Revier ihren Dienst versah. Sie hatten sich beide vor ein paar Monaten auf einem Konzert kennengelernt und Anja hatte sich sofort in seine großen braunen Augen verliebt. Einige Zeit später hatte sie dann von seinen Drogeneskapaden erfahren und ihn vor die Wahl gestellt, entweder sie oder die Drogen.

Manfred hatte sich für Anja entschieden. Es lief auch alles gut, bis auf die letzten zwei Wochen, wo andauernd sein Handy klingelte und er immer in den Garten ging, um die Anrufe zu beantworten.

Als Anja ihn dann vor drei Tagen direkt darauf angesprochen hatte, beichtete er ihr, dass er einigen unangenehmen Zeitgenossen noch einiges an Geld schuldete. Sie drohten ihm, wenn er nicht bald zahle, würde es ihm und seiner neuen Freundin schlecht ergehen.

Bei der Frage, wem und wie viel er ihnen schuldete, sagte Manfred nur „den Russen" und nannte eine Summe von zwanzigtausend Euro. Anja antwortete ihm darauf, dass die es nicht wagen würden einer Polizeibeamtin zu nahe zu kommen, und er solle sich keine Sorgen machen, sie würde das schon klären.

Zuhause angekommen und als sie ihre Haustür aufschließen wollte, fiel ihr sofort auf, dass die Tür aufgetreten war, und instinktiv zog sie ihre Dienstwaffe, bevor sie vorsichtig das Haus betrat.

Das Wohnzimmer bot einen Anblick der totalen Verwüstung. Der Fernseher und die Stereoanlage fehlten, alle Bücherregale waren umgeworfen, Bilder waren von den Wänden gerissen, die Sofagarnitur aufgeschlitzt und mitten in dem Chaos sah sie Manfred auf dem Fußboden liegen. Er war offenbar brutal zusammengeschlagen worden.

Sie hatte sich gerade neben Manfred hingekniet und war dabei, ihn auf Verletzungen zu untersuchen, als plötzlich das Telefon, das sich sonst im Flur befand, aber jetzt mitten im Zimmer auf dem Tisch stand, klingelte.

Anja hob den Hörer ab und eine Stimme mit russischem Akzent begann auf der anderen Seite der Leitung zu sprechen.

„Hallo, Frau Polizistin, überlege dir jetzt ganz genau, was du unternehmen wirst. Ich rate dir davon ab, deine Kollegen einzuschalten. Du wirst doch nicht wollen, dass bekannt wird, dass dein Freund ein Drogendealer ist, oder? Gut, dann verstehen wir uns ja", fuhr die Stimme fort, als Anja zu der Frage schwieg.

„So, und nun zum Geschäft, du hast keine Wahl, du wirst die Schulden deines Freundes von zwanzigtausend Euro bezahlen, ist das klar?", forderte die Stimme.

Anja überlegte fieberhaft, wie sie aus dem Schlamassel herauskommen könnte, antwortete nur mit einem kurzen: „Ja."

„Dein Freund sagt, du hast die Kohle, und versuche keine Spielchen mit mir, verstanden?", fuhr der Anrufer fort.

„Ja, ich habe das Geld", kam es monoton zurück von Anja.

„Gut, dann bring es heute Abend um zehn Uhr vorbei. Pack es in einen Briefumschlag und schmeiß es einfach in den Briefkasten von J & A Autoshop in der Hammerstraße, das ist alles. Danach können du und dein Freund in Frieden leben und wir gehen alle unsere Wege.
Dasvidanya, Anja", und damit beendete der Unbekannte den Anruf.

Als Nächstes half Anja Manfred auf die Beine, wusch etwas von dem Blut aus seinem Gesicht und fuhr ihn dann ins Emder Krankenhaus.
Anja überlegte kurz, was sie tun könnte, und entschloss sich, Peter anzurufen. Sie bat ihn dringend ins Emder Krankenhaus zu kommen mit der Begründung, sie bräuchte seine Hilfe.
Der Anruf von Anja erreichte Peter, als er es sich gerade vorm Fernseher gemütlich gemacht hatte. Ihre Bitte um Hilfe war natürlich Grund genug dafür, alles stehen und liegen zu lassen und sich sofort auf den Weg zu machen.
Lena war schon am Nachmittag zurück nach Aurich gefahren, sie wollte den Abend dort mit einer Freundin verbringen. Peter war nicht besonders froh darüber gewesen, aber er hatte sich vorgenommen, einmal früh ins Bett zu gehen, um endlich mal so richtig auszuschlafen. Daraus wurde jetzt ja wohl nichts mehr, dachte er sich, als er kurze Zeit später seinen Stag vor dem Krankenhaus parkte.
Anja saß in der Cafeteria des Krankenhauses und wartete schon. Sie sah aus, als hätte sie geweint, und Peter nahm sie erst einmal in den Arm und fragte dann, was mit ihr los sei.

Anja erzählte ihm die Story und Peter wollte im ersten Augenblick ihr zu der Wahl ihres Freundes Vorwürfe machen, aber erkannte dann, dass er ihr damit nicht helfen würde, sondern im Gegenteil alles nur noch verschlimmern würde. Er musste sachlich bleiben und überlegen, wie er sie unbeschadet aus der Sache herausbringen konnte.

Erst einmal fragte er sie nach dem Befinden ihres Freundes: „Wie geht es ihm, ist er schwer verletzt?"

„Er wird es überleben, er hat eine fette Gehirnerschütterung, mehrere schwerere Prellungen, paar gebrochene Rippen, aber ansonsten ist er okay", kam es von Anja.

„Also dein Freund hat, wie du sagst, seit er mit dir zusammen ist, keinerlei Kontakt mehr zu Drogen gehabt und ist clean. Das ist schon mal gut; was nicht gut ist, er schuldet ein paar Leuten angeblich Geld, und die scheinen nicht gerade zimperlich zu sein.
Ich kenne diesen Typ, die schrecken vor nichts zurück und verstehen nur eine Sprache, Gewalt. Mit Gewalt und der Angst davor, die sie mit ihrer Brutalität verbreiten, machen sie sich das Umfeld gefügig.
Wenn du den Typen auch nur einen Cent zahlst, bist du genauso drin wie dein Freund, und die kommen dann wieder und versuchen dich immer weiter zu erpressen.
Wir müssen das heute erledigen, und zwar ein für alle Mal. Mach dir keine Sorgen, Anja, es war richtig, mich anzurufen."

Peter stand auf, nahm sein Handy, ging in den Innenhof der Cafeteria und machte einen Anruf.

Als er wieder zurück in die Cafeteria an den Tisch kam, sagte er zu Anja:
„Ich habe gerade mit einem guten Freund telefoniert, der beim LKA für organisiertes Verbrechen arbeitet. Dieser Freund hat mir erzählt,

dass in Emden ein gewisser Juri und ein Anatoli Bukowitsch, zwei Brüder aus Wladiwostok, angeblich Verbindungen zur russischen Mafia nachgesagt werden. Sie pflegen diesen Mythos, aber in Realität handelt es sich um eine kleine Gruppe von Russen, die auf eigene Faust hier Geschäfte macht und keine direkten Verbindungen zur russischen Mafia hat."

Anja schaute Peter dankbar an und er konnte sehen, dass sie sich wieder gefasst und ihre Selbstsicherheit wiedergewonnen hatte.

„Okay, was sollen wir machen, Peter, egal was es ist, ich bin dabei", sagte Anja mit ernster Miene, die Entschlossenheit zeigte.

„Lass uns kurz ins Revier fahren und dort noch etwas mehr zu diesen Bukowitsch-Brüdern herausfinden, bevor wir uns auf einen Plan festlegen. Ich bin mir sicher, dass die Kollegen schon das eine oder andere Mal auf deren Machenschaften in Emden gestoßen sind und wir einiges über sie in den Akten finden werden. Ich weiß immer lieber etwas mehr über meine Gegner, bevor ich ihnen begegne."

Anja und Peter machten sich, im Büro angekommen, ohne Umschweife auf die Suche nach Informationen über die Bukowitsch-Brüder und wurden auch sehr schnell fündig. Die Akte im Revier war schon einige Zentimeter dick und enthielt alles von schwerer Körperverletzung, Drogenhandel und Erpressung bis hin zum illegalen Waffenhandel. Es konnte den Brüdern aber nie etwas richtig nachgewiesen werden. Sie benutzten ihre Autowerkstatt als ihr legales Unternehmen und fühlten sich unantastbar, indem sie ihren falschen Ruf von der Verbindung zur russischen Mafia immer schön aufrechterhielten.

Es war kurz vor zehn Uhr, als Anja mit ihrem Wagen in die von den mit Straßenlaternen nur schwach ausgeleuchtete Hammerstraße einbog. Sie fand die J & A Autowerkstatt nach kurzem Suchen am Ende der Straße. Es war eine kleine Halle mit einem noch kleineren Bürotrakt, in dem grelles Licht durch ein kleines Fenster drang und die seitliche Außenwand der Halle anstrahlte. Schattenspiele an der vom Licht aufgehellten Wand gaben die Anwesenheit von mehreren Personen preis. Das Gebäude an sich sah heruntergekommen aus und die Farbe blätterte an allen Ecken und Kanten von der grauen Fassade. Ein alter Zaun und eine verschlossene Metallgittertür grenzten den Innenhof der dunklen Autowerkstatt von der Straße ab. An der Metallgittertür hing ein eckiger verrosteter Briefkasten, der schon bessere Tage gesehen hatte und nur darauf zu warten schien, dass Anja ihn mit ihrem Briefumschlag wieder seiner sinnvollen Bestimmung übergab.

Als Anja den Briefumschlag durch die Öffnung des Briefkastens steckte, versuchte sie einen Blick in den Hof der Werkstatt zu erhaschen, aber außer ein paar alten Autos, die kaum mehr als Schrottwert hatten, und einem nagelneuen Hummer SUV konnte sie nichts Weiteres entdecken. Sie lief zurück zu ihrem Wagen und fuhr diesen um die Ecke in die anliegende Gelsenkirchener Straße, wo Peter vorher schon seinen Stag geparkt hatte.

Von Peter aber fehlte weit und breit jede Spur.

Er war, während Anja ihren Umschlag in den Briefkasten warf, über ein Nachbargrundstück auf das Firmengelände der Werkstatt von Juri und Anatoli Bukowitsch gelangt. Peter bewegte sich schnell und lautlos an den alten Autos vorbei und seine größten Bedenken galten einem Hund. Er wusste nicht, ob die Brüder einen Hund zur Sicherung des Grundstücks hatten. Das war oft der Fall bei den Russen, und wenn ja, würde das die Operation um einiges erschweren.

Peter hatte sich seine alte schwarze Kampfkleidung angezogen, trug seine Springerstiefel und eine Balaklava, eine schwarze Wollmütze, die man über den Kopf zog und die nur schmale Schlitze für Nase, Mund und Augen offen ließ.

Er hatte Glück, es war diesmal kein Hund vorhanden und somit konnte Peter sich ungesehen bis unter das Fenster des Bürotrakts schleichen und einen Blick ins Innere des Hauses wagen. Juri und sein Bruder saßen mit noch zwei weiteren Typen an einem Tisch, spielten Karten und tranken Wodka.

Peter erkannte die beiden anderen sofort, sie waren auf mehreren der Fotos, die er im Revier gesehen hatte. Ihre Namen waren Oleg Barkov und Sergej Butin und sie waren vom gleichen Schlage wie die Bukowitsch-Brüder. Alle hatten die gleichen muskulösen, über und über tätowierten Arme und sie passten einfach in das Klischee der Russenmafia. Vier Gegner diesen Kalibers waren nicht zu unterschätzen und Peter durfte sich jetzt keinen Fehler erlauben.

Er wich weit zurück in den Schatten und prägte sich jede Einzelheit des Raumes ein. Wo der Schrank stand, wie weit der Tisch von der Tür entfernt war, wie die Stühle im Raum beschaffen waren und wo sie standen, und vor allem: Gab es irgendwelche Waffen im Zimmer? Kein Detail entging seiner Sondierung, es war für ihn lebenswichtig zu erkennen, wer von den Männern im Raum sich wie bewegte und zum Beispiel wer rechts- oder linkshändig war.

Als er seine Beobachtungen abgeschlossen hatte, wusste er, beide Brüder und einer der anderen waren rechtshändig. Der Typ auf dem Stuhl neben dem Schrank war linkshändig. Peter wusste, das Juri einen schwachen Magen hatte, weil er sich andauernd mit der linken Hand den Bauch rieb und dabei das Gesicht verzog. Anatoli, hatte er in den Akten gelesen, zog sein linkes Bein nach, wegen einer alten Kriegsverletzung, die er sich im Tschetschenienkrieg zugezogen hatte.

Diese Informationen würden ihm zwar helfen, gaben ihm aber sicher keinen Anlass, irgendwie leichtsinnig zu sein. Diese Typen waren vier eiskalte Killer und sie würden keinen Augenblick zögern, wenn sie irgendwie die Gelegenheit dazu bekämen, Peter auch ins Jenseits zu befördern.

Es war mittlerweile elf Uhr geworden und die vier schienen sich sicher zu sein, dass es Zeit war, das Geld aus dem Briefkasten zu holen.

Juri gab einen kurzen Befehl auf Russisch und Oleg Barkov stand auf, verließ das Büro und ging zum Briefkasten am Tor. Er zündete sich eine Zigarette an und mit wachsamem Blick in alle Richtungen versuchte er die Dunkelheit nach irgendetwas Befremdlichem zu durchdringen. Die Nacht war friedlich, außer dem vereinzelt herüberklingenden Autolärm aus der Ferne drang nichts in die Stille der Straße.

Befriedigt, nichts Bedrohliches, was ihn und seine Kameraden gefährden könnte, zu erkennen, widmete er sich dem Briefkasten.

Er öffnete von der Rückseite eine Metallgittertür und konnte so von der Straße aus ungesehen den Briefumschlag mit dem Geld entnehmen.

Auf halbem Wege zurück, als er einen der alten Wagen passierte, tauchte Peter lautlos hinter ihm auf, umschlang seinen Nacken mit einem Arm und zog, um den Druck zu erhöhen, mit dem anderen zu. Dabei drückte er mit dem Unterarmknochen auf Olegs Halsschlagader und brachte ihn langsam zu Boden. Peter hatte diesen Würgegriff hundertfach geübt und war ein Meister darin. Sein Gegner hatte nicht den Hauch einer Chance und war bewusstlos, bevor er überhaupt so richtig wusste, was los war. Er fesselte den Typen mit mitgebrachten Plastikhandfesseln, nahm ihm den Briefumschlag aus der Hand und steckte diesen ein. Dann stellte er sich links neben die Tür und wartete. Peter brauchte nicht allzu lange zu warten, und schon öffnete sich die Tür und Sergej Butin kam raus und rief nach seinem Freund Oleg. Peter schlug ihm mit der Handkante gegen den Hals, zog den nach Luft ringenden Sergej aus der Tür und schleuderte ihn mit dem Kopf in der Vorwärtsbewegung gegen den vor dem Haus parkenden Hummer SUV. Gegner Nummer zwei verdrehte die Augen und blieb liegen. Ohne sich weiter um Sergej zu kümmern und vollkommen sicher, dass ihm von dem keine Gefahr mehr drohte, hatte Peter sich schnell durch den Türeingang geschoben und stand links neben der Tür im Raum.

„Guten Abend, die Herren!", rief er ihnen zu und beobachtete dabei jede Bewegung der beiden Brüder.

Juri war der Erste der sich gefangen hatte, aber nicht so recht wusste, was er von der Situation halten sollte. Dies sah nicht nach einem regulären Polizeieinsatz aus, ansonsten wären schon mehrere Beamte laut schreiend mit Waffen in das Büro gestürmt.

„Was willst du, Komrade", begann er in seiner stoischen Art, „und was hast du mit meinen Freunden gemacht?"

Anatoli hatte mittlerweile auch begriffen, dass dies nicht die Polizei war, die hier eingedrungen war, sondern nur ein einzelner Mann, maskiert mit einer schwarzen Balaklava. Aber ein sehr gefährlicher Mann, der nicht einmal eine Waffe auf sie richtete, was entweder sehr dumm war oder sehr mutig. Er sah seinen Bruder an und beide verstanden sich ohne viele Worte. Sie hatten viele Kämpfe zusammen ausgefochten, sodass sie keine Worte brauchten. Anatoli begann sich langsam nach rechts zu bewegen, während Juri sich langsam nach links orientierte. Sie wollten Peter von zwei Seiten in die Zange nehmen. Peter wusste genau, was sie vorhatten, und wusste auch, dass seine Warnung auf taube Ohren fallen würde, aber er warnte sie trotzdem.

„Ich an eurer Stelle würde mir genau überlegen, ob ich das mache. Ich bin hier, um euch etwas zu sagen, und nicht, um euch zu verletzen."

Juri und Anatoli lachten nur und Juri antwortete: „Komrade, du nimmst dein Maul ganz schön voll. Du kommst hier maskiert und unangemeldet in unser Haus."

Und weiter kam er nicht, denn sein Bruder Anatoli hatte mit dem Versuch, Peter umzurennen, den Angriff begonnen.

Juri packte einen der Stühle und wollte ihn gerade hochheben, um ihn auf Peters Kopf zu zertrümmern, als Anatoli ihm entgegengeflogen kam und ihn aus dem Gleichgewicht brachte. Peter wusste, er musste die Anglegenheit schnell beenden, um sich nicht auf einen längeren Kampf mit den Brüdern einzulassen. Bei zwei unbekannten Gegnern dieses Kalibers konnte ein längerer Kampf ein großes Risiko sein und Peter war nicht der risikofreudige Typ, wenn es um seine Gesundheit ging. Er ergriff Juris Handgelenk, das den Stuhl hielt, und verdrehte es mit einem knackenden Geräusch. Er hörte Juris lauten Schmerzensschrei, der anzeigte, dass etwas gebrochen war.

In einer weiteren Bewegung puschte er Juri so weit rückwärts, dass dieser mit dem Kopf krachend gegen den Schrank stieß und erst mal auf dem Hintern sitzen blieb.

Dann widmete er sich wieder seinem Bruder Anatoli. Dieser hatte in der Zwischenzeit ein Messer gezogen, warf es kunstvoll von einer Hand zur anderen und lauerte darauf, zustoßen zu können. Peter hasste Messerstecher, trat beim Wechsel des Messers von der einen Hand in die andere einfach von unten nach oben und erwischte das Messer genau im Flug. Der Tritt war genau getimed und es sah einfacher aus, als es war, und nur ein sehr geübter Kämpfer konnte so einen Tritt mit solch einer Präzision ausführen. Das Messer blieb mit der Klinge in der Decke stecken und Anatoli schaute ungläubig hinterher. Diesen Moment nutzte Peter aus und trat mit seinen Kampfstiefeln mit voller Wucht auf Anatolis rechtes Sprunggelenk, und wieder war ein knackendes Geräusch mit einem darauf folgenden Schmerzensschrei zu hören.

Mit beiden Gegnern unschädlich und in ihre schmerzverzerrten Gesichter blickend, richtete Peter wieder das Wort an die Brüder: „Juri und Anatoli Bukowitsch, ihr könnt nicht behaupten, ich hätte euch nicht gewarnt. Euch unnötig Schmerzen zuzufügen, ist nicht der wahre Grund meines Besuches, obwohl dies auch nur der Anfang sein kann von dem, was noch kommt, wenn ihr nicht meine Freunde in Ruhe lasst. Morgen sind die gestohlenen Gegenstände wieder in der Wohnung von Anja Kappels, und der Schaden, den ihr angerichtet habt, ist kompensiert. Als Nächstes streicht ihr ihren Namen und den ihres Freundes aus eurem Gedächtnis, für immer, ohne Frage. Höre ich noch einmal etwas von euch oder nähert ihr euch meinen Freunden auch nur auf hundert Meter, dann komme ich wieder und ihr werdet es nicht überleben.

My vidim sebya yeshche i, wir verstehen uns doch, oder?"

Den letzten Satz sprach Peter bewusst auf Russisch und er merkte, wie Anatoli und Juri entsetzt die Augen aufrissen.

„Da", antworteten sie ihm auf Russisch und Peter verließ den Raum genauso lautlos, wie er ihn betreten hatte.

Er wusste, die Bande würde keinen Ärger mehr machen. Sie waren jetzt diejenigen, die Angst hatten.

Draußen lagen die beiden anderen Russen, einer noch immer bewusstlos, der andere gefesselt und hasserfüllt in Peters Richtung starrend.

Peter würdigte sie keines weiteren Blickes mehr, sprang über den Zaun und verschwand in der Dunkelheit.

Als er bei seinem Stag ankam, sah er Anja davorstehen und angstvoll auf ihre Uhr schauen.

Peter schaute sich nochmals um und erst, als er sich ganz sicher war, dass niemand in der Nähe war, zog er die Balaklava vom Kopf und lief zu seinem Wagen.

Peter reichte Anja das Kuvert mit dem Geld und sagte ihr, sie und ihr Freund brauchten sich von jetzt an keine Gedanken mehr zu machen.

Es würde ihr Geheimnis bleiben und keiner würde je etwas erfahren. Anja wusste, dass jede weitere Frage überflüssig war.

Sie hatte ihn kommen sehen, ganz in Schwarz gekleidet, mit der Balaklava, und sie wusste, da ist mehr an Peter, als er zeigt und man über ihn weiß. Er war ein gefährlicher Mann mit einer dunklen Seite, und Anja war froh, dass er ihr Freund war.

Sie gab Peter eine Umarmung, einen Kuss auf die Wange, hauchte noch kurz ein Danke in sein Ohr, stieg in ihren Wagen und fuhr davon.

Peter wartete noch eine Weile, rauchte eine Zigarette, bevor er dann auch seinen Wagen startete und zu sich nach Haus fuhr.

Kapitel XXI

Die letzten paar Tage waren ganz schön aufregend für ihn gewesen. Gerd Wolters saß in seinem kleinen Meerhaus und überlegte bei einer Tasse herrlich duftenden Ostfriesentees, wie er trotz dieser verrückten Mordserie doch noch an sein Geld kommen konnte.

Er brauchte dringend Geld. Sein Auto war zu alt und würde nicht wieder durch den TÜV kommen und sein Meerhaus benötigte dringend eine Renovierung. Es leckte bei starkem Regen immer mal wieder durch das Dach, und die paar Euro, die er mit Taxifahren nebenbei verdiente, reichten hinten und vorne nicht, um ein neues Auto zu kaufen oder das Dach reparieren zu lassen.

Er starrte immer noch auf die Emder Zeitung, wo er gerade den Bericht vom Flugzeugabsturz der Klaasen-Maschine gelesen hatte, und sprach leise mit sich selbst.

„Folkerts tot, Klaasen tot und jetzt auch noch die Frau von Benjamin Klaasen tot, wo soll das alles nur enden?"

Er verstand die Welt nicht mehr und fragte sich: Welcher Irre hier am Meer bringt all die Leute um? Nur damit hier keine weiteren hundert Häuser und ein Hotel gebaut werden? Das ist doch der reine Schwachsinn.

Als die Polizei den Aalhus verhaftet hatte, war er sich sicher gewesen, dass der Mörder gefasst worden war, und dem hätte er die Morde auch zugetraut. Sein Nachbar war aber wieder auf freiem Fuß, hatte ihm heute Morgen auch noch frech über den Zaun ins Gesicht gelacht und die Emder Polizei als Idioten bezeichnet.

Sogar sein Gewehr, das musste man sich mal vorstellen, hatten sie ihm zurückgegeben, diesem verrückten Psychopathen.

Er kraulte seinem Kater Paul, der ihm wie immer hungrig um die

Beine strich, den Kopf und fluchte leise immer wiederholend vor sich hin: „So ein Scheiß aber auch, so ein Scheiß aber auch."

Der Kommissar musste mittlerweile herausgefunden haben, wie es um seine Erbschaft beschaffen war und dass seine Großtante, die alte geizige Schabracke, ihm nur fünftausend Euro hinterlassen hatte.

Der Kommissar hatte sich aber bislang nicht wieder blicken lassen und vielleicht dachte er ja, dass es für ihn viel Geld sei.

Fast hatte es der Kommissar geschafft, ihn aus der Reserve zu locken, als er ihn das letzte Mal am Meer direkt auf den Kasinobesuch und dann auch noch auf die vermeintliche Erpressung angesprochen hatte. Der war ganz schön clever, dieser Kommissar, und er hatte, wie man so schön sagt, Fische fangen wollen. Dass er mit seinen Anschuldigungen voll ins Schwarze getroffen hatte, wusste er aber nicht. Gott sei Dank ist ihm dann noch schnell eingefallen, dass er es ja gewesen war, der dem Kommissar erzählt hatte, dass die beiden, Klaasen und Folkerts, sich öfter treffen. So hatte er sehr gut den Entrüsteten spielen können. Der Kommissar hatte ganz schön bedaddelt hereingeschaut und ist mit eingezogenem Schwanz abgezogen.

Als der Kommissar ohne etwas erreicht zu haben wieder weg war, hatte er sich dann über seine eigene Cleverness so gefreut, dass er sich ein paar Bierchen gegönnt hatte. Zur Vollendung seines Glücks an dem Tag hatte Karin dann auch noch für ihn die Beine breit gemacht. Ja, er war auf der Glücksseite und vielleicht konnte er ja doch noch an die große Kohle kommen. Je länger er darüber nachdachte, um so stärker wurde Gerd Wolters' Überzeugung, hier am Drücker zu sitzen. Er hatte genau gesehen, wie Benjamin Klaasen Enno Folkerts das Kuvert mit dem Geld heimlich zugesteckt hatte. Beweisen konnte er es auch, schließlich hatte er im Restaurant in Bad Zwischenahn die Übergabe fotografiert und die Bilder waren gestochen scharf auf seinem Handy. Wie Folkerts das Kuvert von Klaasen annahm, das Geld aus dem Kuvert herauszog, zählte und wie sich die beiden dann die Hand gaben. Alles mit Datum und Zeit festgehalten.

Wenn das herauskäme, wäre es das Ende des Hieve-Projekts und der Firma Klaasen. Das muss dem jungen Klaasen bestimmt einige hunderttausend Euro wert sein. Der macht mit seinen Bestechungen Millionengewinne und für ihn sollte dabei auch etwas abfallen. Er dachte da an mindestens zweihundertfünfzig Kracher, die sollten schon drin sein und, wer weiß, vielleicht auch noch mehr.

Gerd Wolters ging rüber zum Herd, nahm den Heißwasserkessel von der Platte und goss noch etwas Wasser in die Teekanne, einen schönen zweiten Aufguss, wie seine Mutter es immer zu sagen pflegte. Er ließ den Tee kurz ziehen und schenkte sich dann noch eine Tasse ein.

Dann überlegte er, wie er am besten an Klaasen herankommen könnte, ohne selbst gesehen zu werden. Er musste den richtigen Zeitpunkt abwarten. Jetzt, wo die Polizei überall herumschnüffelte, war es ratsam, vorsichtig zu sein. Er konnte ja nicht so einfach sein Handy nehmen und Klaasen anrufen. Vielleicht überwachen die ja die Telefone, hören alles mit und dann hätten sie ihn gleich. „Erst überlegen und dann bewegen", hatte sein alter Herr immer gesagt und Gerd Wolters begann zu überlegen.

Dann formte sich langsam ein unkomplizierter, aber sehr gut machbarer, ausgeklügelter Plan in seinem Kopf und er begann diabolisch bei seinen Gedanken zu grinsen.

Phase eins des Plans war, die Bilder zu Klaasen zu bekommen, ohne dabei gesehen zu werden. Also schloss er sein Handy an seinem Laptop an und begann mit dem Herunterladen der Bilder von seinem Handy auf die Festplatte des Laptops. Er konnte ganz gut mit Computern umgehen, er hatte in seiner Freizeit einige Computerkurse belegt.

In Phase zwei seines Plans schrieb er ein Word-Dokument mit seiner Forderung nach zweihundertfünfzigtausend Euro und einen präzisen Plan für die Geldübergabe. Er hatte lange darüber nachgedacht, wie er diese am besten durchführen könnte. Er hatte genug Krimis gelesen, um zu wissen, das war immer der schwache Punkt bei jeder Erpressung. Aber er hatte eine Lösung gefunden und die war einfach genial, dachte er sich.

Dann nahm er einen USB-Stick aus der Schublade und spielte die Bilder und das Word-Dokument von der Festplatte auf den Stick. Als er damit fertig war, hielt er den USB-Stick triumphierend in die Höhe und wischte ihn dann mit einem Tuch ab, um ja keine Fingerabdrücke auf dem Stick zu hinterlassen.

Jetzt musste er den USB-Stick nur noch direkt zu Benjamin Klaasen bekommen, ohne dabei entdeckt zu werden.

Das war die Phase drei seines Plans und er fing wieder an zu überlegen, wie er dieses am besten bewerkstelligen könnte. Den Stick per Post zu schicken, nein, das kam irgendwie nicht in Frage. Ihn über einen Boten ins Büro liefern zu lassen ging auch nicht. Hinter den Scheibenwischer vom Auto zu klemmen gefiel ihm auch nicht als Idee. Er wusste dann, er musste den Stick direkt zu Klaasens Haus bringen, und das, ohne gesehen zu werden. Also musste es in der Nacht geschehen und der Stick musste so platziert werden, dass Klaasen ihn hundertprozentig auch fand. Aber auch das hatte er sich schon überlegt: Er wusste, wo sein Erpressungsopfer wohnte und er würde den Stick dort so deponieren, dass, und nur, Klaasen ihn fand!

Gerd Wolters schlug sich vor Freude über seinen schlauen Plan auf die Schenkel und empfand sich als unbesiegbar.

Er war felsenfest davon überzeugt, dass alles so ablaufen würde, wie er es plante, und eigentlich konnte gar nichts schiefgehen.

Insgeheim sah er schon die vielen Banknotenbündel auf dem Tisch vor sich liegen und für seine bescheidenen Verhältnisse fühlte er sich schon als reicher Mann.

Kapitel XXII

Mittwoch, der 13. Mai

Der Duft vom frisch aufgesetztem Kaffee zog durch Peters Küche und die Brötchen waren noch warm vom Bäckerofen. Die Emder Zeitung lag zusammengefaltet neben Peters Teller und er nahm sich, wie immer, wenn er konnte, Zeit für sein Frühstück.

Nachdem er letzte Nacht wieder in seine Wohnung zurückgekehrt war, hatte er den Rest der Nacht gut geschlafen. Er war froh darüber, dass er Anja und ihrem Freund Manfred hatte helfen können.

Im Nachhinein betrachtet hatte es Peter sogar richtigen Spaß gemacht, es diesen Typen einmal zu zeigen, den Spieß umzudrehen und ihnen Angst einzuflößen. Er hoffte, dass die Russen seine Warnung verstanden hatten und sich an die Abmachung halten würden. Ansonsten würde ihm nicht anderes übrig bleiben, als ihnen noch einmal einen Besuch abzustatten. Es war ein gefährliches Unterfangen gewesen und Peter war sich klar darüber, dass er außerhalb der Legalität gehandelt hatte. Dennoch, er hatte viel gelernt von seinen russischen Freunden von der SOBR, zu deutsch etwa schnelle Spezialeinheit oder Spezialkommandos, die hauptsächlich zur Terrorismusbekämpfung und gegen organisierte Kriminalität eingesetzt werden.

Diese SOBR bestehen ausschließlich aus erfahrenen Polizeibeamten höheren Ranges und die Mitglieder dieser Eliteeinheit durchlaufen eine intensive Ausbildung im Umgang mit den modernsten Waffen und allen möglichen Nahkampftechniken. Peter hatte oft mit ihnen trainiert und auch einige Einsätze in einem Austauschprogramm internationaler Polizeieinheiten bestritten. Das Erste, was seine Freunde von der SOBR ihn lehrtenm war keinerlei Skrupel zu haben, den Gegner so schnell und kompromisslos wie möglich kampfunfähig zu machen. Die Gewaltbereitschaft bei verschiedenen Gruppierungen ist sehr groß und sie verstehen nur eine Sprache, und das ist Gegengewalt.

Leider hatte Peter feststellen müssen, dass auch in Deutschland die Skrupellosigkeit einiger Teile der Bevölkerung extrem zugenommen hatte und die laxen Gesetze und Strafen den Tätern nur ein Lachen abringen. Hier konnten Schläger anderen Menschen schwerwiegende Verletzungen beibringen und wurden dafür kaum noch strafrechtlich verfolgt. Und wenn es dann doch einmal zu einem Prozess kommt, ist der Täter mit einem guten Anwalt und einer Bewährungsstrafe alsbald wieder auf freiem Fuß. Er musste dabei auch an sein kleines Abenteuer auf dem Wall vom letzten Samstag denken, und er kam immer mehr zu der Überzeugung, dass er, wenn auch nicht ganz legal, aber doch vollkommen richtig gehandelt hatte. Was diese Typen anbelangt, werden die nicht so schnell wieder Leute überfallen.

Er wischte die Gedanken beiseite und schaute aus dem Fenster in den Hafen. Im Gegensatz zum gestrigen Tage war es heute wieder ein sonniger Maitag und die Sonne spiegelte sich auf dem glatten Wasser.

Peter hoffte, als er das Haus verließ, auf ein paar bessere Nachrichten, die ihn endlich in seinen beiden Mordfällen weiterbringen würden. Eventuell waren es ja sogar drei Mordfälle, falls Marion Klaasens Tod sich am Ende gar nicht als Flugunfall herausstellte.

Anja lachte ihn strahlend an, als er das Büro betrat, und er gab ihr einen vertrauensvollen, konspirativen Wink mit den Augen. Das Abenteuer der Nacht zuvor war ihrer beider Geheimnis und schweißte sie als Team noch enger zusammen.

Der Obduktionsbefund von Marion Klaasen lag auf Peters Schreibtisch, aber der ergab keinerlei Hinweise auf irgendein Fremdverschulden. Auch sämtliche toxikologischen Auswertungen waren negativ, Marion Klaasen war schlicht und einfach ertrunken.

Bei dem Aufprall mit ihrem Flugzeug in die Nordsee musste Marion Klaasen bewusstlos geworden sein und hatte sich nicht mehr aus eigenen Kräften aus dem Pilotensitz befreien können.

Anja und Klaus hatten den Bericht schon vor Peter gelesen und kannten den Inhalt. Eins stand zumindest fest: An ihrem Gesundheitszustand hatte es jedenfalls nicht gelegen, dass die Maschine ins Meer gestürzt war.

Jetzt war es in den Händen der Experten der BFU, herauszufinden, wie es zu dem Absturz der Maschine kommen konnte. Die Aspekte Mensch, Technik und Wetter sind dabei vorhaltig im Fokus der Untersuchenden.

Mensch gleich: Lizenz und Flugerfahrung des Flugzeugführers.

Oberbegriff Technik gleich: Menge des Flugbenzins, Gewichtsverteilung, welche Beschädigungen die Maschine am Rumpf, Motor, an den Instrumenten etc. aufweist, und Wetter gleich: Welche Witterungsbedingungen herrschten, wie Wind, Regen, Nebel, und wie stand es um die damit eng verbundenen Sichtverhältnisse während des Absturzes?

Peter schmiss den Obduktionsbericht auf Klaus Marquarts Schreibtisch und ihm war ganz und gar nicht nach Jubeln zumute. Nein, er war im Gegenteil irgendwie enttäuscht, er hatte mehr erwartet.

Klaus, wie immer nicht sehr feinfühlig, Peters Stimmung richtig zu deuten, fragte ihn dann auch noch nach dem Untersuchungsbericht der BFU.

Damit hatte er Peters Nerv getroffen und die Antwort fiel sarkastischer aus, als Peter eigentlich wollte.

„Ho, ho, ho, da glaubt noch jemand an den Weihnachtsmann? Da kannst du lange drauf warten, Klaus. Auch wenn die BFU frühestens in zwei bis drei Wochen einen ersten Zwischenbericht vorlegen will, ist mit dem detaillierten Abschlussbericht nicht vor mehreren Monaten oder besser gesagt bis Ende des Jahres zu rechnen. Zum anderen, wenn du dir all die Berichte der BFU im Internet zu Flugunfällen durchliest, wirst du schnell feststellen, dass die meisten Unfälle technisch kaum aufzuklären sind und meistens nach Abschluss der Untersuchungen als Verstrickung mehrerer unglücklicher Faktoren als Ergebnis dann einfach so „ad acta" gelegt werden."

Klaus Marquart hatte dies nicht gewusst und gehofft, dass sie in ein paar Tagen die zumindest vorläufige Auswertung der BFU auf dem Tisch hätten. So konnte man sich irren und Klaus fluchte leise vor sich hin.

Die Stimmung im Büro war wieder mal auf dem Tiefpunkt angelangt und der Druck, der von den Vorgesetzten ausging, stieg. Man erwartete Ergebnisse von Peter und seinem Team und sie hatten nichts vorzuweisen. Peter lief sichtlich angespannt im Büro auf und ab, wie er es immer tat, wenn etwas ihn störte.

„Wir haben nichts in der Hand, müssen wir denn erst „Fucking Columbo" nach Ostfriesland einfliegen lassen, um unseren Mörder zu fassen, oder was ist hier los?"

„Nun reg dich nicht so auf, Chef", versuchte Anja einzulenken.

Sie kannte Peter zwar schon sehr gut, aber so hatte sie ihn noch nie erlebt. Anja selbst war ja auch frustriert, erkannte aber, dass es nichts brachte, sich selbst oder sich gegenseitig zu zerfleischen, sie war mehr der pragmatische Typ.

Mit ernster Miene fuhr sie fort: „Wir sollten auf jeden Fall einmal zum Emder Flugplatz fahren und überprüfen, wer Zugang zu Klaasens Flugzeug hatte, und dann sehen wir weiter. Scheiß auf den Bericht der BFU, wer weiß, vielleicht hat ja irgendwer am Flugplatz etwas gesehen oder zu melden. Durch Herumsitzen, Nörgeln und Dumme-Sprüche-Klopfen, kommen wir hier nicht weiter. Und noch was: „Columbo is a Fucking Loser!"

Alle mussten plötzlich über den Spruch lachen, Anja selbst auch, und die Stimmung im Büro verbesserte sich schlagartig. Peter lächelte mit einem um Verzeihung bittenden Blick in Richtung seiner Kollegen.

„Du hast ja recht, Anja, es tut mir leid, ich bin nur so fürchterlich stinkig, dass alle unsere Spuren bis jetzt zu nichts geführt haben. Wir übersehen irgendetwas, ich weiß nur nicht was. Komm, lass uns versuchen, ob wir etwas am Flugplatz erfahren,"
Er holte seine Jacke, ging beim Verlassen des Büros rüber zu Klaus' Schreibtisch, legte ihm die Hand auf die Schulter und sagte in entschuldigendem Ton: „So langsam glaube ich auch, dass du recht hast mit deiner Theorie, Klaus. Wir müssen den Täter vielleicht doch im militanten Umfeld der Bürgerinitiative suchen. Wer sonst sollte ein Interesse daran haben, den befürwortenden Stadtbaurat und die Investoren des Hieve-Projekts auszulöschen?"

Für die Fahrt vom Büro zum Flugplatz benötigten Anja und Peter gerade einmal zehn Minuten. Dort angekommen parkten sie Peters Wagen auf dem Besucherparkplatz direkt vor dem Gebäude.

Der Emder Flugplatz, der 2013 sein fünfzigjähriges Bestehen feierte, befindet sich circa fünf Kilometer nordöstlich des Stadtzentrums an der A 31. Von hier fliegt der Ostfriesische Flugdienst alle ostfriesischen Inseln an und ist neben den vielen Fähren ein beliebtes Transportmittel für die mehr betuchteren Urlauber.
Seit einigen Jahren fliegen aber auch immer mehr Hubschrauber von Emden aus regelmäßig zu den vor Borkum weit draußen im Meer liegenden Offshore Windparks oder erledigen Krankentransporte.
Mit mehr als viertausend Flügen pro Jahr sind die fünfzehn Helikopter, die am Flugplatz mittlerweile stationiert sind, ein alltägliches Bild am Emder Himmel geworden und werden von vielen Einwoh-

nern, die in den Einflugschneisen wohnen, zuweilen auch als störend empfunden.

Sie fragten nach dem zuständigen Flugwart und wurden von einem der Helikopterpiloten, der gerade zum Dienst angetreten war, an einen schlanken Mann am Ende des linken Hangars, in dem die Privatflugzeuge untergestellt sind, verwiesen.

Dort stand eine Gruppe von Hobbypiloten neben einer Piper Cherokee 140, die gerade gelandet war, und sie unterhielten sich angeregt.

„Moin, die Herren, ich suche den zuständigen Flugwart", begrüßte Peter die Gruppe.

„Das bin ich", antwortete der schlanke Mann, der sofort erkannt hatte, dass dies kein privater, sondern ein amtlicher Besuch war. „Alfred Meier mein Name, was kann ich für Sie tun, Herr...?"

„Wir sind hier in offizieller Funktion, Herr Meier. Ich bin Kommissar Streib, und das ist meine Kollegin, Kommissaranwärterin Anja Kappels. Lassen Sie uns etwas zur Seite gehen, es muss ja nicht gleich jeder mitbekommen, um was es sich handelt."

Nachdem sie sich etwas von der Gruppe der neugierig gewordenen Hobbypiloten entfernt hatten, sagte der Flugwart: „Ich kann's mir schon denken, warum Sie hier sind, es geht um den Absturz der Klaasen-Maschine. Schreckliche Geschichte, Marion war wirklich eine gute Pilotin und wir mochten sie alle sehr. Es ist uns allen ein Rätsel, wie so etwas passieren konnte, und Ihre Anwesenheit bestätigt meine Vermutung, dass hier etwas nicht mit rechten Dingen zugegangen ist."

„Nicht so voreilig, Herr Meier, die BFU hat ihre Untersuchungen noch nicht einmal gestartet, geschweige denn abgeschlossen. Unser

Besuch hier ist nur reine Routine. Wir möchten uns nur ein genaueres Bild von den Örtlichkeiten und den Umständen am Tage des Fluges verschaffen", kam sofort der Einwand von Anja.

Kluges Mädchen, dachte Peter und war stolz auf die schnelle Reaktion seiner Kollegin und wie sie sofort ungewollte Verlautbarungen im Keim erstickt hatte. Eine zusätzliche Gerüchteküche in Richtung: „Die Polizei vermutet Absturz, Flugzeug war manipuliert oder so", war das Letzte, was sie jetzt für ihre Ermittlungen brauchen konnten.

Anja zog ihren Notizblock hervor und begann mit der Befragung. „Also wir haben da ein paar Routinefragen. Waren Sie gestern Morgen im Dienst, Herr Meier, und wenn ja, was können Sie uns über den Abflug von Marion Klaasen erzählen?"

„Leider nicht sehr viel. Ich hatte eigentlich Benjamin Klaasen erwartet. Der fliegt nämlich jeden Dienstagmorgen nach Wilhelmshaven und kommt dann meist spätnachmittags zurück. Deshalb war ich erstaunt, als Marion Klaasen auftauchte und die Maschine für einen Flug nach Hamburg nutzen wollte. Wir hatten die Maschine aufgetankt und schon aus dem Hangar geholt, wie immer dienstags. Es war nicht gerade ein schöner Flugtag und es regnete viel. Das ist aber kein Hindernis für eine erfahrene Pilotin wie Marion. Sie hob ab, als der Regen gerade mal eine Pause machte, und flog in Richtung Norden zu den Inseln, wie sie es immer gemacht hat. Das war schon alles, mehr kann ich ihnen nicht zu dem Tag berichten."

„Sie kam also allein zum Flugplatz und die Maschine war fertig zum Start. Hat sie noch was Besonderes gesagt oder wirkte sie anders als sonst?"
Der Flugwart schaute kurz in Richtung Parkplatz, zog seine Schultern hoch in einer Geste wie: Ich weiß nicht, gibt es nicht, kann ich

nicht, und antwortete: „Sie kam allein, ihr Porsche steht immer noch auf dem Parkplatz da drüben, sehen Sie. Sie wirkte fröhlich und freute sich auf Hamburg, wie sie sagte, nichts Außergewöhnliches, eigentlich wie immer."

Anja lief kurz rüber zum Porsche, schaute durch die Scheibe ins Innere, konnte aber nichts entdecken und lief zurück zu Peter und Alfred Meier, dem Flugwart. Sie schaute dann in die Richtung des Hangars für die Privatflugzeuge und fragte: „Herr Meier, können Sie uns den Standplatz der Klaasen-Cessna in dem Hangar einmal zeigen?"

Sie liefen zu dritt zum Hangar, und als sie durch das offene Tor in die große Halle blickten, zeigte Alfred Meier auf einen leeren Platz rechts von wo sie standen, im hinteren Bereich des Hangars.

„Dort stand die Maschine immer, und wenn die Klaasens fliegen wollten, kam ein Anruf und wir haben sie dann herausgezogen, wenn nötig aufgetankt und vor den Hangar gestellt."

„Wie ist das eigentlich? Kann hier jeder so hereinspazieren und gibt es hier keinerlei Security oder Überwachungskameras?"

„Doch, schon, aber nicht überall, und seit wir die Hubschrauber hierhaben ist hier ein ständiges Kommen und Gehen, Tag und Nacht. Die Hangars für die Privatflugzeuge haben keine Kameraüberwachung, sie sollen aber abends immer abgeschlossen werden, doch manchmal vergessen das die Piloten auch."

„Mit anderen Worten: Jeder, wenn er nur wollte, hätte die Möglichkeit, sich Zutritt zu den Flugzeugen im Hangar zu verschaffen."

Der Flugwart Alfred Meier wurde sich in diesem Moment bewusst, was Peter hier gerade unterstellte, und versuchte Schadensbegrenzung zu betreiben.

„Nein, so ist das ja nun hier auch nicht, Herr Kommissar. Wir passen schon auf und Fremde haben hier keinen Zutritt. Es ist auch noch niemals vorgekommen, dass sich jemand auf das Flugplatzgelände geschlichen hätte oder etwas entwendet wurde."

Anja und Peter schauten sich an und Anja verdrehte die Augen, als wollte sie sagen: Ja und der Klapperstorch bringt immer noch die Kinder in Ostfriesland.

Sie verabschiedeten sich von Meier und Peter brauchte dringend Nikotin. Am Parkplatz zündete er sich eine Zigarette an und zog ein kurzes, vernichtendes Resümee.

„Wieder nichts, jeder hätte sich Zugang zum Hangar verschaffen und das Flugzeug manipulieren können. Wir wissen natürlich noch gar nicht, ob das der Fall war, aber auch wenn, bringt es uns immer noch keinen Schritt weiter, denn wir wissen nicht wer."

Anja blickte einem abhebenden Helikopter hinterher und nachdem der starke Lärm der Rotoren verklungen war, stieg sie in den Wagen und klopfte Peter mit einer versöhnenden Geste auf die Schulter.

„Lass mal gut sein, Peter, wir kriegen den Mörder schon, früher oder später machen die alle irgendwann einen Fehler."

Peter wäre es früher lieber als später, aber das sagte er nicht laut, sondern dachte es nur.

Noch einmal blickte er einem anderen startenden Hubschrauber hinterher, bevor er den Wagen anließ und zurück in Richtung Innenstadt lenkte.

Kapitel XXIII

Klaus Marquart war froh, endlich einmal allein im Büro zu sein und seine Ruhe zu haben. Peter und Anja waren zum Emder Flugplatz gefahren und versuchten dort irgendetwas Neues in Erfahrung zu bringen. Er war der festen Überzeugung, dass es vergeudete Zeit war und der Mörder nur einer der Aktivisten sein konnte, aber wer?

Er hatte frischen Kaffee aufgesetzt und der Kaffeeduft drang jetzt in seine Nase. Klaus stand auf, um sich eine Tasse voll zu holen, und war in Gedanken nicht beim Fall, sondern bei seiner Familie. Klaus' Laune war nicht die beste, weil er sich am Morgen mit seiner Frau Ingrid über die Erziehung der gemeinsamen Tochter Marlene gestritten hatte.

Marlene war erst vierzehn Jahre alt, aber genau in dem Alter begannen die Teenagerprobleme. Sie wurde immer aufsässiger, verschlossener und trieb sich nach der Schule mit ihren Freunden herum. Abends blieb sie öfter über die vereinbarte Zeit aus und wenn Ingrid oder er sie zur Rede stellten, zeigte sie ihnen nur die kalte Schulter und verschwand wortlos in ihrem Zimmer. Ihre schulischen Leistungen waren extrem abgesackt und Klaus hatte schon ein paarmal zur Schule kommen müssen, um sich die Klagen der Lehrer über Marlene anzuhören. Sie kleidet sich neuerdings auch nur noch ganz in Schwarz wie diese Gruftis oder wie immer man die Spinner nennt. Sie hörte außerdem nur noch Musik wie Marilyn Manson, Slipknot, Korn und wer weiß, wie die Gruppen sonst noch so heißen.

Seine Frau sagte: Das gibt sich schon mit der Zeit, aber Klaus war nicht ihrer Meinung und bestand auf moralischer Disziplin und gewisse Regeln, die eingehalten werden mussten. Er machte die sozialen Networks der Jugend und die Abhängigkeit vom Leben in einer Cyberwelt für die Eskapaden seiner Tochter verantwortlich. Alle Kids kommunizierten nur noch via Facebook, Twitter, WhatsUp usw. miteinander. Ständig hingen sie an ihren Smartphones und tippten wie wild auf die Dinger ein. Klaus hatte schon oft beobachtet, dass Teenager sich gegenübersaßen und nicht mehr miteinander redeten, aber sich andauernd Nachrichten zuschickten. Viele liefen, auf die Dinger starrend, über die Straßen und achteten nicht mehr auf den Verkehr.

Aber in Wirklichkeit konnte er es nur schwer ertragen, dass „Daddy's little girl" sich mehr und mehr von ihm entfernte. Er hatte immer so ein gutes Verhältnis zu Marlene gehabt und sie war immer so vernünftig gewesen. Klaus hatte Angst um seine Tochter, dass sie abrutschte, in die falschen Kreise und mit harten Drogen in Verbindung kam.

Er hatte es in seinem Beruf zu oft erlebt, wie Teenager aus gutem Hause plötzlich und ohne irgendeinen ersichtlichen Grund aus dem Elternhaus verschwanden. Später, und meistens dann zu spät, tauchten sie wieder irgendwo in einer Großstadt in der Drogenszene auf und verdienten mit Prostitution Geld, um ihre Sucht zu befriedigten. Nein, nicht seine Tochter Marlene, ihr würde so ein Schicksal nicht widerfahren; er würde alles daransetzen, um das zu verhindern.

Arbeit ist die beste Ablenkung, dachte er sich und begann das ausgiebige Aktenmaterial zu lesen und zu durchforsten, wieder und wieder zu vergleichen, um vielleicht doch noch einen Hinweis oder irgendwo einen Widerspruch zu entdecken. Klaus begann damit, noch einmal durch die Protokolle der Befragung der als radikal eingestuften Aktivisten zu gehen.

Klaus hatte seine eigene Methode, die ihm half, sich auf einen Fall und die darin verwickelten Personen zu konzentrieren. Er nahm sich für jede Person ein leeres Blatt Papier und begann als Erstes damit, deren Namen darauf oben in die linke Ecke zu schreiben. Dann schrieb er alle Fakten, die ihm einfielen oder die er in den Akten las, auf das Blatt Papier unter den Namen.

Als Erstes beschäftigte er sich noch mal mit Franz Aalhus. Dass man das Gewehr von Franz Aalhus nicht eindeutig als Mordwaffe identifizieren konnte, war noch lange kein Grund, dass er nicht doch der Mörder sein konnte. Franz Aalhus hatte seiner Meinung nach für beide Tatzeiten kein richtiges Alibi und die Geschichte mit seinem Bruder und der Jagd war auch zu passend. Wer weiß, vielleicht war das ganz geschickt vorher von ihm arrangiert worden. Er hatte Morddrohungen während der Stadtratssitzung ausgerufen und war schon wegen Körperverletzung vorbestraft. Aalhus war militant, Mitglied in der Bürgerinitiative und hatte daher ein Motiv.

Der nächste Name, den Klaus auf ein zweites Blatt Papier schrieb, war der von Ralf Gerken. Ralf Gerken war auch immer noch auf Klaus' Liste, obwohl er ein besseres Alibi hatte als Franz Aalhus. Für die Tatzeit des ersten Mordes an Enno Folkerts hatten ihm die Saufkumpanen des Grillabends ein Alibi gegeben, aber so, wie die am Meer saufen, hätte sich Gerken, ohne dass die anderen es eventuell bemerkten, bestimmt mal für eine Stunde davonschleichen können.

Bei der Befragung zum zweiten Mord, dem an Heinrich Klaasen, hatte er ausgesagt, dass er zum Abendessen bei seiner Schwester war. Klaus hatte es bisher nur versäumt, mit der Schwester von Gerken zu reden, um herauszufindend, ob ihr Bruder wirklich zu der angenommenen Tatzeit zum Abendessen dort war, und wenn ja, für wie lange?

Es könnte aber auch durchaus der Fall sein, dass Ralf Gerken und Franz Aalhus gemeinsam die Morde geplant und ausgeführt hatten.

Das könnte auch mit dem Anruf bei Enno Folkerts zusammenpassen. Franz Aalhus hatte Enno Folkerts von der Stadt aus angerufen und ans Meer gelockt und dort hatte Ralf Gerken ihm dann aufgelauert und erschossen.

Warum aber hat niemand am Meer den Schuss gehört, genauso wenig, wie niemand den Schuss gehört hatte, der Klaasen tötete?

Schalldämpfer, schoss es Klaus durch den Kopf. Es musste sich um eine Waffe mit einem Schalldämpfer handeln. Die Benutzung eines Schalldämpfers ist aber sehr professionell und Klaus glaubte nicht an die Arbeit eines Profis. Na ja, Profi muss auch nicht unbedingt sein, im Internet kann sich jeder mittlerweile alles besorgen, auch einen Schalldämpfer, wenn es sein muss.

Damit konnte man das Gewehr von Aalhus aber wiederum als Tatwaffe ausschließen. Falls jemals ein Schalldämpfer auf Franz Aalhus' Gewehr aufgeschraubt worden war, hätte das KTI das bemerkt und das Protokoll mit einem entsprechenden Vermerk versehen.

Klaus war zufrieden mit seinen Kombinationen und er fühlte, dass er mit seinen Annahmen vielleicht nicht ganz richtig, aber zumindest auch nicht ganz falsch lag. Dies spornte ihn noch mehr an und er wühlte weiter durch die Protokolle, bis er die Aussage Gerd Wolters' in der Hand hatte, und wieder schrieb er den Namen auf ein leeres Blatt.

Bisher hatte nur Peter mit Wolters gesprochen und je mehr er den Bericht von Peter las, umso mehr teilte er Peters These von der möglichen Erpressung. Vielleicht hatte ja Wolters Enno Folkerts erpresst und ihn, als er nicht zahlen wollte, umgebracht. Dann hat er sich an den alten Klaasen gewandt, weil beim jungen Klaasen eh nichts zu holen war. Als dieser aber auch nicht zahlen wollte, hat er auch ihn erschossen und erpresst jetzt den Alleinerben.

Man sollte da noch mal nachhaken und Wolters Alibi überprüfen. Er konnte aus dem Bericht von Peter nicht erkennen, dass er ihn zu einem Alibi für die Tatzeiten befragt hatte.

Auch die Anstecknadel, die man bei der Leiche von Heinrich Klaasen gefunden hatte, hatte noch nichts weiter ergeben, und auch dort sollte man die Suche nochmals intensivieren.

Der Flugzeugabsturz passte nicht so ganz in das Schema der anderen Morde, wenn es sich denn wirklich um eine Manipulation am Flugzeug gehandelt hat. Eine Frage stellt sich jedoch unmittelbar. War es ein Versehen gewesen oder Absicht und hatte es Benjamin Klaasen treffen sollen? Es war ja allgemein bekannt, dass er jeden Dienstag mit seiner Maschine nach Wilhelmshaven fliegt. Dass Marion Klaasen stattdessen mit dem Flugzeug abgestürzt ist, war vielleicht nur ein unglücklicher Zufall.

Klaus machte sich Notizen und nahm sich vor, seine Recherchen so bald wie möglich mit Anja und Peter zu teilen.

Dann fiel sein Blick auf die Unterlagen zu Marko Fokken und wieder begann er sich in sein Aktenstudium zu vertiefen und nach Ungereimtheiten zu suchen. Er kannte Marko Fokken noch als Frauenschläger und Zuhälter aus seiner Zeit bei der Sitte und hatte ihn einmal für längere Zeit observieren lassen. Fokken hatte auch ein paarmal für jeweils kurze Zeit eingesessen. Man hatte ihm aber nie so richtig etwas nachweisen können, und das lag auch daran, dass er einen Vater mit viel Einfluss in Emden hatte. Fokken wohnte nicht am Meer, sondern hatte in der Stadt ein Apartment über seiner Bar. In einschlägigen Kreisen munkelte man, dass er sein Meerhaus für Sexpartys vermietete und dort auch junge Polinnen des Öfteren übernachteten. Man redete sogar ganz offen von erzwungener Prostitution, aber die Leute redeten viel, wenn der Tag lang war. Es gab keinerlei Beweise und Fokken war zu schlau, um sich erwischen zu lassen. Klaus wollte ihm aber mal einen Besuch abstatten, um sich selbst ein Bild von der Lage zu machen. Obwohl er sich im gleichen Augenblick dachte, dass es reine Zeitverschwendung sei.

Zuhälterei mit jungen Mädchen war ihm durchaus zuzutrauen, aber Mord passte nicht so richtig zu Fokken.

Kapitel XXIV

Zu Enno Folkerts Trauerfeier am Nachmittag, so schien es, war die halbe Stadt Emden in der Neuen Kirche in der Brückstraße versammelt. Die Anteilnahme der Bevölkerung war groß und sogar die Honoratioren der Stadt waren komplett angetreten.

Auch Anja, Klaus und Peter hatten sich unauffällig unter die Trauernden gemischt und beobachteten die Anwesenden.

„Oft wird ja gesagt, dass Mörder gerne zu den Beerdigungen ihrer Opfer gehen. Ob das wirklich stimmt?", dachte Anja laut und Peter zuckte nur mit den Schultern.

„Es beruht auf der Theorie, dass der Täter seine Macht spüren möchte, oder auch nur, um die Folgen seiner Tat vollends auszukosten", kam es sehr belehrend von Klaus.

Die barocke Kirche aus dem siebzehnten Jahrhundert war gerammelt voll und selbst im Eingang standen noch Menschen.

Auf der Nordempore spielte eine blonde russische Musikerin ergreifende Orgelmusik, unter anderem Mozarts Ave Verum Corpus.

Der Sarg von Enno Folkerts stand geschlossen vor der Kanzel, von Blumen und Kränzen umgeben.

Die Stimmung in der Kirche war sehr getragen und man hörte vereinzelt ein Schluchzen unter den Trauernden.

In der ersten Reihe saß die Familie des Verstorbenen, Frau Folkerts mit einem schwarzen Hut und Schleier, links und rechts neben sich ihre zwei Kinder, deren Großeltern und andere Verwandte.

Der Pfarrer hielt eine kurze Andacht für den Verstorbenen, dann hielt der Bürgermeister die Trauerrede.

Anschließend nahmen die Träger den Sarg und trugen ihn hinaus zum angrenzenden Friedhof. Es wehte ein kühler Nordwestwind, aber die Sonne schien ganz kräftig immer wieder durch die Wolkenbänke.

Die Beisetzung von Enno Folkerts' sterblichen Überresten war ein großes Ereignis für die Stadt. Ein Berg von weißen Lilien lag auf dem massiven Eichensarg, der schwer auf den Schultern seiner Träger ruhte. Die Prozession schritt, mit dem Sarg voran und gefolgt von der Trauergemeinde, schweigend über den Friedhofsweg bis an das offene Grab. Die Friedhofsangestellten hatten es schon vorbereitet.

Peter und seine beiden Kollegen hielten sich circa fünfzig Meter von der Grabstätte entfernt im Schatten einiger Bäume auf. Als der Sarg über drei Seile in die Erde hinuntergelassen wurde, brach Ute Folkerts in ein tiefes Schluchzen aus und musste, um nicht auf die Knie zu sinken, gestützt werden.

Der Pfarrer sagte ein paar Worte wie: „Asche zu Asche, Staub zu Staub", und nach und nach traten die Trauergäste vor, um eine Blume oder eine kleine Schaufel Erde ins Grab zu werfen.

Sie kondolierten, wie es Brauch war, alle mit getragener Würde den Angehörigen.

Als Benjamin Klaasen auf Ute Folkerts zutrat, um ihr sein Beileid auszusprechen, gab sie ihm jedoch eine schallende Ohrfeige und alle Umherstehenden waren geschockt über dieses skandalöse Verhalten.

Sowohl die Backpfeife wie auch die Reaktion der Umstehenden Trauergäste waren Peter und den anderen natürlich nicht entgangen.

„Wow, die hat gesessen", flüsterte Anja, und Klaus konnte ihr da nur zustimmen.

„Ich denke mal, Frau Folkerts macht Klaasen indirekt für den Tod ihres Mannes verantwortlich. Sie weiß, dass Klaasen mit Folkerts im Kasino war und woher die vielen Gelder stammen."

„Vielleicht weiß sie aber auch, dass Klaasen ihren Mann bestochen hat und das Geld direkt von Klaasen kam", wandte Peter ein und begann Richtung Friedhofsausgang zu gehen.

„Kommt, lasst uns Schluss machen für heute, wir können noch zum Pinocchio ins Herrentor fahren und eine Kleinigkeit essen. Ich lade euch ein, dort gibt's die beste Pizza in ganz Emden."

Anja strahlte über die Einladung und Klaus schlug niemals eine Pizza aus, schon gar nicht, wenn es eine von Elio war.

Kapitel XXV

Donnerstag, 14. Mai

Stundenlang hatte er das Haus von Benjamin Klaasen beobachtet, ob er nicht irgendwelche Polizisten ausmachen könnte, die eventuell doch das Haus observierten. Als er sich absolut sicher war, dass keine Polizei in der Nähe war, schlich sich Gerd Wolters heran. Es war kurz vorm Morgengrauen und Gerd Wolters hatte diese Zeit gewählt, um sich auch ganz sicher zu sein, von niemandem gesehen zu werden. Er war ganz in Schwarz gekleidet, wie ein Einbrecher in einem schlechten Film. Damit er nicht doch noch zufällig von irgendeinem Nachbarn entdeckt werden konnte, schlich er sich von hinten an das Haus heran und gelangte dann durch einen Seitenweg zur Vorderfront. Dort hängte er den USB-Stick, den er am Vormittag mit den kompromittierenden Bildern und Instruktionen versehen hatte, gut sichtbar mit einer Kordel an den Griff der Eingangstür. Nachdem er den Datenträger dort deponiert hatte, verschwand er ungesehen wieder auf dem gleichen Weg, den er vorher gekommen war. Er war schweißgebadet und fühlte sich fix und fertig, als er anschließend wieder in seinem Auto saß, das er einige hundert Meter weiter im Hammrich geparkt hatte.

Von hier aus konnte er mit einem Fernglas aus sicherer Entfernung das Haus und speziell die Eingangstür gut beobachteten. Gerd Wolters schaute unentwegt auf seine Uhr, und als sich endlich um acht Uhr die Eingangstür öffnete, konnte er die Anspannung kaum noch ertragen. Erst sah es so aus, als wenn Benjamin Klaasen die Kordel mit dem USB-Stick total übersehen hätte, und er lief schon mehr als drei Schritte zu seinem Wagen. Dann drehte er sich plötzlich noch mal um, ging zurück zur Tür, nahm die Kordel mit dem USB-Stick an sich und steckte ihn in seine Tasche.

Währenddessen sondierte Gerd Wolters die ganze Zeit die Umgebung, konnte aber nichts entdecken, stieg dann in seinen Wagen und fuhr davon. Zufrieden darüber, wie alles geklappt hatte, machte er sich auf den Rückweg zu seinem Haus am Kleinen Meer. Er hatte noch einiges zu erledigen, um seinen Plan in die Tat umzusetzen, und wollte auch noch eine Mütze voll Schlaf nehmen, bevor es losging. Alles hatte bisher planmäßig funktioniert, er war stolz auf sich.

Die für den späten Nachmittag geplante Geldübergabe sollte schließlich genauso reibungslos verlaufen wie das Deponieren des USB-Sticks.

Sein Plan war perfekt und nichts konnte mehr schiefgehen, auch kein noch so schlauer Kommissar würde ihn mehr daran hindern, ihn durchzuführen.

Er hatte genau geplant, wie die Geldübergabe ablaufen würde, und war sich sicher, heute Abend schon ein reicher Mann zu sein.

Benjamin Klaasen hatte keine Wahl, er würde die Kohle besorgen müssen und sie genau wie angewiesen um acht Uhr heute Abend auf dem Friedhof Tholenswehr deponieren. Er hatte ihm in den Instruktionen geschrieben, er solle den Friedhof von der Seite der Friedhofskapelle aus betreten und dann in Richtung der Verbindungsbrücke der beiden Teilstücke des Friedhofs gehen. Dort sollte er das Geld, in einer weißen Plastiktüte, in den rechten Papierkorb an der Verbindungsbrücke legen und dann den Friedhof, in gleicher Richtung wie er gekommen war, wieder verlassen. Er hatte ihn in seinen Instruktionen davor gewarnt, dass er ihn die ganze Zeit genau beobachten und auch schon vorher die Übergabestelle mit einer Videokamera auf einen möglichen Polizeieinsatz überwachen würde. Falls er auch nur den Hauch eines Verdachts hätte, dass Klaasen die Polizei eingeschaltet hat, würde er die Übergabe sofort abblasen und Klaasen wisse, was das für Konsequenzen für ihn und seine Firma nach sich ziehen würde.

Von der Videoüberwachung war natürlich kein Wort wahr, aber er hatte es einmal in einem Kriminalroman gelesen und fand die Idee genial. Außerdem konnte Benjamin Klaasen nicht wissen, ob es der Wahrheit entsprach oder nicht.

Er war sich sicher, er hatte alles richtig gemacht, jetzt musste nur noch Benjamin Klaasen mitspielen und nur keine Dummheiten machen.

Was ist, wenn er doch zur Polizei geht?, schoss es ihm plötzlich durch den Kopf. Ach was, dann ist er fertig hier in der Stadt und kriegt nie wieder einen Auftrag. Auch hätte er die Konsequenzen seiner Bestechung von Folkerts zu tragen, und das könnte sogar Knast bedeuten.

Nein, nein, so blöde ist der nicht, der wird schön zahlen und die Fresse halten, dem bleibt gar nichts anderes übrig.

Sein Plan war todsicher und er erschrak, als er das Wort „todsicher" dachte. Ganz ruhig bleiben, Gerd, nur keine Panik, redete er sich selbst ein und schaute auf seine Hände, die trotzdem wie Espenlaub zitterten.

Du alte Memme, schalt er sich selbst, es gibt jetzt kein Zurück mehr, und mit dem Gedanken schlief er ein.

Kapitel XXVI

Sie hatten einen richtig schönen Abend zusammen im Pinocchio gehabt und wie immer ausgezeichnet gegessen. Der Frust der letzten Tage hatte Anja, Klaus und Peter verleitet, etwas mehr Wein als sonst zu trinken, und nach der dritten Flasche Chianti stellte Elio ihnen auch noch eine vierte Flasche auf Kosten des Hauses auf den Tisch. Er hatte, wie es bei ihm und seinen guten Gästen üblich ist, mit ihnen ein Glas zusammen getrunken und sich erkundigt, ob ihnen das Essen auch geschmeckt habe, was sie alle drei einheitlich und überschwänglich nur bejahen konnten. Nachdem die vierte Flasche Wein auch leergetrunken war, hatte Klaus, schon etwas angetrunken, doch glatt eine weitere bestellt, und auch diese tranken sie noch bis auf den letzten Tropfen aus. Später hatten sie dann alle drei ziemlich betrunken getrennte Taxis bestellt. Als Peter glücklich zu Hause angekommen war, fiel er ohne sich groß auszuziehen wie ein Stein sofort in sein Bett.

Anja, Klaus und Peter waren daher nicht in der besten Verfassung, als sie heute Morgen ins Büro kamen, und sahen ganz schön mitgenommen aus. Sie zahlten den Preis für den exzessiven Weinkonsum vom Vorabend mit einem kapitalen Hangover und enormen Kopfschmerzen. Klaus, der selten trinkt und gleich zwei Kopfschmerztabletten mit einer Tasse Kaffee hinunterwürgte, war graugrün im Gesicht; es ging ihm sichtlich am schlechtesten von den dreien.

Er informierte Anja und Peter, als sie das Büro betraten, dann auch gleich mit der Botschaft: „Der Theesen hat eine Besprechung für neun Uhr angesetzt und will eine Zusammenfassung von dem, was wir bis jetzt in Erfahrung gebracht haben. Die drehen ganz schön am Rad da oben, dass wir den Täter immer noch nicht fassen konnten. Was stellen die sich eigentlich vor, Schublade auf und den Täter innerhalb von achtundvierzig Stunden warm serviert auf dem Präsentierteller, oder was? Denken die, wir drehen hier nur Däumchen und sitzen uns Schwielen am Arsch?"

Peter, dem es auch kaum besser ging als Klaus oder Anja und der seine zwei Kopfschmerztabletten schon bei sich in der Wohnung beim Frühstück eingeklinkt hatte, konnte darauf nur erwidern: „Lass mal, Klaus, die sind genauso unter Stress wie wir und machen auch nur ihre Arbeit. Lass bloß den Kopf nicht hängen, wir finden das Schwein schon, das die Morde begangen hat. Er wird bald einen Fehler machen oder hat schon einen Fehler gemacht und wir sehen den nur nicht."

„Kommt, lasst uns in die Höhle des Löwen gehen, es nützt ja nichts", warf Anja dazwischen, „und vergesst die Protokolle nicht."

Das Meeting verlief relativ ruhig. Theesen, Lütjens und Lena, die für zwei Tage in Aurich gewesen war, hörten Peters Ausführungen gespannt zu. Klaus meldete sich anschließend zu Wort und gab noch mal seine ganz eigenen Gedanken und Notizen vom Tag zuvor zum Besten.

Lütjens brauchte ihnen nicht zu erklären, unter wie viel Druck er von der Presse und seinen eigenen Vorgesetzten stand, man sah es ihm förmlich an. Eine ganze Woche war seit dem Tod von Folkerts vergangen und sie hatten immer noch keine Spur vom Mörder. Auch der Bürgermeister und dessen Partei machten ihm mächtig Feuer unter dem Hintern.

Er gab Peter und seinem Team noch einmal achtundvierzig Stunden Zeit, den Fall zu lösen, oder er würde gezwungen sein, Hilfe von außen anzunehmen, und was das bedeutete, brauchte er ihnen ja wohl nicht weiter zu erläutern. Es würde ihn und sein Team als unfähig und inkompetent dastehen lassen. Klaus, Anja und Peter schauten sich bei diesen Worten an und Anja verdrehte die Augen. Sie wussten natürlich, dass mit „unfähig und inkompetent" sie gemeint waren. Lütjens würde sich schon abzusichern wissen, auf dass ja kein Schatten auf seine Karriere fiel. Sie besprachen die weitere Vorgehensweise zu den beiden

Mordfällen und versicherten, dass sie jeden Stein noch mal umdrehen würden. Man einigte sich darauf, noch mal die Aktivisten der Bürgerinitiative zu befragen, die Alibis ein weiteres Mal zu überprüfen und auch Marko Fokken noch einmal genauer unter die Lupe zu nehmen.

Die Morde an Enno Folkerts und an Heinrich Klaasen, davon waren sie alle überzeugt, standen eindeutig im Zusammenhang mit dem Hieve-Projekt.

Wer hatte ein Motiv für die Taten?, war die Frage, und falls jemand das Projekt durch Mord verhindern wollte, war Benjamin Klaasen eventuell auch in Gefahr. War der Absturz von Marion Klaasen vielleicht gar kein Unfall, sondern schon der dritte Mord in Serie? Auf die endgültigen Auswertungen der BFU brauchten sie auf alle Fälle keine Hoffnung setzen, die würden viel zu lange dauern. Sie beschlossen deshalb, den Tod von Marion Klaasen erst einmal als Unfall zu behandeln. Es war auch nicht sehr ratsam, bei der Presse und deren schon eigenen Spekulationen über eine eventuelle Sabotage am Klaasen-Flugzeug noch mehr Öl aufs Feuer zu gießen. Sie wägten auch ab, Benjamin Klaasen Polizeischutz anzubieten, aber sie waren sich nicht sicher, ob es der richtige Zeitpunkt dafür wäre. Theesens bestand aber darauf, es ihm zumindest anzubieten, und er erklärte, er würde Klaasen dazu später anrufen.

Nach der Besprechung, die fast zwei Stunden gedauert hatte, bat Lena Peter darum, ihr in ihr temporäres Büro zu folgen. Nachdem Peter eingetreten war, schloss sie die Tür hinter sich, fiel ihm sofort um den Hals und küsste ihn leidenschaftlich.

„Na, wie ist es dir ergangen in den zwei Nächten ohne mich, hast du dich sehr gelangweilt?", hauchte sie ihm ins Ohr und nibbelte dabei an seinem Ohrläppchen.

„Nein, kann ich eigentlich nicht behaupten", antwortete er ihr und Peter musste unwillkürlich an sein Abenteuer mit den Russen denken, aber er wollte, dass dieses ein Geheimnis zwischen ihm und Anja blieb.

Er überlegte kurz und fuhr fort: „Ich war beschäftigt, sagen wir es einmal so, und gestern Abend habe ich mit Klaus und Anja unseren Misserfolg hinuntergespült. Wir hatten ein paar Flaschen Wein zu viel und mein Kopf brummt mir jetzt noch davon."

Lena grinste ihn verschmitzt an, gab ihm einen weiteren Kuss und schaute mit aufgesetzter mitleidsvoller Miene.
„Du Ärmster, ich glaube, ich muss dich heute Nacht dringend etwas aufpäppeln."

„Das hört sich nach einem sehr guten Plan an, aber vorher muss ich noch einen Mörder fangen, wenn du nichts dagegen hast." Peter grinste ebenso verschmitzt zurück, und bevor Lena die Tür öffnen konnte, gab er ihr noch einen weiteren leidenschaftlichen Kuss.

Auf dem Flur begegneten sie Anja, die wissend lächelte und mit dem Finger auf Peters Mund zeigte, wo noch die Spuren von Lenas Lippenstift zu sehen waren. Lena lächelte kurz zurück, nahm ein Taschentuch aus ihrer Tasche und wischte die Spuren ihrer Intimität von Peters Lippen.

„Wohin zuerst, Chef?", fragte Anja, als Peter das gemeinsame Büro betrat.

Peter schaute erst Marquart an und dann Anja, bevor er antwortete: „Tja, ich denke mal, du, Klaus, kümmerst dich um den Fokken, und Anja und ich fahren noch einmal ans Meer und knöpfen uns Wolters und Konsorten vor. Aber lasst uns erst einmal Mittag machen, ich habe einen Bärenhunger. Ich lade euch zum Chinesen gegenüber ein, der hat immer einen guten Mittagstisch, und wir laufen auch keine Gefahr, wieder zu versacken, Reiswein ist nicht so mein Ding."
Alle drei lachten über den Spruch, verließen dann gemeinsam das

Büro und liefen die paar Schritte vom Polizeirevier zum Jade-Garden-Restaurant auf der anderen Seite vom Wasserturm.

Kapitel XXVII

Klaus Marquart war stinkig und sauer auf Polizeidirektor Lütjens und seine indirekten Anschuldigungen, sie wären unfähig und inkompetent. Was bildet sich der Sesselpupser eigentlich ein? dachte er sich.

Leider hinterlässt ein Mörder nicht seinen Namen oder seine Adresse bei seinen Opfern und es ist harte kriminalistische Arbeit, einen Killer erst mal zu finden, überführen und dingfest zu machen. Speziell wie in ihrem Fall, wo es kein direktes Motiv gab, der Täter auch nicht den Hauch einer Spur am Tatort zurückgelassen hatte und bisher alle guten Ansätze und Theorien im Sand verlaufen waren. Der Fall war sehr verworren; es gab einige Personen, die als Täter für die Morde in Frage kamen, aber diese schienen alle ein Alibi zu haben und sie hatten leider darüber hinaus keine handfesten Beweise.

Der gestrige Abend hatte Klaus sehr gut gefallen und es war sehr lustig gewesen. Er hatte seit Langem nicht mehr so gelacht und vor allem nicht so viel getrunken. Das sollten sie öfter einmal machen. Ganz spontan und ohne Vorwarnung sind solche Abende immer die besten. Seine Frau hatte schon geschlafen, als er spät nach Mitternacht zu ihr ins Bett kam. Heute Morgen hatte sie ihn nur mitleidsvoll angeschaut und ihn mit dem Spruch: „Wer saufen kann, der kann auch arbeiten", ins Büro geschickt. Er fühlte sich so weit okay, wenn nur die rasenden Kopfschmerzen endlich aufhören würden.

Klaus war auf dem Weg zu Marko Fokkens Bar in der Friederich-Ebert-Straße und wäre bei dem schönen Wetter auch lieber, genau wie Anja und Peter, ans Kleine Meer gefahren. Er parkte seinen Wagen in der Mühlenstraße und ging die paar Meter von dort zur Bar von Fokken zu Fuß zurück.

Hat sich ganz schön gemausert, der Marko Fokken, dachte sich Klaus. Vor einigen Jahren, als Klaus noch bei der Sitte gearbeitet hatte, war er ein paarmal mit ihm in Berührung gekommen. Körperverletzung und Zuhälterei, das eine oder andere Mal auch Drogenbesitz oder Hehlerei, waren Fokkens übliche Straftaten gewesen. Er wurde aber so gut wie nie verurteilt, und das hatte er wohl damals seinem einflussreichen Vater zu verdanken. Der hatte sich aber auch in der Zwischenzeit aus Deutschland verabschiedet und war ins Ausland gezogen, nicht ohne seinem Sohn zuvor noch die Immobilie in der Friederich-Ebert-Straße sozusagen zum Abschied zu schenken.

Die Friederich-Ebert-Straße liegt im Stadtteil Klein-Faldern, der ein alter Teil des Stadtzentrums von Emden ist und sich seit dem frühen siebzehnten Jahrhundert innerhalb des Wallringes befindet. Früher auch die Neue Straße genannt, die in die Bahnhofstraße mündete, wurden diese beiden Straßen zu einer zusammengefasst und 1946 wieder, wie schon zuvor in der Weimarer Zeit 1928, in Friederich-Ebert-Straße umbenannt.

Im Stadtteil Klein-Faldern befinden sich einige Hotels wie das sehr schöne Heerens-Hotel, das Upstalsboom-Parkhotel und andere Gaststätten und Pensionen mit traditionsreicher Geschichte. Darunter zum Beispiel die Kneipe „Herrentor", wohl eine der ältesten Kneipen in Emden, die aber mittlerweile auch aufgehört hat zu existieren. Früher wurde die Kneipe Herrentor unter dem Namen Kap Hoorn geführt und war während der NS-Diktatur Treffpunkt der Emder Kommunisten. Es gab hier in den Siebzigern auch mal das Santa Fe, eine der ersten Diskotheken von Emden.

Klaus mochte Klein-Faldern mit den vielen alten schönen Häusern, die im Gegenteil zu den nahezu vollständig zerstörten Nachbarstadtteilen Altstadt und Groß-Faldern nur vergleichsweise wenig Kriegszerstörung erlitten hatten.

Marko Fokkens Bar lag zwischen der Kranstraße und Mühlenstraße und trug den bezeichnenden Namen Pussycat, war aber nicht mehr als ein Puff, wie man in Norddeutschland ein Freudenhaus bezeichnet.

Klaus klingelte mehrfach und klopfte mehrmals mit der Faust an der Eingangstür in der Friederich-Ebert-Straße, aber es schien niemand da zu sein, denn es wurden keine Anstalten gemacht, ihm aufzuschließen. Das entmutigte Klaus überhaupt nicht, sondern spornte ihn im Gegenteil regelrecht an. Er lief zurück zur Mühlenstraße und bog dann in den Stahlbogengang ein, um von der Rückseite an die Bar zu gelangen. Er entdeckte dann auch ein Tor, das zu einem Innenhof und zum rückwärtigen Eingang der Bar führte.

Klaus drückte das große unverschlossene Holztor einen Spalt weit auf, um einen Blick in den Hof zu werfen. Der Innenhof war etwa fünfunddreißig Meter lang und zwanzig Meter breit mit hoch gemauerten Wänden zu den Seiten.

Klaus konnte die schäbige Rückseite des Hauses und den rückwärtigen Liefereingang der Bar gut erkennen. Auf der rechten Seite, an einer der Mauern des Hofes, befand sich ein Stapel Kisten und anderer Unrat. In der Mitte des Hofes sah er seitlich geparkt einen alten grauen Ford-Transit-Lieferwagen stehen. Auf der anderen Seite stand ein dunkler SUV, deren Marke und Typ Klaus nicht kannte. Die Tür zum rückwärtigen Eingang der Bar stand offen und somit musste wohl jemand anwesend sein, dachte er sich. Er drückte sich durch das Hoftor, das mit einer Kette und einem Schloss versperrt war, aber genug Platz ließ, um einer schlanken Person Durchlass zu gewähren.

Als Klaus den Lieferwagen passierte, hörte er ein gedämpftes Stöhnen aus dem Inneren des Laderaums. Neugierig geworden öffnete er die seitliche Schiebetür des Ford Transit, und was er dann zu sehen bekam, verschlug ihm glatt den Atem. Im Inneren der Ladefläche saßen vier Mädchen auf dem Boden; alle vier waren im Teenageralter, kaum älter als fünfzehn oder achtzehn, genau wie seine Tochter Marlene. Sie waren an Händen und Füßen gefesselt und sahen ihn flehend aus großen verheulten Augen an. Klaus erfasste die Situation sofort, nahm sein Handy aus der Tasche und rief umgehend Verstärkung. Er zeigte den Mädchen mit dem Finger an seinen Lippen an, dass sie ruhig bleiben und ja keinen Lärm machen sollten. Dann machte er sich daran, mit seinem Taschenmesser, das er immer an seinem Schlüsselbund trug, den Mädchen vorsichtig die Fesseln zu durchtrennen. Klaus war gerade dabei, dem letzten Mädchen die Fesseln abzunehmen, als sich die Hintertür der Bar öffnete, zwei zwielichtige Typen aus dem Eingang traten und sich jeder eine Zigarette anzündeten. Bei keinem von den beiden handelte es sich um Marko Fokken, das fiel ihm sofort auf. Der wird wohl in der Bar sein, dachte sich Klaus.

Diese zwei Gestalten sahen mehr so wie Leute vom Balkan aus. Einer der beiden Männer war ziemlich groß, mit einem langem hageren Gesicht, tief liegenden, dunklen Augen, und er hatte seine langen schwarzen Haare zu einem Pferdeschwanz hinterm Kopf zusammengebunden. Der andere, der Kleinere von beiden, hatte eine Glatze, eine lange Narbe unterm rechten Auge und war am Hals und an den Armen stark tätowiert.

Der Größere sah den Mann am Auto als Erster und schrie etwas Unverständliches in einer fremden Sprache. Klaus musste aber kein Genie sein, um zu verstehen, dass der Mann seinen Freund gewarnt hatte, denn der zog sofort eine Waffe und begann ohne große Vorwarnung, auf Klaus zu schießen. Er hatte in der Zwischenzeit selbst schon seine Sig Sauer P6, die Dienstwaffe der deutschen Polizei, aus seinem Halfter gezogen und erwiderte das Feuer.

Der große Typ mit dem Pferdeschwanz rannte zurück in die Bar und Klaus verschanzte sich gleich nach Beginn des Schusswechsels hinter dem Lieferwagen. Er rief den vier Mädchen zu, sie sollten sich flach auf den Boden des Wagens legen, was diese schon beim ersten Schuss ganz automatisch von selbst getan hatten. Seine Deckung war gut, aber er brachte damit auf der anderen Seite die Mädchen in Gefahr. Um diese aus der Schusslinie zu bringen und um sie nicht weiter zu gefährden, musste Klaus unbedingt hinter den Stapel Kisten, die sich seitlich neben dem Lieferwagen befanden, gelangen. Er schoss zweimal in schneller Folge in Richtung Eingangstür und sprintete nach rechts zu den Kisten.

In der Zwischenzeit war der große Typ mit dem Pferdeschwanz zurückgekommen, hielt einen schweren Revolver in der Hand, mit dem er auf Klaus zielte und abdrückte. Klaus verspürte einen Schlag an der linken Schulter, und weil er in dem Augenblick keinerlei Schmerz fühlte, kümmerte er sich auch nicht weiter darum. Hinter den Kisten hatte er ein gutes Schussfeld in Richtung der Eingangstür, hinter der sich seine beiden Gegner jetzt verschanzt hatten. Er überprüfte seine Ersatzmagazine, und als er beruhigt feststellte, genug Munition zu haben, feuerte er gleich mehrmals in Richtung der Tür.

Klaus war beileibe kein Scharfschütze und beim jährlichen Polizeischießen waren die Kollegen immer schon froh, wenn er mindestens einmal die Scheibe traf und keinen von ihnen verletzte.

Dann hörte Klaus mit Erleichterung ein von Weitem immer näher kommendes lautes Sirenengeheul und war sehr erleichtert über das Eintreffen der Kavallerie, wie er es in seinen späteren Erzählungen der Geschehnisse immer wieder nannte.

Gleich drei Streifenwagenbesatzungen mit bis an die Zähne bewaffneten Polizisten stürmten in den Innenhof und durch die Vordertür der Bar. Die Gangster, da sie keine Chance sahen, noch lebend zu entkommen, falls sie sich auf einen weiteren Schusswechsel einlassen würden, gaben dann auch sofort auf.

Klaus saß auf dem Boden hinter den Kisten und verfolgte das weitere Spektakel, als wäre er im Kino. Die Beamten forderten die Verbrecher auf, die Waffen fallen zu lassen, sich auf den Boden zu legen, Arme und Beine von sich gestreckt. Sie legten ihnen Handschellen an und ließen sie erst einmal liegen, wo sie waren. Klaus registrierte auch, wie sich in den Nachbargebäuden mehr und mehr Fenster öffneten, Schaulustige in den Rahmen hingen und das Geschehene mit ihren Handy-Kameras filmten, wahrscheinlich um es sofort auf YouTube oder irgendeiner anderen Internetplattform zu posten.

Aus den Augenwinkeln sah er jetzt auch zum ersten Mal Marko Fokken, der wie die beiden anderen Verbrecher in Handschellen von den Kollegen abgeführt wurde. Es fiel ihm auch auf, dass der Kleinere seiner beiden Kontrahenten nach der Schießerei stark humpelte und Sanitäter sich um ihn kümmerten. Einer der Polizeibeamten, der sich neben Klaus gehockt hatte, erzählte ihm, dass er den am Bein getroffen hatte. Es sei nur eine Fleischwunde, die Kugel sei glatt durch die Wade gegangen und nicht lebensgefährdend.

Das erfüllte Klaus mit ganz besonderem Stolz und es würde die Spötter seiner Schießkunst ein für alle Mal verstummen lassen.

Der große Typ mit den langen Haaren sah hasserfüllt zu ihm rüber, als er abgeführt wurde. Klaus konnte nur ahnen, was der ihm jetzt alles an den Hals wünschte, was ihm aber völlig egal war. Der Typ, wie sich später herausstellte, war genau wie sein Kumpel albanischer Abstammung und Klaus hatte mit seiner Balkan-Vermutung nicht ganz unrecht gehabt. Er konnte davon ausgehen, dass die beiden die nächsten Jahre im Knast verbringen und nicht so schnell wieder auf einen Polizisten schießen würden.

Klaus' Adrenalinspiegel senkte sich wieder auf ein normales Maß und er realisierte erst jetzt, dass man ja auch tatsächlich auf ihn geschossen hatte. Er berührte mit seiner rechten Hand seine auf einmal schmerzende linke Schulter, und ihm wurde erst als er die Hand zurückzog und sie voller Blut war, so richtig bewusst, dass eine der Kugeln, die auf ihn abgefeuert worden waren, ihn auch getroffen hatte.

Der Beamte, der neben ihm hockte, sagte nur, dass sofort Hilfe komme und bevor er den Satz ganz ausgesprochen hatte, kamen schon die zugeeilten Sanitäter einer Ambulanz und versorgten ihn. Nach der provisorischen Wundversorgung wollten sie ihn schon auf einer Bahre ins Krankenhaus abtransportieren, aber da kannten sie Klaus schlecht.

Er stand auf und ging zu der Gruppe der jungen Mädchen. Die saßen alle mit einer weiblichen Beamtin verängstigt, aber erleichtert in einem Polizeitransporter und wussten nicht so recht, was jetzt mit ihnen geschehen würde.

Man hatte ihnen ein paar warme Decken umgehängt und sie sahen Klaus, als er zu ihnen in den Transporter stieg, mit großen dankbaren Augen an. Klaus musste unweigerlich an seine Tochter Marlene denken, lächelte die Mädchen an und sagte mit einer weichen, leisen Stimme, ohne zu wissen, ob sie ihn auch verstanden: „Wird schon alles gut werden, Mädchen, wird alles gut werden."

Kapitel XXVIII

Peter und Anja, die von dem Abenteuer ihres Kollegen weder etwas wussten noch ahnen konnten, waren in der gleichen Zeit auf dem Weg zum Kleinen Meer.

Anja war die ganze Zeit schon am Überlegen, wie sie das, was sie auf dem Flur auf der Wache zwischen Peter und Lena beobachtet hatte, bei ihrem Chef anbringen könnte. Ihre weibliche Intuition hatte schon geahnt, dass da irgendetwas lief so wie die zwei sich immer ansahen, aber sie wusste natürlich überhaupt, nicht was. Das wiederum beflügelte ihre weibliche Fantasien, und um es einfach zu sagen, Anja platzte vor Neugier.

„Peter", fing sie vorsichtig an, „du, es geht mich ja nichts an."

Weiter kam sie erst gar nicht, als Peter ihr das Wort abschnitt. Er wusste ganz genau, worauf seine liebe Anja hinauswollte, und antwortete ihr schroff: „Richtig, Anja, es geht dich nichts an."

„Okay, wenn es dir lieber ist, dass die Gerüchteküche mir irgendwann einige Halbwahrheiten zutragen wird, wenn du, mit ein paar einfachen Fakten aufklären könntest, warum du mit der Frau Oberstaatsanwältin knutschst, ist das deine Sache. Denke aber nicht, es wird für immer ein Geheimnis bleiben, so naiv kannst du nicht sein. Und übrigens noch was, zu deiner Partnerin solltest du schon etwas mehr Vertauen haben.Wir müssen uns doch aufeinander verlassen können, vor allem, wenn es mit unserem Fall zu tun hat, und es ist doch nicht zu leugnen, dass das bei deinem Verhältnis mit der Oberstaatsanwältin zutrifft", erwiderte Anja in einem beleidigten Tonfall.

Peter sah natürlich ein, dass Anja vollkommen recht hatte, und war sich der Tragweite seiner Beziehung zu Lena bewusst. Es ärgerte ihn nur, dass er sich erklären musste und nicht einfach in Stille seine Liebe und sein Glück genießen konnte. Es war aber auch für ihn klar gewesen, früher oder später würde die Beziehung zu Lena ans Tageslicht kommen. Sie konnten sie nicht für immer und ewig verheimlichen.

Peter schaute Anja an und seufzte: „Also gut, Anja, du hast ja recht. Es wird ja doch rauskommen, und da ist es schon besser, ich erzähle dir die Geschichte, als dass du sie hintenrum von anderen erfährst."

Und so begann Peter ihr die ganzen Ereignisse, angefangen bei der Zeit vor seiner Versetzung in Hannover bis hin zum Wiedersehen mit Lena hier in Emden, zu erzählen. Als er endete, sagte er: „So, Anja, nun kennst du die ganze Story und ich bin froh, dass es raus ist. Aber merke, außer dir und eventuell noch Klaus geht die Sache niemanden etwas an, wir verstehen uns doch, oder?"

Anja nickte zustimmend und drückte Peters Hand dabei, um ihm zu verstehen zu geben, sein Geheimnis war bei ihr sicher.
    Sie erreichten kurze Zeit darauf den Parkplatz am Meer und suchten dort zuallererst einmal Gerd Wolters auf. Sie trafen ihn an, als er gerade sein Boot fertig machte, und es sah so aus, als wollte er wegfahren.
    Er schien überrascht und ungehalten zu sein, dass sie ihn dabei störten, aber bat sie dann doch, in sein Meerhaus auf eine Tasse Tee zu kommen.

„Was kann ich heute für Sie tun?", fragte er knapp, nachdem er ihnen eine Tasse eingeschenkt hatte.

„Tja, Herr Wolters, das ist so eine Sache, wir kommen nicht so richtig weiter in den Mordfällen und vermuten den Täter doch im Umfeld der Bürgerinitiative, und das bringt uns auch gleich zu Ihnen. Ich hatte Sie noch gar nicht befragt, wo Sie eigentlich zum Zeitpunkt der beiden Morde waren."

„Nun werden Sie mal nicht komisch, Herr Kommissar, Sie können doch nicht im Ernst annehmen, dass ich etwas mit den Morden zu tun habe. Das ist einfach lachhaft, ich bringe doch niemanden um. Glauben Sie mir, Herr Kommissar, Sie können viel von mir denken, aber ich bin kein Mörder", entrüstete sich Wolters.

„Mir ist bei der Frage überhaupt nicht zum Lachen zumute, Herr Wolters, und jetzt beantworten Sie gefälligst bitte meine Frage. Wo waren Sie am Donnerstag letzter Woche so um Mitternacht und am darauffolgenden Samstag um circa elf Uhr abends?"

„Na, hier am Meer, in meinem Haus, wo ich immer bin, und ich habe um die Zeit tief und fest geschlafen."

„Haben Sie dafür einen Zeugen, Herr Wolters?", mischte sich jetzt Anja in die Befragung.

„Nein, tut mir leid, damit kann ich nicht dienen; ich wohne und schlafe hier allein. Macht es mich jetzt verdächtig, dass ich allein wohne und niemanden habe, der bezeugen kann, dass ich geschlafen habe? Was gibt Ihnen eigentlich das Recht, mich erst der Erpressung und jetzt des Mordes zu bezichtigen? Falls das alles gewesen ist, was Sie mich fragen wollten, Herr Kommissar, dann entweder verhaften Sie mich jetzt, oder bitte verlassen Sie mein Haus und lassen mich endlich mit Ihren grotesken Anschuldigungen in Ruhe."

Peter erhob sich von seinem Stuhl, wandte sich zur Ausgangstür von Wolters Meerhaus und Anja folgte ihm hinaus. Vor der Tür nahm er eine Zigarette, zündete sie an und inhalierte tief und genüsslich. Bevor Peter endgültig ging, drehte er sich aber noch einmal um und sagte mit stählerner Überzeugung: „Irgendetwas stimmt nicht mit Ihnen, Wolters, aber das werde ich schon noch herausbekommen, verlassen Sie sich darauf."

Anja und Peter liefen gerade über Wolters Grundtück, als Ihnen vom Nachbarhaus Franz Aalhus zurief: „Verschwindet, ihr Scheißbullen, lasst uns endlich in Ruhe und macht eure Drecksarbeit woanders."

Anja sprintete zum Haus von Aalhus und war mit einem Satz über den Gartenzaun bei ihm, sodass dieser vor lauter Schreck seine Bierflasche fallen ließ. Sie baute sich vor Franz Aalhus auf und tippte ihn mit dem Zeigefinger auf die Brust.

„Hör mal genau zu, du kleiner Wichser, ich habe die Faxen dicke mit dir. Wenn du Würstchen uns noch einmal beschimpfst, nehme ich dich wegen Beamtenbeleidigung fest und auf dem Weg ins Revier poliere ich dir dann noch deine dumme Visage, sodass deine eigene Mutter dich nicht mehr erkennt, ist das klar?"

„Ja, ist schon gut, war nicht so gemeint", kam es nun offensichtlich verängstigt und kleinlaut von Aalhus zurück.

„Dann verstehen wir uns jetzt und nun troll dich zurück in deinen Bau, bevor ich es mir noch anders überlege und dich doch noch einbuchte!", zischte ihm Anja ins Gesicht und Aalhus packte seinen Tabak ein, nahm sein Bier und verschwand ohne ein weiteres Wort in seinem Haus.

„Wusste gar nicht, dass du so schnell und gefährlich bist,", kam es von Peter mit einem breiten Grinsen, als Anja und er in Richtung des Hauses von Ralf Gerken weiterliefen. „Wollten wir dem Aalhus nicht noch ein paar Fragen stellen?"

„Sorry, Peter, aber ich musste einfach mal Dampf ablassen und dieser

Schnösel kam mir gerade recht mit seiner großen Fresse. Falls wir noch Fragen an den haben, laden wir ihn uns aufs Revier vor oder lassen ihn von den Kollegen holen. Die haben schon Übung darin, habe ich mir sagen lassen."

Beide mussten über den Spruch von Anja herzhaft lachen und Peter nahm sich vor, Anja später einmal ein paar Übungen in Krav Marga zu zeigen.

Mit so einem starken Auftreten sollte sie auch das nötige kämpferische Backup besitzen, sonst könnte eine forsche Aktion wie gerade eben auch ganz schnell einmal nach hinten losgehen.

Nach wenigen weiteren Minuten kamen sie zum Haus von Ralf Gerken, der gerade dabei war, an seinem Segelboot zu werken. Das Haus von Gerken war eins der wenigen doppelstöckigen Häuser am Kleinen Meer und die obere Front des Hauses hatte ein riesiges Panoramafenster mit Blick zum Meer. Alles am Haus und um das Haus herum sah sehr gepflegt aus und man konnte sehen, hier lebte jemand, der Hand an seine Sachen hält. Das Segelboot, an dem Gerken herumwerkelte, lag auf einem Trailer im Garten. Ein schönes weißes 8,8-m-Kajütboot, Typ Ranger 29, englischer Werftbau, mit sehr guten Segeleigenschaften. Peter ging mit Anja im Schlepptau ungefragt durch die Gartenpforte auf Ralf Gerken zu und reichte ihm die Hand.

„Moin, Herr Gerken, wir sind es noch mal, Hauptkommissar Streib und Kommissaranwärterin Kappels. Schönes Boot haben Sie da. Selbst gebaut?"

Ralf Gerken, der erst ziemlich griesgrämig dreinblickte, als er die zwei Polizisten entdeckte, die da auf ihn zumarschierten, wurde bei der Frage nach seinem Boot, das sein ganzer Stolz war, sofort umgänglich und freundlich.

„Moin, ja, ist sie nicht schön, meine Paloma? Das ist ihr Name, müssen Sie wissen. Nein, so was baut man nicht selbst, die kommt aus England und wurde dort 1976 gebaut. Habe ich dann vor zwei Jahren gekauft und seitdem bin ich dabei, sie zu überholen. Ich bring sie gerade wieder auf Vordermann, der lange Winter hat doch ein paar Spuren hinterlassen, und wenn man die nicht gleich vernünftig beseitigt, kriegt man hinterher immer große Probleme damit."

Anja, die aus einer Seglerfamilie stammte und auch selbst einige Ahnung davon hatte, begann sofort mit Gerken zu fachsimpeln.
„Würde sagen, das ist eine Ranger 29, oder?"

„Na, gibt's denn so was, ich werde nicht mehr, ein Bulle, sorry, Polizistin, mit Ahnung von Segelbooten."
„Auch Polizisten segeln, habe ich gehört. Spaß beiseite, ich bin selbst eine Zeit lang mit einer acht Meter Cobra GFK herumgesegelt, da lernt man schon ein wenig", erwiderte Anja daraufhin.

Ralf Gerken taute nun so richtig auf und grinste von einem Ohr zum anderen. Er nahm Anja gleich am Arm und half ihr hinauf aufs Boot, um den Innenraum zu besichtigen. Es fielen Worte wie Großsegel mit drei Reffreihen und Sturmfock, Genua mit Stagreitern, Windpilotanlage und so weiter, alles böhmische Dörfer für Peter, der nur staunend danebenstand und zuhörte. Gerken war dann noch besonders stolz auf seine letzte Umrüstung auf selbstholende Winschen von Harken, die ihm einen Arm und ein Bein gekostet haben, wie er es ausdrückte.

Peter war kein Segler, es fing an, ihn zu langweilen, und er wollte hier nicht einen Vortrag über die letzte Technologie in Yachting hören, sondern mit seinem Fall weiterkommen. Er nutzte die Zeit und rauchte gemütlich eine Zigarette, bis es ihm dann zu viel wurde.

„Herr Gerken, wenn Sie und meine Kollegin Frau Kappels fertig sind mit dem maritimen Fachsimpeln, hätten Sie dann bei Gelegenheit ein paar Minuten Zeit? Ich würde ihnen gerne noch ein paar weitere Fragen zu unserem Fall stellen."

„Natürlich, Herr Kommissar, unser Seglerlatein muss ja auch langweilig sein für so eine Landratte, wie Sie es sind. Schießen Sie los." Gerken lachte sichtlich amüsiert in seine Richtung.

Anja schaute verlegen auf den Boden, sie hatte sich in ihrer Begeisterung fürs Segeln wohl etwas verzettelt. Bei nächster Gelegenheit würde sie Peter einmal mit zum Segeln nehmen, dachte sie sich, das würde ihm bestimmt gefallen. Ihre Familie hatte in Bensersiel immer noch ein Segelboot liegen und sie nutzte jedes freie Wochenende, wenn es das dann mal gab, um mit dem Boot durchs Wattenmeer und vor den ostfriesischen Inseln zu segeln.

„Also, Herr Gerken, Sie haben ausgesagt, dass Sie mit Ihren Freunden an dem Abend, an dem Enno Folkerts erschossen wurde, gegrillt und getrunken haben. Wir haben das überprüft und so weit wurden Ihre Angaben bestätigt. Zum Samstagabend aber, der Mordnacht von Heinrich Klaasen, haben Sie angegeben, bis kurz vor Mitternacht bei Ihrer Schwester zum Abendessen gewesen zu sein. Die hat uns aber erzählt, dass Sie schon um circa zehn Uhr ihr Haus verlassen haben. Warum haben Sie uns angelogen, Herr Gerken?"

„Diese blöde Kuh! Tja, was soll ich sagen, Herr Kommissar? Ich bin zurück hier ans Meer gefahren und habe kein Alibi. Ich wollte nicht verdächtigt werden und deshalb habe ich gesagt, dass ich etwas länger bei meiner Schwester war, es tut mir leid."

Peter wollte Gerken gerade darauf antworten, als sein und Anjas

Handy fast gleichzeitig klingelten. Sie schauten sich an und beide nahmen ihren Anruf entgegen.

Während der kurzen Gespräche konnte man bei beiden den Schock, den das Telefonat auslöste, regelrecht physisch spüren.

Peter und Anja ließen einen verdutzten Ralf Gerken einfach stehen, und der sah nur noch, wie beide zum Parkplatz rannten, in ihren Wagen stiegen und mit quietschenden Reifen davonrasten.

Kapitel IXXX

„Das gibt es doch gar nicht, Klaus!" Peter lachte, als er im Krankenhaus mit Anja am Krankenbett von Marquart stand. „Da lässt man dich einmal für fünf Minuten aus den Augen, schon fängst du eine wilde Schießerei an, eine, die Emden noch nicht gesehen hat, und dann hebst du noch so ganz nebenbei alleine einen Mädchenhändlerring aus."

„Du bist ein richtiger Held, Klaus, du hast vier Mädchen vor einem Leben in Elend und Prostitution gerettet!", rief Anja bewundernd aus und gab Klaus, der breit grinsend in seinem Krankenbett lag, einen Kuss auf die Stirn.

„Ach, halb so wild, habe einfach Dusel gehabt und war zum richtigen Zeitpunkt am richtigen Ort", sagte Marquart und begann mit seiner Schilderung der Geschehnisse.

Er erzählte, wie er Marko Fokken überprüfen wollte und wie es zu der Schießerei gekommen war; wie er einem der Albaner ins Bein geschossen hatte und selbst dabei eine Kugel eingefangen hatte.
Keine Einzelheit der Geschehnisse ließ er aus und fragte auch gleich, ob man die Schusswaffen schon zum KTI gebracht hatte, um sie mit den Morden an Folkerts und Klaasen abzugleichen.
Peter legte seine Hand auf die von Marquart und drückte sie sanft.

„Mach dir mal jetzt keine Gedanken darüber, Klaus, es ist alles in die Wege geleitet und, wer weiß, vielleicht werden wir ja fündig. Viel wichtiger ist, dass du wieder gesund wirst und dich erst einmal erholst, alles andere sehen wir dann."
Im gleichen Augenblick öffnete sich die Tür zum Krankenzim-

mer und Frau Marquart kam mit einem besorgten Gesichtsausdruck ans Bett ihres Mannes. Tränen liefen ihr die Wange runter und sie schluchzte herzzerreißend, als sie ihn wohlauf und lächelnd im Bett sitzen sah.

„Ingrid, Liebes, du musst nicht weinen, ist ja alles gut, nur ein glatter Durchschuss in der Schulter. Alles halb so schlimm, wird schon wieder werden. Sind die Kinder auch hier?"

Peter und Anja kamen sich in dem Moment fehl am Platze vor, verließen das Krankenzimmer und winkten Marquart noch kurz beim Rausgehen zu.

Auf der Wache war Marquarts Schießerei das Gespräch des Tages und Theesen strahlte über das ganze Gesicht, weil einer seiner Kommissare einen Mädchenhändlerring ausgehoben hatte.

Marko Fokken und seine beiden Komplizen waren in Untersuchungshaft und würden so schnell nicht wieder aus dem Knast kommen. Bei den beiden Albanern handelte es sich um zwei Brüder ,die einem Klan in Bremen angehörten und schon seit langer Zeit auf der Fahndungsliste der Polizei standen. Bei deren Schusswaffen handelte es sich um eine russische, Kaliber 9,2 mm, Makarov-Pistole militärischer Abstammung und um einen Revolver Ruger LCR 9 mm. Fokken war nach Aussage der Beamten vor Ort unbewaffnet gewesen und hatte sich widerstandslos festnehmen lassen.

Die vier Mädchen kamen allesamt aus Montenegro, zwei waren erst vierzehn Jahre alt und die beiden anderen sechzehn und siebzehn Jahre. Sie befanden sich jetzt in der guten Obhut einer sozialen Einrichtung, die sich um sie kümmern und sie letztendlich wieder zu ihren Familien zurückführen würde.

In der Bar in der Friederich-Ebert-Straße wurden einige weitere wichtige Beweise sichergestellt, die auf einen regen Mädchenhandel aus dem Balkan mit Verbindungen nach Amsterdam in Holland hinwiesen.

Marko Fokkens Bar in Emden war als Zwischenstation und Abrichtung der Mädchen für die zukünftige Prostitution angedacht.

Die Unterlagen, die man bei Fokken im Büro fand, führten wiederum zur weiteren Verhaftung von mehreren Personen in Bremen und Holland. Dank Klaus Marquarts beherztem Einsatz war ein Mädchenhändlerring mit internationalen Ausmaßen aufgeflogen.

Für die beiden Morde an Enno Folkerts und Heinrich Klaasen kamen Marko Fokken oder seine Komplizen aber nicht in Frage, da sich alle drei während der jeweiligen Zeit nachweislich in Amsterdam aufgehalten hatten.

Damit konnte man auch die ballistische Untersuchung der sichergestellten Waffen in Zusammenhang mit ihrem Fall vergessen.

Es war ein großer Erfolg für die Emder Polizei, der Anerkennung in den höchsten Kreisen der Justiz und für Klaus mit angrenzender Sicherheit eine Auszeichnung brachte.

In den beiden Mordfällen Enno Folkerts und Heinrich Klaasen waren die Ermittler aber wieder keinen Schritt weitergekommen, abgesehen davon, das man Marko Fokken jetzt endgültig von der Liste der Verdächtigen streichen konnte.

Kapitel XXX

Gerd Wolters hatte die Szene der Polizistin mit seinem Nachbarn Franz Aalhus mit Freuden beobachtet. Es geschah dem Affen recht, dachte er sich. Immer eine große Fresse haben, aber dann vor einer Frau kneifen. Ha, das wird das Gesprächsthema Nummer eins am Meer werden, wenn Gerd es erst einmal überall herumerzählte. Aber das hatte Zeit; nachdem der neugierige Kommissar und seine hübsche Kollegin endlich weg waren, konnte er sich wieder seinen Vorbereitungen für die anstehende Geldübergabe widmen.

Er machte dort weiter, wo er vorhin aufgehört hatte, als er gestört wurde, und begab sich zu seinem Boot. Er musste noch den Tank auffüllen, bevor er die Fahrt übers Treckfahrtstief in Richtung Stadt antreten würde, denn er wollte nicht auf halbem Wege aus Spritmangel liegen bleiben.

Gerd Wolters schaute auf die Uhr, es war früh, nicht einmal fünf Uhr, und er hatte noch reichlich Zeit. Die Geldübergabe war nicht vor acht Uhr und er konnte sogar noch gemütlich vorher eine Tasse Tee trinken.

In seinem Häuschen setzte er frisches Wasser auf und roch an seiner Teedose das Aroma von seiner Lieblingssorte; Onno Behrends Tee mochte er am liebsten.

Gerd Wolters war sehr stolz darauf, das er zur Nation der Weltmeister der Teetrinker gehörte. Jeder Ostfriese konsumiert im Durchschnitt etwa dreihundert Liter Tee im Jahr, vorwiegend schwarzen Tee aus Assam in Indien. Kein anderes Volk auf der Erde hat einen größeren Verbrauch, weder die Chinesen noch die Japaner und auch die Briten nicht.

Die Ostfriesen haben sogar einen sogenannten Teekrieg gegen ihren König Friederich II. geführt, der ihnen das Teetrinken per königlichem Erlass verbieten wollte. Es war kein richtiger Krieg, mehr ein ziviler Ungehorsam, der aber Wirkung zeigte. Der König von Preußen gab dann auch auf und erlaubte wieder den Genuss des chinesischen Drachengiftes, wie er es nannte. Auch Blockaden während der Napoleonischen Kriege oder während des Zweiten Weltkrieges konnten die Ostfriesen nicht davon abhalten, ihren geliebten Tee zu trinken, und so blühte ein reger Untergrundhandel mit geschmuggeltem Tee.

Tee zu trinken ist Tradition in Ostfriesland und es wird in vielen Haushalten bis zu sechsmal am Tag Tee getrunken, und zwar jeweils drei Tassen pro Person, denn „drei sind Ostfriesenrecht".

Die Zubereitung ist auch einzigartig: Man gibt zuerst ein großes Stück Kandiszucker, in Ostfriesland „Kluntje" genannt, in die Tasse und darüber wird der Tee gegossen. Das Knistern des Kluntje, wenn er durch den heißen Tee zerspringt, ist Musik in den Ohren der Ostfriesen. Danach kommt noch ein wenig Sahne und fertig ist die Tasse Ostfriesentee. Umgerührt wird nicht, mit dem ersten Schluck schmeckt man die milde Sahne, mit dem zweiten Schluck den herben Tee und mit dem letzten Schluck die Süße des Zuckers.

Gerd Wolters stellte seine leere Tasse ins Spülbecken und zog sich dunkle Kleidung an, einen warmen Pullover, einen dunkelblauen Windbreaker, warme dicke Socken und seine schwarze Kordhose. Es konnte am Abend doch noch immer frisch auf dem Wasser werden; er hatte eine lange Bootsfahrt vor sich und keinen Bock darauf, dabei zu frieren.

Es war schon jetzt fast sieben Uhr, er stieg ins Boot, ließ den Motor ins Wasser und passte diesmal auf, sich nicht wieder zu verletzen. Er trug immer noch den Bluterguss vom letzten Mal, wo er nicht achtsam gewesen war, auf dem Handrücken. Ein Riss an der Leine und der Motor sputterte zum Leben und langsam glitt das Boot in Richtung Stadt.

Es ging vom Kleinen Tief zum Treckfahrtstief, vorbei an Marienwehr durch die Felder zum Emder Flugplatz, der auf der rechten Seite des Kanals lag und unter die Autobahnbrücke der A 31 hindurch bis zur Abzweigung Borssumer Kanal. Hier hielt Gerd Wolters sein Boot kurz an und schaute nochmals auf die Uhr, bevor er die Fahrt langsam fortsetzte. Der Borßumer Kanal führt quer durch den Friedhof Tholenswehr und teilt diesen mehr oder weniger in zwei gleiche Hälften.

Er wusste genau, wo er sein Boot ungesehen anlegen wollte, um dann auf Klaasen mit dem Geld zu warten. Gesagt, getan, und er war wie berechnet fünfzehn Minuten vor der vereinbarten Zeit angekommen.

Er machte das Boot an einem unbenutzten Steg fest und lief von dort aus im Schutz einer langen Hecke zum Friedhof.

Er setzte sich auf eine Parkbank, von wo aus er die Brücke genau einsehen, aber selbst nicht gesehen werden konnte, und wartete. Pünktlich um acht Uhr kam Benjamin Klaasen mit einer weißen Plastiktüte, lief auf den rechten Papierkorb an der Brücke zu, drehte sich suchend in alle Richtungen schauend um und legte dann die Plastiktüte hinein.

Noch einmal suchte Klaasens Blick die Umgebung ab, dann drehte er sich um und lief den Weg, den er gekommen war, zurück.

Als ob er in der einsetzenden Dämmerung etwas hätte entdecken können, dieser Trottel, dachte sich Gerd Wolters und beobachtete alles aus sicherer Distanz und durch Büsche und Bäume vor Entdeckung geschützt.

Er wartete noch weitere fünfzehn Minuten, und als er sicher war, dass Klaasen den Friedhof verlassen hatte und niemand weit und breit ihn gefährden könnte, lief er schnell zum Papierkorb und entnahm die Plastiktüte. Er schaute kurz hinein und was er sah, ließ sein Herz höher schlagen: lauter schöne Geldbündel. Er lief zurück in Richtung des Bootsanlegers, sprang einige Meter weiter die Böschung hinunter, stieg in sein Boot, das von der Brücke nicht eingesehen werden konnte, packte den Inhalt samt der Plastiktüte in eine extra dafür mitgebrachte schwarze Umhängetasche und warf den Motor an. Erst dann löste er die Leinen des Bootes und tuckerte langsam und unauffällig wieder in Richtung des Kleinen Meers.

Während der Dauer der Fahrt traute er sich nicht einmal, einen Blick in die Tasche mit dem Geld zu werfen, und kalter Schweiß lief ihm den Rücken hinunter. Immer wieder dachte er, gleich käme ein Polizeiboot auf ihn zugerast und alles wäre aus, aber nichts dergleichen geschah. Die Fahrt verlief ruhig und einsam, ohne irgendwelche besonderen Vorkommnisse.

Es war fast neun Uhr, als er wieder am Steg seines Meerhauses anlegte. Er zog den Schlüssel ab und der Motor verstummte sofort. Dann zog er den Motor aus dem Wasser, brachte ihn in Ruhestellung, klemmte den Benzintank ab und vertäute das Boot am Steg.

Langsam ging er auf sein Haus zu, sein Herz schlug bis zum Hals und er erwartete jeden Augenblick, dass ein Rollkommando der Polizei ihn niederwerfen und festnehmen würde. Es passierte aber nichts, alles blieb ruhig und dunkel, keine Menschenseele weit und breit.

„Ach du alter Angsthase, siehst nur noch Gespenster. Bleib cool, es ist alles gut verlaufen, nichts ist passiert und es wird auch nichts passieren", redete er sich selbst gut zu, als er die Tür zu seinem Haus aufschloss.

Im Innern seines Hauses war alles ruhig und alles sah genauso aus, wie er es vor zwei Stunden verlassen hatte. Die leere Tasse stand im Ausguss, der Teepott noch auf dem Stövchen, die Zeitung lag auf dem Sofa und seine Hausschuhe standen neben der Tür, wo er sie ausgezogen und abgestellt hatte. Nichts deutete auf irgendeine Veränderung hin und offensichtlich war niemand in der Zwischenzeit hier gewesen.

Gerd Wolters wurde jetzt immer zuversichtlicher, holte eine Flasche Bier aus dem Kühlschrank und machte sie auf. Er hatte auf einmal einen tierischen Durst und bevor er die Flasche wieder absetzte, war sie zu drei Viertel leer. Er empfand Freude über seinen großen, durstigen Zug, setzte gleich noch mal an und trank den Rest Bier. Dann kam der tiefe, laute, befreiende Rülpser und die Welt war für ihn wieder in Ordnung.

Wolters zog die Gardinen zu, schaltete das Licht ein und dachte sich, dass es Zeit wurde, seine Beute zu holen. Er lief zurück zu seinem Boot, wo noch immer die Tasche neben dem Tank lag und ihn magisch anlockte. Gerd Wolters bückte sich, griff den Träger der Tasche und schaute sich nach allen Seiten vorsichtig um, bevor er die Tasche und ihren kostbaren Inhalt mit einer schnellen Handbewegung aus dem Boot zog. Mit der Tasche in der Hand lief er wieder zurück ins Haus und legte sie wie ein rohes Ei auf seinem Wohnzimmertisch ab.

Nein, noch nicht, sagte er sich, das Ganze muss richtig und gebührend gefeiert werden. Er entnahm seinem Kühlschrank eine Flasche echten Champagner, die er extra für diesen Anlass gekauft hatte und vor seiner Abfahrt ins Kühlfach gelegt hatte.

Dann holte Gerd ein Glas aus dem Küchenschrank und setzte sich in seinen Sessel vor dem Wohnzimmertisch. Als der Korken knallte und der Champagner aus der Flasche sprudelte, schenkte er sich ein Glas ein und trank gierig. Schmeckt eigentlich gar nicht so gut, Bier ist besser, empfand er, aber was soll's, „nobel geht die Welt zugrunde".

Seine Augen glänzten und seine Finger zitterten leicht, als er die weiße Plastiktüte aus der schwarzen Tasche zog und dann die Geldbündel auf den Tisch schüttete. Alles meins und keine Sorgen mehr, jetzt würde er erst einmal wegfahren. Er hatte seit Jahren keinen richtigen Urlaub mehr gemacht. Nach Schweden wollte er; Skandinavien hatte ihn schon seit jeher fasziniert und jetzt konnte er es sich ja leisten. Er nahm ein Bündel mit schönen Fünfzigern, strich mit dem Daumen über die Vorderkante und die einzelnen Scheine rasten wie ein Fingerkino an seinen Augen vorbei.

Dann griff er zum nächsten Bündel und zum nächsten und eins nach dem anderen rann durch seine Finger. Dann stockte ihm plötzlich der Atem. Was war das? Aus einem der Bündel ragte auf einmal ein kurzer Draht, und als er an ihm zog, kam ein kleines flaches Metallteil am Ende des Drahtes aus dem Geldbündel zum Vorschein.

Er starrte es ungläubig an und bemerkte dabei gar nicht, wie sich hinter ihm langsam die Tür geöffnet hatte und ein Mann in den Raum getreten war.

„Scheiße", war das letzte Wort von Gerd Wolter, bevor er einen Schlag auf dem Kopf verspürte und es schwarz um ihn herum wurde.

Als er wieder zu sich kam, saß er gefesselt auf einem Küchenstuhl und starrte in das Gesicht von Benjamin Klaasen.

„Dumm gelaufen", sagte dieser. Er begann auf dem Laptop von Gerd Wolters zu tippen, wurde dann auch schnell fündig und fand, wonach er gesucht hatte.

„Hat man euch im Computerkurs nicht beigebracht, bessere Passwörter zu benutzen und diese nicht auch gleich neben dem Computer auf einem Notizblock aufzuschreiben?" fragte er ironisch und Gerd Wolters hätte sich dafür in den Arsch beißen können, so blöde gewesen zu sein.

„Da haben wir ja schon die Fotos, und klick, klick, klick sind sie auch schon nicht mehr da. Nun noch den Brief mit den Anweisungen und einmal Delete drücken, und das war es auch schon. Noch kurz den Papierkorb leeren und einmal durch den Verlauf. Okay, scheint alles sauber zu sein. Gibt's sonst noch irgendwelche Kopien außer denen auf dem Handy, die ich schon gelöscht habe?"

Gerd Wolters verstand die Welt nicht mehr, gerade war er noch reich und im siebten Himmel gewesen und jetzt saß er hier gefesselt auf seinem eigenen Stuhl. Er überlegte fieberhaft, wie er aus dem Schlamassel wieder rauskommen könnte, aber es fiel ihm absolut gar nichts ein. Wer hätte damit gerechnet, dass Klaasen einen Peilsender in die Geldscheine packt? Ganz schön clever, dieser Sauhund. Aber die Polizei hatte er wohl nicht eingeschaltet, sonst wäre die schon lange hier gewesen, und es keimte etwas Hoffnung auf bei Wolters.

„Ich habe dich etwas gefragt", kam Benjamin Klaasens Stimme, von einer schallenden Ohrfeige begleitet, und holte ihn zurück aus seinen Gedanken.

Sich seiner Ausweglosigkeit bewusst und mit schmerzender Wange konnte er sich noch nicht einmal mehr eine Lüge einfallen lassen, und Gerd Wolters antwortete wahrheitsgemäß: „Nein, es gibt keine weiteren Kopien, das sind alle. Was soll denn jetzt geschehen? Was haben Sie mit mir vor?", fragte Gerd Wolters, noch immer resigniert und fassungslos.

Kapitel XXXI

Ubbo Janssen hatte wie jedes Jahr seine engsten Freunde und ein paar Nachbarn vom Meer zu seiner Geburtstagsparty eingeladen. Nicht alle waren gekommen, aber Hartmut Ukena, Ewald Beninger, Otto Harms, Günther Peters und Harald Ritter wollten sich die Gelegenheit nicht nehmen lassen, mal wieder so richtig einen draufzumachen und natürlich auf Ubbos Kosten umsonst zu saufen.

Ubbos kleines Meerhaus, das er von seiner Oma geerbt hatte, lag am äußersten Ende des Kanals, kurz bevor das Kurze Tief ins Kleine Meer mündet. Zwei seiner Freunde waren mit ihren Anglerbooten gekommen, die jetzt neben seinem eigenen Boot am Steg fest vertäut lagen, die beiden anderen waren mit dem Auto gekommen. Sie würden aber über Nacht bleiben und erst am nächsten Morgen, wenn sie wieder nüchtern waren, zurück in die Stadt fahren.

Sie hatten sich in zwei Gruppen aufgeteilt und spielten jeweils zu dritt Skat, rauchten teure Zigarren aus Kuba oder irgendeiner anderen Karibikinsel und tranken Bier sowie klaren Schnaps dazu. Die Stimmung war riesengroß und sie lachten schon den ganzen Abend.

Wie es der Zufall so wollte, sah Ewald Beninger, der ein Fenster öffnete, um den Raum von den dichten Nebelschwaden des Zigarrenqualms zu lüften, ein Boot vorbeifahren.

„Seht mal, Leute, dat is ja man komisch, der Gerd Wolters macht mit seinem Boot 'ne Nachtfahrt. Der fährt bestimmt noch zum Angeln", verkündete er seine Beobachtung laut.

Die anderen hörten gar nicht so richtig hin, was Ewald Beninger da zu brabbeln hatte, es schien sie nicht die Bohne zu interessieren; sie spielten einfach weiter ihre Karten.

„Achtzehn, zwanzig, zwo, wech, Grand Hand, Schneider angesagt", kam es vom Tisch im Rücken Ewalds, als er noch immer Gerd Wolters Boot hinterherschaute.

Ewald Beninger, der auf der anderen Seite vom Meer selber ein Haus besaß, hatte Gerd Wolters Boot genau erkannt.

Die meisten der lang ansässigen Meerhausbewohner wussten ganz genau, wer welches Boot besitzt, und erkannten immer schon von Weitem, wer da wieder mit seinem eigenen vorbeituckerte. So war das nun einmal hier am Meer, es war eine kleine Gemeinschaft, und man kannte sich.

„Der Gerd ist beinhart, jetzt noch zum Angeln zu fahren, aber vielleicht ist das ja sein Geheimnis zum Erfolg. Er fängt auf alle Fälle immer viele Fische und nicht nur kleine", ließ Ewald dann noch verlauten.

„Ach was, nun lass mal gut sein mit dem ollen Wolters, wen interessiert's? Ein jeder weiß doch, die dümmsten Bauern fangen immer die dicksten Fische", kam es von Ubbo Janssen, der selber ein leidenschaftlicher Angler war, aber nie so große Fische fing wie Gerd Wolters, was ihn immer irgendwie ärgerte.

Hartmut Ukena hielt sein leeres Glas hoch und sagte zu Ubbo: „Lass mal die Luft raus aus den Gläsern, Ubbo, und schenk lieber noch mal einen Schnaps ein, ist ja total trockene Luft hier."

„Jo, lass mal die Luft aus der Flasche und schmeiß auch noch'n Bier auf'n Markt. Sind wir hier denn auf'n Kindergeburtstag, oder was?", unterstützte nun lauthals Otto Harms im tiefsten norddeutschen Slang seinen Saufkumpan und alle mussten lachen.

Er nahm dann einen tiefen Schluck aus der Bierflasche und genoss das kalte frische Bier. Im tiefsten Platt kam dann der Spruch des Tages: „Hel wat lecker, net as wün mien Engel up Tung pien deit!"

In der hochdeutschen Übersetzung heißt das so viel wie: Es schmeckt so gut, als würde ihm ein Engel auf die Zunge pinkeln.

So ein Spruch konnte auch nur wieder von Otto Harms kommen. Otto war der geborene Komiker und wenn der einen gehabt hatte, war er meist nicht mehr abzuschalten.

Nach dem Spruch war die Stimmung perfekt und alle hielten sich den Bauch vor Lachen. Als sie sich gerade so langsam wieder beruhigt hatten, legte Otto noch einen nach.

Mit original verstellter Stimme fing er an, aus den „Werner"-Büchern, die er Wort für Wort auswendig kannte, zu rezitieren: „So, Herr Röhrich, nu trinken wir zwei erst mal ein Likörchen, bevor es losgeht.

Nee, ich soll nich.

Ooooch, Herr Röhrich, ein könn' Se doch.

Na gut."

Wieder ging die Lachtirade los. Otto lief jetzt zur Hochform auf und zitierte das halbe Werner-Buch „Lehrjahre sind keine Herrenjahre".

Jeder Ostfriese und eigentlich ganz Deutschland kennt die Geschichten von Brösel und seinem Helden Werner. Otto Harms war einer der größten Werner-Fans, der fast jede Buchverfilmung hundertmal gesehen hatte, sie alle auswendig kannte und dabei auch noch die Stimmen der verschiedenen Akteure genau nachahmen konnte.

Alle lachten Tränen. Günther Peters lief raus in den Garten und sagte, er müsse mal ein paar Bier wegbringen, sonst würde er sich vor lauter Lachen noch in die Hose machen. Günther stand am Kanal und pinkelte gerade lustig ins Wasser, als er auf einmal einen lauten Knall hörte. Mann, dachte er sich, das hat sich ja angehört wie ein Schuss.

Harald Ritter, der ihm gefolgt war und sich ein paar Meter weiter auch vom überschüssigem Bier befreite, fragte: „Hast du das auch gehört, Günther, klang wie ein Schuss, oder?"

„Ja, kam mir auch so vor. Du, schau mal, brennt da was auf dem Wasser oder sehe ich schon Gespenster?"

„Nein, du siehst ganz richtig, da brennt ein Boot. Los, schnell, ruf die anderen, da ist was Schlimmes passiert."

Günther Peters rannte sofort zurück ins Haus und schrie: „Feuer, Feuer, da brennt ein Boot auf dem Meer!" Die Saufkumpane schienen auf einmal wieder halbwegs nüchtern zu werden; es war erstaunlich, wie koordiniert sie nun plötzlich unter den Anweisungen von Harald Ritter und Ewald Beninger agierten.

Harald sowie auch Ewald waren Mitglieder der freiwilligen Feuerwehr in Uphusen, und der jahrelange Drill bei ihren Übungen setzte irgendwie fast schon automatisch sofort ein. Harald schickte Ubbo Janssen los, den in keinem Meerhaus fehlenden obligatorischen Hausfeuerlöscher beizubringen. Er orderte Otto Harms und Günther Peters, in den geparkten Fahrzeugen nach weiteren Feuerlöschern zu schauen. Er selbst wählte 110 und verständigte Feuerwehr und Polizei. Ewald Beninger war mittlerweile in eins der Boote gesprungen und löste die Leinen aller Boote. Otto und Günther kamen jeweils mit einem Feuerlöscher unter Arm und Ubbo gleich mit zwei Feuerlöschern zurück. Sie verteilten sich zu je zwei Mann auf einem Boot und fuhren mit Vollgas hinaus aufs Meer, direkt auf den lodernden Feuerschein zu. Als sie bei dem flammenden Inferno ankamen, starteten sie sofort gekonnt die Löschaktion und sprühten immer wieder von allen Seiten mit kurzen Stößen aus den Feuerlöschern auf die Flammen. Das war gar nicht so einfach, da sie ihr Werk aus ihren eigenen kleinen Kähnen vornehmen mussten. Diese schwankten hin und her auf dem Wasser und sie mussten alle höllisch aufpassen, bei den Löscharbeiten nicht das Gleichgewicht zu verlieren und ins Wasser zu fallen. Das Feuer hatten sie nach kurzer Zeit unter Kontrolle gebracht und etwas später waren dann auch alle Flammen ganz erloschen. Sie wussten nicht genau, ob sich jemand während des Feuers auf dem Boot aufgehalten hatte, und hofften, das Gerd Wolters vorher von Bord gesprungen war. Harald Ritter näherte sich dem gelöschten Brandherd von achtern und warf einen kurzen Blick in den übrig gebliebenen Rest der Kajüte. Sein schockierter Ausdruck daraufhin verhieß nichts Gutes.

Er schlug die Hände vors Gesicht und sagte: „Scheiße, Leute, da liegt ein Toter drin, der ist ziemlich verbrannt, aber ich nehme mal an, dass es Gerd Wolters ist. Mann, was ist hier bloß passiert, so ein Boot brennt doch nicht einfach so ganz von alleine ab?"

Ewald Beninger kam nun mit seinem Boot auch näher, warf einen kurzen Blick in die Bootsruine und stellte dann pragmatisch fest: „Kommt, hier können wir nicht mehr weiter tun. Macht ein paar Leinen fest, wir schleppen, was noch übrig geblieben ist, ab zum Kanal, bevor es hier im Meer noch ganz absäuft."

Automatisch und mit geübten Griffen befestigten sie ein paar Leinen und nahmen Gerd Wolters Boot, oder besser gesagt, was noch davon übrig geblieben war, ins Schlepptau. Sie alle blickten nachdenklich und nach dieser Löschaktion wieder total nüchtern auf das Wrack. Es hing jetzt hinter ihren Booten an Seilen und glitt, immer noch leicht qualmend, über das Wasser in Richtung Kanalmündung. Schon von Weitem konnten sie die Prozession der blauen blinkenden Lichter der Polizeiwagen und der Feuerwehrautos auf der Zufahrtsstraße zum Kleinen Meer ausmachen. Kurze Zeit später hörten sie auch den Klang ihrer Sirenen. Es war fast gespenstisch, ein nur Unheil versprechender Anblick von immer näher kommenden tanzenden blauen Lichtblitzen in der dunklen Nacht.

Als sie endlich mit ihren Booten der Kanalmündung näher kamen, sahen sie auch die sich jetzt versammelnde Menschenmenge am Kanal. Die ersten Scheinwerfer wurden von der Feuerwehr aufgestellt und tauchten ihre Boote in gleißendes Licht.

Sie erkannten Polizisten, die mit Absperrungsarbeiten beschäftigt waren, und auch Sanitäter mit einer einsatzfähigen Bahre konnten sie am Ufer ausmachen.

All das sahen sie recht deutlich, aber was sie nicht sahen, war die dunkle Gestalt, die sich ein paar hundert Meter weiter zu ihrer Rechten aus dem Wasser aufs Ufer zubewegte, kurzzeitig im knietiefen Wasser stand, zu ihnen rüberblickte und dann in der Dunkelheit im dichten Schilf verschwand.

Kapitel XXXII

Der Anruf von Anja erreichte Peter kurz vor elf Uhr abends. Er war gerade mit Lena auf dem Rückweg von einem netten Abendessen im Bootshaus in Bedekaspel.

Das Bootshaus ist ein Ableger des Hafenhaus-Restaurants in der Stadt, mit einem sehr schönem Ambiente, aber schwankender Qualität, was das Essen angeht.

Lena und er hatten beide Spargel bestellt und diesmal Glück gehabt. Das Essen war gut, aber dafür hatte der Service viel zu wünschen übrig gelassen. Die oft bemängelte schlechte Bedienung liegt wohl daran, dass es in der Abgeschiedenheit des Südbrookmerlandes schwirig ist, gutes, geschultes und vor allen Dingen auch freundliches Personal zu bekommen, hatte Lena noch nebenbei bemerkt.

Peter hatte, wie er es immer tat, wenn er in ein Restaurant ging, sein Handy während des Abendessens auf leise gestellt, es in seiner Jackentasche gelassen und merkte daher erst beim Verlassen des Restaurants, dass schon drei Anrufe von Anja in den letzten fünfzehn Minuten eingegangen waren.

„Was gibt es denn so Dringendes, dass du mich noch zu so später Stunde sprechen musst? Sag nicht, wir haben schon wieder eine Leiche", sagte Peter, nicht gerade glücklich über die Störung, aber mehr im Spaß.

Er hatte sich auf einen schönen, intimen Abend mit Lena gefreut und ahnte schon, dass es damit jetzt vorbei war, aber nicht, wie richtig er mit seiner Frage lag.

„Sorry, Chef, dass ich so spät noch störe", kam es sehr aufgeregt von Anja, „aber auf dem Kleinen Meer brennt ein Boot und allem Anschein nach ist es das von Gerd Wolters. Einer der Meerbewohner will auch einen Schuss gehört haben. Ich bin schon fast am Meer angekommen und denke mal, du solltest auch so schnell wie möglich deinen Hintern in Bewegung setzen und hierher kommen."

„Was? Das darf doch alles nicht wahr sein! Ich bin schon auf dem Weg, Anja, gib mir zehn Minuten, bis gleich."

Peter beendete das Gespräch, klärte Lena schnell über die Situation auf und dass er natürlich sofort ans Kleine Meer fahren müsse.
Lena fragte nur, worauf er noch warte und dass sie natürlich mit ihm ans Meer kommen würde.
Peter manövrierte seinen Stag so schnell, wie es irgendwie ging, zurück über Loppersum, bog dann in Suurhusen beim Sportplatz ab und nahm den Tütelborger Weg querfeldein durch den Hammrich zum Kleinen Meer. Peter ging bis an die obere Grenze der Geschwindigkeit, die der Weg zuließ, wobei zu bedenken ist, dass dies keine normale Landstraße war, sondern mehr nur ein Zufahrtsweg für die Bauern zu ihren Feldern. Ein paarmal flogen sie so heftig über Bodenwellen und Schlaglöcher, dass er große Mühe hatte, den Wagen auf der Straße zu halten und nicht in einen der Gräben links und rechts der engen Fahrbahn zu verschwinden. Als sie ein paar hundert Meter vor der Brücke über das Treckfahrtstief waren, wunderte er sich noch, in der Entfernung einen dunklen Wagen auf der Hievestraße in Richtung Stadt vorbeifahren zu sehen. Weil er es leid war, die holprige Wolthuser Straße zu fahren, hatte er Anja einmal auf dem Rückweg vom Meer gefragt, ob man nicht auch dort entlangfahren könnte. Die Straße entlang des Treckfahrtstief ist für private Autos nicht zugelassen, sondern nur für den landwirtschaftlichen Verkehr freigegeben. Oft aber fahren Angler dorthin, um einen ungestörten Platz zum Fischen zu haben, hatte ihn Anja aufgeklärt.
Genau zehn Minuten später stand er neben Anjas Wagen am Ende vom Soltendobben, wo schon neben zwei weiteren Polizeieinsatzwagen

auch ein Sanitätsfahrzeug und ein Feuerwehrwagen aus Marienwehr mit Blaulicht parkten. Lena und er rannten den Weg zum Kanal. Dort hatte sich schon eine kleine Menschentraube versammelt, die von zwei Polizisten hinter eine provisorische Absperrung gedrängt wurde.

Als sie am Kanal ankamen, nickte ihnen Anja kurz zu und sie verfolgten gemeinsam und schweigend die Szene, die sich vor ihnen auf dem Wasser abspielte. Auf dem Kanal sah man, wie drei kleinere Angelboote ein fast total ausgebranntes Kajütboot unter dem Scheinwerferlicht der Feuerwehr an einen Steg schleppten und dort vertäuten.

„Da liegt noch ein Toter drin!", rief einer der Männer den Polizisten zu und stieg von seinem Boot auf den Steg.

Peter bat die diejenigen, die das Boot an den Steg geschleppt hatten, zu sich und befragte sie nach den Geschehnissen. Sie erzählten ihm, sie seien Anwohner vom äußersten Meerhaus, dort wo der Kanal ins Meer mündet, und dass sie eine kleine Feier gehabt hätten. Zwei der Männer waren in den Garten gegangen und wollten, wie sie es ausdrückten, ein paar Bier wegstellen, als sie einen lauten Knall hörten. Sie sagten, es habe sich angehört wie ein Schuss, und dann hatten sie auch gleich den Feuerschein auf dem Meer gesehen, dort wo es am tiefsten ist, und ihre Freunde herausgerufen. Sie waren alle sofort zu ihren Booten gelaufen und zwei von ihnen hatten sogar noch die Umsicht gehabt, jeweils ein paar Feuerlöscher aus dem Haus und den Autos mitzunehmen. Als sie das kleine Schiff auf dem Kleinen Meer erreicht hatten, brannte dieses mittlerweile lichterloh und sie begannen dann sofort mit den Löscharbeiten. Glücklicherweise waren zwei von ihnen bei der freiwilligen Feuerwehr in Uphusen und nur diesem Umstand war es zu verdanken, dass das Feuer so schnell gelöscht werden konnte und der Kahn nicht im Meer versank. Das Boot wurde von ihnen eindeutig als das von Gerd Wolters identifiziert, auf dem Peter vor Kurzem noch so eine schöne Fahrt übers Kleine Meer gehabt hatte. Der Brand hatte die

Kajüte fast völlig zerstört, es war nur noch ein kleiner Teil vorhanden. Der Rumpf und das Heck mit dem Motor waren augenscheinlich noch okay. Es war ein Wunder oder besser gesagt der schnellen Umsicht und dem Eingriff der Meeranwohner zu verdanken, dass das Boot, oder was davon übrig war, jetzt hier am Steg lag.

Nachdem die Männer vom Meer ihre Schilderungen der Ereignisse abgeschlossen hatten, dankte Peter ihnen und wies dann einen der nahe stehenden Polizisten, ihre Aussagen zu Protokoll zu nehmen.

Peter ging zum Steg und versuchte etwas in dem übrig gebliebenen Rest der Kajüte zu erkennen. In den schummrigen Lichtverhältnissen war aber nicht viel sehen, nur so viel, dass er die Aussage des Mannes über den Fund einer Leiche bestätigten konnte. Durch die schweren Verbrennungen war aber beim besten Willen nicht zu erkennen, um wen es sich bei der Leiche handelte.

Er rief den Polizisten zu, den Gerichtsmediziner und die Spurensicherung zu verständigen. Weiter bat er sie und die Feuerwehrleute, das Boot, so wie es war, zusammen mit der Leiche an Bord, irgendwie aus dem Wasser zu bekommen.

Er ordnete an, dabei Handschuhe zu tragen, den Innenraum des Bootes nicht zu betreten und das Wrack so wenig wie möglich zu berühren, um eventuell vorhandene Spuren nicht weiter zu kontaminieren.

Lena und Anja schlug er vor, in der Zwischenzeit, während das Boot aus dem Wasser geholt wurde, zunächst einmal gemeinsam rüber zu Wolters' Haus zu gehen, um zu sehen, ob dort etwas Brauchbares an Spuren zu finden war und diese, wenn möglich, sicherzustellen.

Peter lieh sich von den Polizisten ein paar Taschenlampen und sie machten sich auf den Weg. Sie fuhren mit Anjas Wagen zurück zum Parkplatz am Soltendobben und gingen von dort zu Fuß weiter. Am Haus angekommen, schien alles ruhig und normal zu sein. Von außen konnten sie nichts Ungewöhnliches entdecken. Es war ruhig und nichts deutete auf irgendetwas Ungewöhnliches hin.

„Ich bin ja mal gespannt, was uns hier erwartet", sagte Peter zu Anja und Lena und öffnete, nachdem sie sich ein Paar Gummihandschuhe übergezogen hatten, vorsichtig die Eingangstür.

Er betätigte den Lichtschalter und sie traten vorsichtig ein. Im ersten Anschein sah alles ganz normal aus, aber dann entdeckte Anja auf dem Wohnzimmertisch einen länglichen, zylindrischen Gegenstand, den sie eindeutig als einen Schalldämpfer identifizierte. Daneben lag eine volle Schachtel mit 9-mm-Munition. Unter dem Schalldämpfer und der Munition befand sich ein Blatt Papier.

„Schau mal, Peter, ich glaube, ich hab hier was", entfuhr es Anja.

Als Peter und Lena den Bogen näher betrachteten, entpuppte dieser sich als ein Geständnis von Gerd Wolters. Es war mit einem Computer geschrieben und trug Gerd Wolters' Unterschrift.

Sie sahen sich ungläubig an und Lena begann laut zu lesen, was auf dem Blatt geschrieben stand: „Es hat alles keinen Sinn mehr und ich halte den ständigen Druck der Polizei nicht länger aus. Ich habe Enno Folkerts und Heinrich Klaasen erschossen, um zu verhindern, dass hier eine Feriensiedlung entsteht und mein geliebtes Kleines Meer zerstört wird.
    Ich kann mit meiner Schuld nicht mehr länger leben.
    Unterschrift: Gerd Wolters."

Kapitel XXXIII

Benjamin Klaasen stand unter der Dusche und sang den Song „Fire" von Bruce Springsteen mit, der ironischerweise passend zu seiner Tat und dazu noch sehr laut über eine teure Stereoanlage im Wohnzimmer durchs Haus schallte.

Er stieg aus der Duschwanne, nahm eins der großen Badehandtücher aus dem Regal, trocknete sich ab, strich sich die Haare glatt, machte ein paar Grimassen vor dem Spiegel und grinste dann in purer Selbstbewunderung sein Spiegelbild an.

Sein Adrenalinspiegel war immer noch total hoch und erst jetzt bemerkte er so richtig den Bluterguss auf seinem linken Handrücken, genau zwischen Daumen und Zeigefinger, ungefähr so groß wie eine Ein-Euro-Münze. Dieser blöde Motorhebel von Gerd Wolters' Boot hatte geklemmt, als er den Propellerschaft ins Wasser absenken wollte. Er nahm ein Pflaster aus dem Medikamentenschrank, klebte es über den Abdruck und hatte ihn damit auch schon fast vergessen.

Es war alles so verdammt knapp gewesen und fast hätten ihn diese Arschlöcher von Meerfahrern auch noch gesehen, als er vom brennenden Boot ins Wasser gesprungen und ans Ufer geschwommen war.

Warum mussten die Idioten auch gerade heute am Meer eine Feier haben? Das hätte beinahe alles, was er sorgsam geplant hatte, zerstört.

Der olle Kahn sollte eigentlich total ausbrennen und zusammen mit Wolters' Überresten untergehen.

Diese Schwachköpfe hatten aber viel zu schnell Polizei und Feuerwehr alarmiert und zu allem Überfluss umgehend das Feuer viel zu schnell gelöscht. Er war sich aber sicher, so wie das Boot gebrannt hatte, konnte von Wolters nicht allzu viel übrig geblieben sein, und wenn auch, nichts würde auch nur ansatzweise auf den Täter hindeuten.

Die Rückfahrt vom Meer wäre ihm fast zum Verhängnis geworden, da er nicht genau wusste, wie viele Polizei- und andere Dienstwagen noch den Soltendobben entlangkommen würden. Das hatte ihm ganz schöne Kopfzerbrechen bereitet, mit einem so frühen Alarm hatte er ja nun gar nicht gerechnet und dass die Einsatzkräfte so schnell vor Ort gewesen waren. Er hatte vor der ganzen Aktion vorsorglich seinen Wagen sehr weit abseits geparkt, die Nummernschilder ordentlich mit Dreck beschmiert und sie dadurch unleserlich gemacht.

Es sollte eine gemütliche ruhige Rückfahrt werden, ohne viel Tamtam. Daraus wurde leider nichts, sie entwickelte sich zu einer Fahrt ohne Beleuchtung und mit Hochgeschwindigkeit den Soltendobben entlang. Er hatte Glück gehabt, dass ihm kein weiteres Fahrzeug mehr entgegenkam. In Marienwehr hatte er sich dann spontan entschieden, nach rechts abzubiegen und die Hievestraße am Kanal entlangzufahren, um etwaigen Nachzüglern aus Uphusen auszuweichen. Dabei wäre er fast sogar dem Kommissar noch direkt in die Arme gerauscht. Zum Glück hatte er aber früh gesehen, dass da ein Fahrzeug aus dem Hammrich kam, und selbst noch mal ordentlich Gas gegeben, um vor dem anderen Wagen die Brücke zu passieren. Das war ihm auch problemlos gelungen, aber im Rückspiegel hatte er dann noch den Stag von Kommissar Streib als den Wagen, der aus dem Hammrich kam, erkannt. Glück gehabt, das hätte auch ins Auge gehen können, hatte er noch gedacht. Sein Herz schlug ihm bis zum Hals, aber nachdem sein Puls wieder normal war, zwang er sich, in aller Ruhe und hoffentlich ohne weitere Zwischenfälle nach Haus zu fahren.

Er riss sich aus seinen Gedanken, zog sich seinen Bademantel an, ging vom Badezimmer in sein Wohnzimmer und schenkte sich einen großzügig bemessenen Whisky ins Glas. Er war mit sich sehr zufrieden. Hatte er nicht das perfekte Verbrechen begangenm ohne auch nur eine einzige Spur zu hinterlassen, und am Ende sogar Gerd Wolters noch die zwei Morde angehängt?

Eigentlich hatte er gar nicht vorgehabt, überhaupt jemanden zu ermorden, aber die Umstände hatten ihn dazu getrieben, redete er sich ein.

Enno Folkerts, dieser Idiot, warum musste der auch gleich zu meinem Vater rennen und ihm alles erzählen wollen? Dass dessen Sohn ihn für das Hieve-Projekt bestochen hatte und sie nun dafür von einem Unbekannten erpresst wurden. Gott sei Dank hatte sein Vater ihm noch beiläufig von dem für elf Uhr abends geplanten Treffen mit Folkerts erzählt und er hatte sich sofort ausrechnen können, worum es bei diesem Treffen gehen würde. Er hatte befürchtet, dass sein Vater Amok laufen würde, und hatte Angst gehabt, sein Vater würde ihn eventuell sogar aus der Firma schmeißen. Nach der letzten Aktion mit seinen Spielschulden hatte ihm sein alter Herr gedroht, wenn auch nur noch einmal das Kleinste vorfiele, würde er ihn enterben. Dieser alte Hypokrit, dabei hatte er selbst sein Vermögen nicht immer auf die ehrliche Art und Weise verdient.

Diese Memme von Folkerts hatte bekommen, was er verdiente. Er hätte alles zerstört, und das konnte er nicht zulassen, rechtfertige Klaasen sein Handeln.

Nachdem sein Vater ihm von dem Treffen erzählt hatte, war er auf direktem Wege zum Marktplatz gefahren, hatte Folkerts angerufen und unter dem Vorwand ans Kleine Meer bestellt, dass er wisse, wer der Erpresser sei, und dass sie ein Treffen mit diesem um elf Uhr am Kleinen Meer hätten. Der miese Schwein hätte aber darauf bestanden, dass sie beide, Folkerts auch, bei dem Treffen dabei wären, oder er informierte sofort am nächsten Tag die Polizei und würde sie auffliegen lassen.

Als Enno Folkerts dann ans Kleine Meer kam, war er ziemlich aufgeregt gewesen und hatte vor lauter Angst, dass alles rauskommt, am ganzen Leib gezittert. Benjamin Klaasen hatte ihn zwischen Parkplatz und Köhnemann auf halber Strecke abgefangen, beruhigt, und sie waren dann gemeinsam von der hinteren Seite zum kleinen Binnenhafen gelaufen. Es war dunkel, und als er sich vergewissert hatte, dass nichts und niemand zu sehen war, hatte er dann die Smith & Wesson 9 mm mit dem Schalldämpfer aus der Tasche gezogen und Folkerts gebeten, sich umzudrehen. Ohne einen weiteren Gedanken zu verschwenden hatte er ihm dann aus weniger als einem Meter kaltblütig ins Gesicht geschossen. Es hatte nur kurz Plopp gemacht und Enno Folkerts war einfach umgefallen wie ein Sack Kartoffeln. Danach brauchte er ihn nur noch ein paar Meter weit zu tragen und die Leiche ins Wasser zu werfen.

Die Waffe hatte er vor zwei Jahren von einem anderen Zocker im Kasino in Bad Zwischenahn gekauft. Rein zufällig hatte er den Typen am Roulettetisch kennengelernt, und der hatte ihm, weil er klamm war, die Waffe für ein paar Riesen angeboten. Er selbst hatte an dem Abend ausnahmsweise einmal viel gewonnen und dachte sich damals: Warum eigentlich nicht? Vielleicht konnte er die Waffe ja irgendwann einmal gebrauchen.

Und wie recht er damit gehabt hatte, sie hatte ihren Zweck voll erfüllt!

Als er das Unumgängliche, wie er es in seinen Gedanken bezeichnete, ausgeführt hatte, war er seelenruhig zu seinem Haus zurückgefahren.

Auf der Rückfahrt vom Meer war ihm zu seinem Pech auf der Höhe von Marienwehr noch ein Auto entgegengekommen, aber er hatte, um nicht erkannt zu werden, geistesgegenwärtig den Kopf seitlich nach unten gedreht. Niemand hatte ihn später danach oder zu seinem Fahrzeug befragt, und er dachte, es war wohl von dem Fahrer nicht als wichtig befunden, um überhaupt an die Polizei herangetragen zu werden.

An seinem Haus angekommen hatte er sich dann davon überzeugt, dass seine Frau Marion, die sich wegen ihrer Migräne früh hingelegt hatte, immer noch schlief, und hatte sofort seine getragene Kleidung und die Schuhe verbrannt. Dann hatte er sich, als wenn nichts gewesen wäre, zu seiner Frau ins Bett gelegt und wie ein Baby bis zum nächsten Morgen geschlafen.

Er schenkte sich ein zweites Glas ein und genoss das warme Brennen im Rachen, als der Whisky seine Kehle hinunterlief. Er hatte neben dem Vermögen auch die Vorliebe für Whisky von seinem Vater geerbt.

Sein Blick fiel dabei auf ein mit einem schwarzen Trauerflor verziertes Bild seines Vater, das auf dem Kaminsims stand, und irgendwie hatte er das Gefühl, als wenn sein Vater ihn sogar aus dem Foto immer noch vorwurfsvoll ansah.

Er prostete ihm zu und dachte bei sich: „Das hast du nun davon, du altes, gieriges Schwein. Warum musstest du mich auch darauf ansprechen und mich wieder heruntermachen?"

Nachdem der Kommissar mit seiner Kollegin am Freitag Klaasens Firma verlassen hatte, musste ihn der Alte natürlich noch unbedingt in sein Büro beordern. Dort hatte er ihn dann ohne Umschweife und direkt gefragt, ob er wisse, wer Enno Folkerts erschossen hatte, oder ob er in irgendeiner Weise damit zu tun habe. Dann konnte der Alte es sich nicht verkneifen, ihm zu erzählen, dass er schon lange über seine Bestechung von Folkerts Bescheid wusste. Er hatte ihn ausgelacht und dann damit geprahlt, dass was die Firma betrifft und solange er am Ruder sitzen würde, keiner ohne sein Wissen etwas dergleichen tun könne. Weiter hatte er ihm offenbart, wenn das Hieve-Projekt nicht so immens wichtig wäre und es den Ruin für die Firma bedeuten würde, wenn es nicht zustande käme, hätte er es erst gar nicht so weit kommen lassen oder Enno Folkerts selber bestochen. „Dieser Ididot", dachte sich Benjamin noch, er hatte Enno Folkerts für nichts erschossen. Wenn er das nur vorher gewusst hätte.

Dann hatte ihn der Alte wieder, wie so oft schon, einen Nichtsnutz, Versager, Spielsüchtigen, ja sogar als Mann bezeichnet, der noch nicht einmal seine eigene Frau befriedigen konnte, und er sich wohl auf seine alten Tage noch selbst um einen richtigen Nachfolger kümmern müsste.

Anschließend hatte er ihm gesagt, er brauchte erst mal nicht mehr in die Firma zu kommen. Es wäre besser, wenn er zu Hause bliebe, da könne er weniger Schaden anrichten.

Er war danach den ganzen Freitagabend missgelaunt gewesen, hatte sich mit seiner Frau über ihre Kokainsucht und ihre ewigen Affären lautstark gestritten und sich anschließend sinnlos betrunken.

Am Samstagmorgen war dann trotz seines schweren Kopfes wieder alles klar für ihn gewesen und er wusste, sein Vater musste sterben. Er kannte die Gewohnheiten seines alten Herrn zu genau und hatte spätabends, als er seinen Hund Sir Alfred noch einmal vorm Schlafengehen ausführte, in der Nähe der Gleise auf ihn gewartet. Es war so einfach gewesen und er würde niemals diesen leeren, ungläubigen Blick seines Vater vergessen, als der sich umgedreht hatte und ihm sein Benjamin ohne ein Wort zu verlieren die Kugel durch den Kopf jagte.

Dann hatte er noch eine dieser komischen Anstecknadeln der Bürgerinitiative, die er im Stadtratssaal nach der Sitzung gefunden hatte, in die Hand seines Vater gelegt. Er empfand es immer noch als ziemlich clever und war sich sicher gewesen, die Polizei würde vorwiegend unter den Aktivisten der Bürgerinitiative nach dem Mörder suchen.

So war es dann ja auch gekommen, nur dieser Kommissar Streib, das war ein ganz scharfer Hund, und der hatte ihn nach seinem Alibi für die Tatzeit gefragt.

Er war ziemlich erschrocken und wollte schon antworten, als seine Frau Marion, aus welchen Gründen auch immer, ihm das perfekte Alibi gab und zum Kommissar gesagt hatte, sie seien beide Abende zusammen zu Hause gewesen.

Als er sie danach befragt hatte, warum sie ihm ein Alibi gegeben hatte, hatte sie nur gesagt, dass er schließlich kein Mörder wäre und es die Polizei überhaupt nichts anginge, wo er zu der Zeit gewesen war. Außerdem, hatte sie noch hinzugefügt, war er ja schließlich zu Haus gewesen, er hatte es ihr doch erzählt.

Nur zu dumm für sie, dass der Kommissar ihn zwei Tage später darüber informierte, Marion später noch einmal sprechen zu wollen. Das hatte er absolut nicht zulassen können. Er hatte sicherstellen müssen, dass der Kommissar seine Frau nicht mehr befragen konnte. Es hätte, wenn auch nur geringfügig, die Möglichkeit bestanden, dass sie sich vielleicht in ihrer Dusseligkeit am Ende doch noch verplapperte.

Der Kommissar war sehr geschickt mit seinen Fragen, das hatte er schon bemerkt. Auch wie er das mit dem Treffen zwischen ihm und Folkerts im Kasino Bad Zwischenahn so schnell in Erfahrung gebracht hatte, war ihm nicht ganz geheuer gewesen. Er war aber besonders stolz auf sich, dem Kommissar suggeriert zu haben, dass das Geld auf Enno Folkerts Konto nicht Bestechungsgeld, sondern aus eventuellen Gewinnen sein könnten. Dessen Spielleidenschaft wäre bekannt; niemand konnte es nachprüfen oder mit Sicherheit das Gegenteil behaupten. Er empfand es als wahren Geniestreich.

Er war dann an dem Abend noch mal kurz zum Flugplatz gefahren und hatte die Tankzulaufleitung zum Motor seiner Cessna manipuliert.
Danach hatte er Marion am Abend bei einem Glas Wein vorgeschlagen, doch für ein paar Tage nach Hamburg zu fliegen und ihre Freunde dort zu besuchen. Er selbst käme im Moment sowieso nicht aus Emden und müsse auch die Vorbereitungen zur Beerdigung seines Vaters regeln. Marion war freudestrahlend sofort darauf eingegangen, hatte gleich ihre Freundinnen in Hamburg angerufen und ihr Kommen angemeldet. Sie hatten die Nacht sogar noch Sex gehabt und es hatte ihm danach fast leidgetan, Marion verlieren zu müssen, aber eben nur fast. Sie hatte den Tod verdient, so oft, wie sie ihn betrogen hatte! Außerdem wollte er noch mal einen kompletten Neustart, auch in der Liebe.
Sie war am nächsten Morgen aus dem Haus gegangen und er hatte sie ein letztes Mal zum Abschied geküsst. Genau wie er es sich ausgerechnet hatte, war sie wie immer übers Meer geflogen und mit der Maschine abgestürzt.
Marion war tödlich verunglückt und kein Widerruf ihrer Aussage mehr möglich. Damit war er endgültig aus dem Schneider und niemand konnte mehr sein Alibi anfechten. Es war alles zu seiner vollsten Zufriedenheit abgelaufen.
Folkerts hatte seinen Job erledigt und die Absegnung des Hieve-Projekts durch die Stadt war nur noch reine Formsache.

Er würde das gesamte Vermögen seines Vaters erben und war jetzt der alleinige Besitzer der Firma.

Marion und er hatten schon vor etlichen Jahren eine beiderseitige Lebensversicherung in Millionenhöhe abgeschlossen und auch die würde er kassieren.

Er war derjenige, der von allen drei Morden profitierte, aber er war sich sicher, keiner würde ihm jemals auch nur irgendetwas nachweisen können.

Selbstzufrieden schenkte er sich nochmals großzügig Whisky ins Glas und hing weiter seinen Gedanken nach.

Eigentlich hatten es alle nur diesem blöden Gerd Wolters zu verdanken, dass sie tot waren. Wenn der ihm nicht dazwischengekommen wäre mit seinen Erpressungsversuchen, wären sie alle noch am Leben. Aber auch für diesen Blutsauger hatte er wieder einen genialen Einfall gehabt. Als er am Morgen den USB-Stick an seiner Haustür gefunden hatte, wusste er sogleich, dass es nichts Gutes bedeuten würde. Im Büro hatte er dann den Stick an seinem Computer geöffnet und zum ersten Mal die Bilder gesehen, die ihn und Folkerts deutlich bei der Geldübergabe im Kasino zeigten.

Als er dann den Brief mit den Instruktionen für die Geldübergabe gelesen hatte, kam ihm der Einfall mit dem Sender. Er hatte sich einmal für dreihundertachtzig Euro so ein Ding, um seiner Frau nachzuspionieren, übers Internet bestellt und der Sender würde ihm jetzt, genau wie damals, wieder gute Dienste leisten.

Das Geld hatte er aus dem Firmensafe genommen, wo sein Vater immer genügend Bargeld aufbewahrte für ganz besondere Fälle, wie er es immer ausdrückte. Wie verabredet war er zur vereinbarten Zeit zum Friedhof Tholenswehr gefahren und hatte dort die Plastiktüte mit dem Geld im Papierkorb an der Brücke deponiert. In aller Ruhe war er dann zurück zu seinem Wagen gelaufen, hatte den Peilsender mit seinem Ortungsgerät direkt angewählt und nach wenigen Minuten eine automatische Zielanzeige erhalten. Über eine integrierte GPS-Navigation mit Kartenmaterial hatte er sich dann zum Ziel führen lassen. Einfacher ging es wirklich nicht mehr.

Er hatte sich die ganze Fahrt über auf das blöde Gesicht des Erpressers gefreut, wenn er in der Tür stehen würde und der nicht wusste, wie er ihn gefunden hatte.

Bevor er dann vorsichtig das Haus von Wolters betrat, hatte er sich vergewissert, dass ihn auch tatsächlich niemand gesehen hatte.

Gerd Wolters saß mit dem Rücken zur Tür und war gerade dabei, den Peilsender zu entdecken, als er ihn von hinten niedergeschlagen hatte.

Er hatte Wolters, als er noch bewusstlos war, gefesselt und dessen Laptop nach den Files mit den Bildern und dem Erpresserbrief untersucht. Er war auch schnell fündig geworden, denn dieser Trottel hatte sein Passwort neben dem Computer auf einen Notizblock geschrieben.

Danach hatte er dann alle Daten gelöscht, einen Abschiedsbrief mit einem Geständnis für die Morde an Enno Folkerts und seinem Vater in Gerd Wolters Namen geschrieben und mit dem kleinen Drucker, der auf dem Schreibtisch stand, ausgedruckt. Den Mord an seiner Frau hatte er bewusst ausgelassen, denn man sollte keine schlafenden Hunde wecken. Solange der Mord als Flugunfall zu den Akten gelegt würde, war es umso besser. Es würde auch nicht zu Gerd Wolters' Plan passen, ihn erst umbringen zu wollen und dann zu erpressen.

Wolters wollte erst nicht unterschreiben, aber als er die Smith & Wesson auf seinen Kopf gerichtet hatte, sah er ein, dass ihm keine andere Wahl blieb.

Danach hatte er Wolters noch obendrein geknebelt und ihn gezwungen, gefesselt wie er war, in die Kajüte seines eigenen Bootes zu steigen. Den Laptop hatte er vorsichtshalber auch noch mit ins Boot genommen. Er wollte vermeiden, dass die Polizei eventuell doch noch die gelöschten Daten wieder zum Vorschein brachte, man konnte ja nie wissen.

Als er die Leinen vom Boot gelöst hatte, ließ er den Motor zu Wasser und verletzte sich dabei an der linken Hand.

Dann war er mit Wolters den Kanal entlang zum offenen Meer gefahren. Er hatte dabei ein Meerhaus passiert, wo laut gefeiert wurde, und er konnte das Gegröle und Lachen der Beteiligten noch weit bis aufs Meer hören.

Er fuhr das Boot zu einer der tiefsten Stellen im Kleinen Meer, löste den Benzinschlauch vom Motor und schüttete das restliche Benzin über das Boot und in die Kajüte.

Gerd Wolters hatte trotz seines Knebels wie am Spieß geschrien, aber es half ihm nichts. Er hielt ihm die Pistole an den Kopf und drückte ab. Danach löste er die Fesseln sowie den Knebel, warf alles über Bord und ließ die Waffe einfach neben Wolters zu Boden fallen und dort liegen.

Zum Schluss, bevor er das Boot anzündete, hatte er sich die Schuhe ausgezogen, war über die Bordwand ins Wasser geglitten und dann in Richtung südliches Ufer geschwommen.

Er hatte dann noch die drei Boote aufs Meer fahren sehen und wie sie mit den Löscharbeiten begannen. Erst hatte er gedacht: Das schaffen die nie, so lichterloh brannte das Boot, aber dann bekamen sie das Feuer doch noch unter Kontrolle. Irgendwie war es auch sein Glück gewesen, denn es wurde sofort wieder schlagartig dunkel auf dem Meer und er konnte so ans Ufer schwimmen und unentdeckt entkommen.

Der Erpresser hatte seine gerechte Strafe bekommen, dachte er sich, und wird außerdem noch für die Morde, die er begangen hat, verantwortlich gemacht werden. Er hatte das einfach perfekt eingefädelt, goss sich ein weiteres Glas Whisky ein und fühlte sich als unbesiegbar. Er war Benjamin Klaasen, der Siegfried der Verbrecher.

Kapitel XXXIV

Freitag, der 15. Mai

Die Spurensicherung hatte noch fast die ganze Nacht bis in die frühen Morgenstunden hindurch gearbeitet. Es wurden neben der Leiche von Wolters eine Smith & Wesson Pistole und auch dessen Laptop im Boot gefunden. Die Leiche wies einen Kopfschuss auf und war fast bis zur Unkenntlichkeit verbrannt. Genauere Angaben zur endgültigen Todesursache konnte aber erst die Obduktion des Leichnams ergeben, die von Sigurd Schmitz, dem Gerichtsmediziner, für den heutigen Morgen angesetzt war.

Die Pistole sowie der Laptop von Gerd Wolters waren durch das Feuer ziemlich in Mitleidenschaft gezogen worden und es bestand wenig Hoffnung, dass noch irgendwelche Spuren gefunden oder Daten gerettet werden könnten. Beides war dennoch zur genaueren Untersuchung an das KTI in Hannover geschickt worden.

Die Spurensicherung im Hause von Gerd Wolters hatte keine weiteren sachdienlichen Hinweise ergeben.

Bis auf Klaus Marquart, der noch im Krankenhaus lag, waren alle im Besprechungszimmer von Polizeirat Ewald Theesen im Polizeirevier versammelt. Polizeidirektor Johann Lütjens, Theesen, Lena, Anja und Peter waren alle über die Fotos und Auswertungen von der Spurensicherung der gestrigen Nacht gebeugt, die in großer Anzahl den ganzen Besprechungstisch bedeckten.

„Meine Damen und Herren", verkündete Polizeidirektor Johann Lütjens in offiziellem Ton, „so wie sich die Sachlage darstellt, hat Gerd Wolters die zwei Morde begangen und sich dann selbst gerichtet. Wir haben sein Geständnis und die Tatwaffe. Damit ist der Fall gelöst und wir können alle weiteren Ermittlungen einstellen. Ich werde für den heutigen Nachmittag eine Pressekonferenz einberufen und das Ergebnis unserer Untersuchungen offiziell bekannt geben."

Peter, der immer wieder auf die Fotos starrte und den ganzen Morgen noch nicht viel gesagt hatte, räusperte sich und schaute Lütjens direkt an, als er mit seiner Sicht der Dinge begann.

„Ja, sieht alles danach aus, als wenn wir unseren Täter hätten, aber irgendetwas stimmt dabei nicht, ich weiß nur nicht was. Warum ist Wolters aufs Meer gefahren und hat sich dort erschossen? Er hätte es doch genauso gut in seinem Haus machen können. Warum nimmt er noch seinen Laptop mit aufs Boot, wenn er sich erschießen will, und warum zündet er obendrein auch noch sein Boot an? Ich habe da ein komisches Gefühl und es passt für mich alles nicht so richtig zusammen."

Das war das sogenannte rote Tuch für Polizeirat Ewald Theesen und er hielt jetzt Peter vorwurfsvoll entgegen: „Was Sie immer haben, Hauptkommissar Streib, was wollen Sie denn noch? Wir haben ein schriftliches Geständnis mit der Unterschrift von Gerd Wolters, in dem er die Morde gesteht; langt Ihnen das immer noch nicht? Für mich ist der Fall damit klar und geklärt. Ich schließe mich Polizeidirektor Lütjens an und wir sollten es der Presse mitteilen und den Fall damit abschließen."

„Es ist Ihre Entscheidung, aber ich bin nicht ganz so überzeugt wie Sie und würde lieber noch abwarten, ob die Obduktion von Gerd Wolters' Leichnam und die Untersuchung der Waffe oder des Laptops noch etwas bringen", antwortete Peter und schaute dabei Lena an.

Lena hatte die ganze Zeit geschwiegen, aber wusste als die zuständige Oberstaatsanwältin für den Fall, dass es jetzt allein ihre Entscheidung war, weiterzuermitteln oder den Fall offiziell abzuschließen.

Sie überlegte kurz und teilte den Anwesenden ihre salomonische Entscheidung mit: „Meine Herren, Streiten bringt hier nichts und wir werden auf jeden Fall heute im Laufe des Nachmittags eine Pressekonferenz abhalten, und wir werden die Öffentlichkeit vom Stand der Untersuchungen unterrichten. Bis dahin werden wir auch hoffentlich schon den Obduktionsbericht vom Gerichtsmediziner Schmitz haben und eventuell auch schon erste Informationen vom KTI in Hannover.
Den Fall werden wir aber erst offiziell und endgültig abschließen, wenn die Untersuchungen des KTI keine weiteren brauchbaren Spuren mehr ergeben.
Ich bedanke mich, und das ist alles, meine Damen und Herren."

Damit beendete Lena die Besprechung und alle Beteiligten machten sich auf den Weg zurück in ihre Büros.
Bevor Peter das Besprechungszimmer verließ, hielt Lena ihn zurück und entschuldigte sich bei ihm.

„Es tut mir leid, Peter, mehr kann ich für dich nicht tun, die Beweislage ist einfach zu erdrückend. Wir können nur hoffen, dass das KTI etwas findet, was dein Gefühl untermauert, ansonsten sind mir die Hände gebunden und ich muss den Fall abschließen."

„Ist schon gut, Lena, ihr habt ja alle recht, so wie es sich darstellt, ist der Fall glasklar und Gerd Wolters der Mörder. Wie gesagt, ich habe da ja auch nur so ein komisches Gefühl, und das sagt mir, irgendwas ist faul an dieser Selbstmordtheorie."

Peter wirkte abwesend, als er das sagte, er war mit seinen Gedanken irgendwo anders. Plötzlich aber hellte sich sein Gesichtsausdruck auf und er lächelte Lena mit seinen blauen Augen an.

„Ganz was anderes, sehen wir uns heute Abend?"

Lena gab ihm einen Knuff in die Seite und antwortete: „Ich dachte schon, du fragst gar nicht mehr, und war schwer am Überlegen, ob ich dich aus meinem Adressbuch streichen sollte. Natürlich sehen wir uns, lass uns etwas Schönes zusammen kochen und uns dann einen gemütlichen Abend vorm Fernseher verbringen, was hältst du davon?"

Als Antwort lachte er, nahm sie in den Arm und küsste sie. Peter strich ihr zärtlich durch die Haare und fügte noch hinzu, bevor er das Zimmer verließ: „Ich kann mir nichts Schöneres vorstellen. Ich besorge dann später die Zutaten für unser Dinner und eine gute Flasche Wein."

„Na, da bin ich ja mal gespannt und lass mich überraschen, was unser Chefkoch fürs Galadinner plant. Ich bin jetzt schon hungrig und kann es kaum abwarten!", rief ihm Lena noch im Flur hinterher.

Anja wartete schon ungeduldig im Büro, und als Peter eintrat, überfiel sie ihn gleich mit den Worten: „Du hast recht, Peter, ich glaube auch nicht, dass Gerd Wolters sich selbst umgebracht hat und der Mörder ist. Dass er Dreck am Stecken hat, ja, aber wie wir den gestern vernommen haben, hat er auf mich nicht wie ein eiskalter Mörder gewirkt. Das war nicht gespielt. Als du ihn darauf angesprochen hast, war der ehrlich entrüstet, dass du ihn des Mordes verdächtigst. Was machen wir jetzt?"

Peter grinste Anja nur breit an, ging zu seinem Schreibtisch, griff zum Telefonhörer und wählte eine Nummer.
„Hallo, könnte ich bitte mit Martin Weinert sprechen? Ja, richtig, der Weinert aus der Computerabteilung."
Peter zwinkerte Anja zu und forderte sie auf, sich den zweiten Hörer zu greifen, was sie auch sofort in die Tat umsetzte, während er darauf wartete, durchgestellt zu werden.

Anja nahm sich einen Notizblock und einen Kuli und hörte aufmerksam Peters Gespräch zu.

„Hallo Martin, ich bin es, Peter. Ja, mir gehts gut, ich hoffe, dir auch. Du, Martin, ich habe da ein Problem und ich hoffe, du kannst mir weiterhelfen. Habt ihr schon den verbrannten Laptop aus Emden bekommen? Ja, du hast ihn schon vor dir auf dem Tisch, ist ja großartig. Denkst du, dass du noch etwas auf der Festplatte finden kannst? Es ist enorm wichtig und kann unseren Fall hier entscheidend beeinflussen.
Was, das Gehäuse ist total verbrannt, auch die Platine der Sata-Festplatte ist verschmort? Scheiße, wie, was meinst du damit, dass du eventuell durch den Tausch der Steuerelektronik … und du musst damit in den Reinraum? Okay, du rufst mich später wieder an. Bitte versuche alles, was in deiner Macht steht. Ja, verstehe, natürlich, du bist der Beste, bis später dann."

Damit war das Gespräch beendet. Sie legten auf und Peter sagte: „Okay, Anja, du hast ja gehört, was mein alter Freund Martin gesagt hat. Hoffentlich ist was zu retten. Ansonsten war's das, und jetzt können wir nichts anderes mehr machen als abwarten und Tee trinken. Wie sieht es aus, kommst du mit zu Klaus ins Krankenhaus? Der Gute weiß noch gar nicht, was alles in der letzten Nacht passiert ist, und es wird Zeit, dass wir ihn aufklären."

Der Besuch bei Klaus Marquart im Krankenhaus war eine willkommene Ablenkung für Peter und Anja. Klaus freute sich riesig, die beiden zu sehen. Als sie ihm von dem angeblichen Selbstmord und Geständnis von Wolters berichteten, verdüsterte sich sein Gesicht. Er schaute die beiden an und sagte mit ernster Miene: „Ihr wollt mich wohl verarschen, oder? Das macht doch keiner, mit dem Boot aufs Meer fahren, dieses dann in Brand zu stecken und sich vorher noch zu erschießen."

„Siehst du, Klaus, genau unser Reden, aber die Oberen glauben die Story und die Beweislage spricht leider dafür", erwiderte Anja.

„So ein Quatsch, und was macht ihr jetzt dagegen, wenn die den Fall damit abschließen wollen?"

„So weit ist es ja Gott sei Dank noch nicht und Lena Holtmann hat uns etwas Luft verschafft, bis die Forensik abgeschlossen ist. Aber wenn die nichts Neues ergibt, war's das", kam es von Peter.

Die Pressekonferenz am Nachmittag verlief unter großer Anteilnahme der lokalen und regionalen Presse und Medien.

Emden war bundesweit in den Mittelpunkt des öffentlichen Geschehens gerückt und die Morde hatten ein großes Interesse in der Bevölkerung geweckt.

Es war ein Riesenspektakel, neben den lokalen und Boulevardzeitungen waren sogar verschiedene Fernsehsender zur Stelle, und zwar gleich mit mehreren Reportern.

Es hagelte ein Blitzlichtgewitter auf das Podium ein, wo Polizeidirektor Lütjens, Polizeirat Theesen und Oberstaatsanwältin Lena Holtmann den Reportern gegenüber ihre Stellungnahmen abgaben.

Der vermutliche Selbstmord von Gerd Wolters und die Umstände der letzten Nacht wurden unter dem Vorbehalt, dass die endgültigen Ermittlungen noch nicht ganz abgeschlossen waren, bekannt gegeben. Es wurde der Presse auch mitgeteilt, dass es Verdachtsmomente gab. Gerd Wolters könnte verantwortlich für die Morde an Enno Folkerts und Heinrich Klaasen sein, aber auch hier bedurfte es noch einer weiteren Klärung.

Das Geständnis wurde nicht erwähnt und mit der Begründung, dass es sich immer noch um ein laufendes Verfahren handele, wurden keine weiteren Fragen zugelassen.

Die Enttäuschung der Presse und der Medien war groß, sie hatten sich deutlich mehr erhofft als diese kurzen Statements der Staatsanwaltschaft und der Polizei.

Oberstaatsanwältin Lena Holtmann aber blieb standhaft, blockte jegliche Fragen zum Fall immer wieder ab und beendete die Pressekonferenz in kürzester Zeit.

Peter, der sich im Hintergrund gehalten hatte, war stolz auf Lena und wie souverän sie die Lage gemeistert hatte. Er verabschiedete sich von Anja, verließ das Revier, um seine Einkäufe zu tätigen, und freute sich auf den bevorstehenden Abend mit Lena.

Kapitel XXXV

Lena kam zwei Stunden vor der verabredeten Zeit zu Peter, und kaum war sie durch die Tür, waren sie auch schon beide übereinander hergefallen und hatten sich als Erstes leidenschaftlich geliebt.

Danach duschten sie ausgiebig und Peter wollte wieder von vorn anfangen, aber Lena schmiss ihn aus dem Bad und schickte Peter mit der Begründung, sie sei sehr hungrig, zum Kochen.

Bevor Peter in der Küche verschwand, hatte er eine Flasche Rotwein, einen 1988 Chateau Margaux, geöffnet und jedem ein Glas eingeschenkt. Zum Kochen brauchte Peter immer Musik. Er empfand, das Essen schmeckte anschließend besser, wenn es mit Musik zubereitet wurde. Also kramte er in seiner CD-Sammlung, legte ein paar neue CDs in den Wechsler ein und machte sich ans Werk.

Anderthalb Stunden später, als Peter den Ofen in seiner Küche öffnete, zog der Duft einer gebratenen Lammkeule, von Rosmarin und Thymian durch den Raum.

Lena kam, von dem leckeren Aroma wie magisch angezogen, mit ihrem Rotweinglas, trotz Verbots, die Küche zu betreten, heimlich herein und schenkte sich noch etwas Wein nach.

Sie beäugte den Ofen und dessen Inhalt mit gierigen Augen und sagte:

„Na, Monsieur Bocuse, wie geht's voran mit unserem Dinner? Ich bin hungrig wie ein Bär."

Peter, der sie nicht hatte kommen hören, drehte sich erschrocken um und musste lachen. Lena sah zu lustig aus, sie trug eine viel zu weite Jogginghose von ihm, eins seiner T-Shirts, das ihr auch mindestens fünf Nummern zu groß war, ihre Haare waren ungekämmt und immer noch feucht vom Duschen.

„Gleich fertig, Liebling, noch fünfzehn Minuten, du kannst schon mal den Tisch decken und die Musik bitte etwas lauter machen. Ich liebe diesen Song „Make it Rain" von Ed Sheeran. Das Lied habe ich zuerst in der TV-Serie „Sons of Anarchy" gehört und ist mir danach wochenlang nicht mehr aus dem Kopf gegangen. Gefällt dir die Musik, Lena? Ich hoffe, es gefällt dir auch, Lena."

„Ja, ein toller Song, ich habe die Serie auch gesehen, es war ziemlich hart am Ende, aber es musste wohl irgendwie so kommen", antwortete ihm Lena. „Ich hätte nie gedacht, dass die Serie so blutig enden würde. Tja, wer Gewalt sät, kommt darin um.
Apropos Gangster, wie sieht's aus mit unserem Fall? Hast du etwas vom KTI Hannover gehört?" Sie nahm ein paar Teller aus dem Schrank und ging rüber ins Esszimmer, um den Tisch zu decken.
Peter entnahm dem Ofen die Lammkeule und brachte sie zusammen mit einer Schüssel Reis und Gemüse zum Esstisch.

Peter zündete ein paar Kerzen an und holte sein Weinglas noch aus der Küche, bevor er Lena antwortete: „Nein, leider immer noch nichts, aber mein Buddy Martin ist dran, und wenn einer überhaupt etwas finden kann, ist er es. Ich kann mir immer noch nicht vorstellen, dass Wolters sich selber umgebracht hat. Der war einfach nicht der Typ dafür. Nicht dass er ein Unschuldsengel war, aber Selbstmord? Ich weiß nicht."

„Komm, grübel nicht weiter, lass uns essen und den Fall für eine Weile vergessen. Du musst bei Kräften bleiben, es gibt noch Wichtigeres im Leben." Lena lächelte ihn an und gab ihm dabei einen lasziven Augenaufschlag, der mehr versprach, als tausend Worte hätten ausdrücken können.

Die Lammkeule war Peter zur Perfektion gelungen und Lena verschlang ihr Essen, als ob sie drei Wochen keine richtige Mahlzeit mehr zu sich genommen hätte. Sie wischte sich gerade mit der Serviette den

Mund ab, als Peters Handy kurz piepte und ihm anzeigte, dass eine SMS eingegangen war.

Er las die SMS und ging dann rüber zu seinem Computer. Nachdem er ihn hochgeladen hatte, war auf dem Screen folgende E-Mail zu lesen:

Lieber Peter,

ich hoffe du, hast einen schönen Abend und amüsierst dich gut, während ich noch hier in meinem Reinraum sitze und für dich schufte. Spaß beiseite, das Ding hat mir ganz schön Arbeit bereitet. Erst habe ich die Platine ersetzt, um die Festplatte wieder ansprechbar zu machen, aber in diesem Fall hatte die Hitze offensichtlich noch mehr zerstört. Dann habe ich im Reinraumlabor gesehen, dass die Schreib- und Leseköpfe sowie magnetischen Scheiben beschädigt waren. Letztere zeigten eine bläuliche Verfärbung und die habe ich dann einem speziellen Reinigungsverfahren unterzogen. Es war ein Glücksfall, dass mit den ursprünglichen Schreib- und Leseköpfen weitergearbeitet werden konnte. Nachdem ich alles penibel gereinigt und wieder montiert hatte, konnte ich die Festplatte wieder in eine sogenannte Ready-Condition versetzen, das heißt, sie war wieder so weit hergestellt, dass sie ansprechbar war und eine Chance bestand, wenigstens noch einmal Daten zu lesen. Danach habe ich die Daten auf hexadezimaler Ebene sektorenweise kopiert und damit das exakte Spiegelbild der alten Festplatte erhalten. Ich habe dir einen Zugang zu den Daten geschaffen und dir das Passwort zum Einloggen in unseren Server angehängt. Es waren einige Dateien kurz vorher gelöscht worden, aber auch die habe ich wieder zum Vorschein gebracht, und die werden dich bestimmt am meisten interessieren.
Emden-Laptop/405/1231/Streib

Alles Gute,
Martin

Nachdem Peter die E-Mail gelesen hatte, rief er Lena zu: „Ich habe es ja schon immer gesagt, Martin ist einfach der Größte, ein absoluter Künstler am Computer. Jetzt werden wir gleich wissen, was es wirklich mit dem Selbstmord von Wolters auf sich hat."

Lena, neugierig geworden, kam rüber zu Peter an den Monitor, las die Mail auch und kommentierte mit einem anerkennenden Tonfall: „Wow, ich wusste gar nicht, dass so etwas möglich ist, der Laptop war doch total verschmort."

Peter wählte sich in den Server des KTI in Hannover ein und loggte sich mit dem designierten Passwort in den Computer ein.
    Er klickte die gelöschten und wieder sichtbar gemachten Files an und auf dem Bildschirm erschienen vier Fotos, die Enno Folkerts und Benjamin Klaasen in aller Deutlichkeit zeigten. Das Interessante an den Fotos war die Handlung der abgelichteten Personen.
    Auf dem ersten Foto konnte man genau sehen, wie Benjamin Klaasen Enno Folkerts ein Kuvert mit Inhalt übergab. Auf dem zweiten Foto sah man, wie Folkerts dann Geld aus dem Kuvert nahm, auf dem dritten, wie er es zählte, und auf dem letzten, wie er die Banknoten in seiner Jackentasche verschwinden ließ.

„Also doch! Ein ganz klarer Fall von Bestechung, und ich würde mal behaupten, eindeutig dokumentiert. Das bricht Benjamin Klaasen das Genick, damit kann er das Hieve-Projekt abhaken und ist geschäftlich ein für alle Mal ruiniert. Lass uns mal sehen, was wir sonst noch in den Files finden."

Er klickte einen weiteren File der gelöschten und von Martin wieder sichtbar gemachten Dateien an. Es war diesmal kein Bild, sondern ein Word-Dokument und als er anfing zu lesen, pfiff er hörbar durch die Zähne.

Lena, die sich einen Stuhl geholt hatte und seitlich neben Peter saß, schaute auf den Bildschirm und las das Dokument leise mit. Ihre Augen wurden immer größer, als sie sich der weittragenden Bedeutung des Textes bewusst wurde.

Sie sagte zu Peter: „Das ändert alles und du hast recht gehabt mit deiner Vermutung, dass mit Wolters Selbstmord etwas nicht stimmt. Wolters hat Benjamin Klaasen mit den Fotos erpresst und an seinem Todestag hatte die geplante Geldübergabe stattfinden sollen. Klaasen hat Wolters umgebracht, weil er nicht zahlen wollte, und dann alles wie ein Selbstmord aussehen lassen. Das bedeutet aber gleichzeitig, dass Klaasen auch die Morde an Enno Folkerts, seinem Vater, und, falls der Absturz des Flugzeugs kein Unfall gewesen war, auch an seiner Frau begangen hat."

Peter sagte erst einmal nichts zu Lenas Worten, stand auf, nahm die Flasche Rotwein vom Tisch und schenkte beiden nach. Lena schaute ihn fragend an und wartete darauf, dass Peter sich endlich äußern würde. Er zog seine Stirn in Falten, wie er es immer tat, wenn ihn etwas schwer beschäftigte, und legte seine Sicht der Dinge dar.

„Nehmen wir einmal an, du hast recht mit dem, dass Benjamin Klaasen der Mörder ist, was ich übrigens auch stark annehme. Das heißt, es stellt sich für uns jetzt die entscheidende Frage: Wie können wir es ihm beweisen? Wir haben nichts, was in irgendeiner Weise eindeutig beweist, dass Benjamin Klaasen jeweils zum Tatzeitpunkt an den verschiedenen Tatorten war.
Und vergiss dabei auch nicht, Lena, seine Frau hat ihm das perfekte Alibi für die Morde an Folkerts und Klaasen senior geliefert. Sie kann es nicht mehr widerrufen und musste, nehme ich an, genau deswegen sterben. Wie wir heute schon wissen können, die Untersuchungen des Flugzeugunglücks noch viele Monate andauern und werden eventuell nie zu etwas führen, was nachweisbar auf einen Mord schließen lässt.

Alles, was wir gegen Benjamin Klaasen in der Hand haben, ist, dass wir ihm beweisen können, dass Gerd Wolters ihn erpresst hat, und das macht ihn leider sogar zum Opfer und noch lange nicht zum Täter.

Gerd Wolters dagegen hat ein Geständnis hinterlassen, die Tatwaffe ist auf seinem Boot gefunden worden, er hatte kein Alibi, ein Motiv und war zu alledem auch noch ein Erpresser.

Wir brauchen handfeste Beweise und die haben wir leider nicht."

Lena musste Peters Ausführungen und seiner Sicht der Dinge leider recht geben. Sie realisierte genauso wie er die Unerträglichkeit der fast ausweglosen Situation.

„Wenn alles so war und ist, wie wir annehmen, dann kommt Benjamin Klaasen mit vierfachem Mord davon. Er kann dann weiterhin sein Luxusleben mit seinen vielen Immobilien, dem Flugzeug, viel Geld und den ganzen teuren Luxusautos in aller Ruhe bis ans Ende seiner Tage genießen."

Bei dem Wort Luxusautos kam Peter eine Idee und er erinnerte sich an die Aussage vom ersten Mordfall an Enno Folkerts, wo ein Anwohner einen dunklen SUV kurz vor Marienwehr gesehen hatte. Er erinnerte sich außerdem an Donnerstagnacht, die Nacht, in der Wolters sterben musste und in der Lena und er auch einen dunklen SUV auf der Hievestraße, kurz bevor sie die Brücke über das Treckfahrttief überquerten, mit hoher Geschindigkeit vorbeifahren gesehen hatten.

Er griff zu seinem Handy und wählte Anjas Nummer.

„Ich habe da eine Idee, und wer weiß, vielleicht haben wir ja Glück", sagte er zu Lena, bevor er mit Anja verbunden war.

Kapitel XXXVI

Samstag, der 16. Mai

Am nächsten Morgen wachte Peter früh auf und war sofort sehr guter Dinge. Nachdem Peter Anja letzte Nacht noch angerufen hatte, diskutierten Lena und er die Idee und unternahmen noch einige Recherchen im Internet. Anja war von Peter angehalten worden, heute Morgen eine Überprüfung durchzuführen. Hoffentlich hatte Peter recht mit seiner Vermutung, es hing einiges davon ab.

Den Abend hatten sie dann noch mit einem Film in Fernsehen ausklingen lassen. Ausgelaugt und müde von den Strapazen der Vortage waren sie relativ früh zu Bett gegangen, und nachdem sie sich noch einmal geliebt hatten, waren sie auch sofort eingeschlafen.

Peter lief kurz runter zum Bäcker, kaufte frische Brötchen, eine Emder Zeitung und saß danach mit Lena beim gemeinsamen Frühstück. Sie lasen den ausführlichen Bericht über die Pressekonferenz zu den Mordfällen und die Spekulationen über den angeblichen Selbstmord von Gerd Wolters.

Lena, immer noch in einen Bademantel von Peter gehüllt, reckte und streckte sich am Tisch mit einem lauten Gähnen. Sie legte ihren Teil der Zeitung zur Seite und sah Peter freudig an.

„Na, das wird vielleicht ein Aufsehen erregen, wenn du recht behältst und wir Klaasen als vierfachen Mörder verhaften können. Ich bin schon ganz gespannt auf die dummen Gesichter von Lütjens und Theesen. Wann willst du zu Klaasen fahren und ihn mit unserem Wissen konfrontieren?"

Peter lachte über Lenas Ungeduld, las ruhig weiter seine Zeitung und antwortete ihr mit einer tiefen Gelassenheit: „Nun mal langsam mit den jungen Pferden, noch wissen wir nicht, ob wir ihn kriegen, aber wenn, dann gibt das tatsächlich einen ganz schönen Knall. Lass uns erst mal in Ruhe zu Ende frühstücken, Klaasen läuft uns nicht davon und Anja wird für die Informationen, wenn sie denn erhältlich sind, etwas Zeit benötigen. Sie hat mir aber versprochen, sie ruft an, sobald sie etwas Näheres weiß."

Nach dem ausgiebigen Frühstück und nachdem sie sich ein weiteres mal leidenschaftlich geliebt hatten, duschten Peter und Lena in aller Ruhe.
Lena bestand darauf, mit zu Benjamin Klaasen zu fahren, sie wollte unbedingt dabei sein, wenn Peter ihn überführen und verhaften würde.

Es war wieder ein wunderbar sonniger Tag im Mai. Es war zwar noch etwas kühl am Morgen, aber die Sonne ließ ihre volle Kraft schon ahnen und wärmte Peters Gesicht. Er hatte vor wenigen Minuten den erwarteten Anruf von Anja bekommen und sie hatten verabredet, sich in einer Viertelstunde vor Benjamin Klaasens Haus zu treffen.
Peter faltete das Verdeck seines Triumph Stag zurück, zündete sich noch eine Zigarette an und wartete auf Lena, die schnell noch mal zu Peters Wohnung zurückgelaufen war, weil sie ihr Handy vergessen hatte.
Auf der kurzen Fahrt zu Klaasens Haus besprachen sie noch einmal ausführlich das Vorgehen und auf welche Weise sie Benjamin Klaasen mit ihren Informationen konfrontieren wollten. Der Schlachtplan war fertig und das Gefecht konnte beginnen. Vor dem Haus von Klaasen angekommen, wartete Anja schon mit einem breiten, befriedigten Grinsen im Gesicht neben ihrem Wagen und hielt ein paar Computerauszüge in der Hand.

„Du hast den Nagel auf den Kopf getroffen, Chef, wir haben die Beweise und können das Schwein jetzt verhaften."

Peter nahm die bedruckten Blätter aus Anjas Hand und studierte diese, bevor er sie an Lena weiterreichte. Danach sah er Anja und Lena an und instruierte sie, nichts zu sagen und ihn das Gespräch führen zu lassen.

Anja und Lena nickten kurz und zu dritt gingen sie gemeinsam zu Klaasens Haustür. Peter drückte den Klingelknopf.

Nach mehrmaligem Klingeln öffnete ihnen endlich ein verwundert dreinblickender Benjamin Klaasen die Tür.

„Herr Kommissar, guten Morgen, was bringt Sie und die Damen zu so früher Stunde zu mir? Ich dachte, der Fall sei bereits abgeschlossen, so steht es zumindest heute in der Zeitung."

Peter wartete nicht auf eine Einladung, ins Haus zu kommen, sondern ging einfach, dicht gefolgt von Lena und Anja, ins Wohnzimmer, und ein jetzt noch verdutzterer Benjamin Klaasen folgte ihnen.

„Herr Klaasen", begann Peter, „wir haben erdrückende und eindeutige Beweise gefunden, dass Gerd Wolters Sie wegen Ihrer Bestechung von Stadtbaurat Enno Folkerts erpresst hat."

Benjamin Klaasen wurde leichenblass und stotterte: „Wie, was für Beweise? Das kann gar nicht sein, ich habe doch…", und damit beendete er seine Antwort abrupt.

Und Peter setzte seinen Satz fort: „Ja, was haben Sie, die Beweise von seinem Computer gelöscht, wollten Sie sagen?"

„Nein, wie kommen Sie denn darauf, mir so etwas zu unterstellen? Das wollte ich überhaupt nicht damit sagen, ich wollte sagen, ich habe doch Enno Folkerts gar nicht erpresst", erwiderte Benjamin Klaasen, jetzt, nachdem er den ersten Schock verdaut hatte, wesentlich selbstsicherer geworden.

„Dann erklären Sie mir bitte, was diese Fotos und dieser Erpresserbrief auf Wolters Laptop zu bedeuten haben", konterte Peter geschickt und hielt ihm die ausgedruckten Kopien der Bilder und des Word-Dokuments unter die Nase.

Benjamin Klaasen wusste, dass er aus dieser Nummer nicht mehr ganz so einfach rauskommen würde, und überlegte fieberhaft eine Antwort. Um Zeit zu gewinnen, ging er zu seiner Hausbar, und trotz des frühen Morgens nahm er sich ein leeres Glas und schenkte sich mit zittrigen Händen einen Whisky ein. Er trank das Glas in einem Zug aus und setzte sich in einen der Clubsessel, nachdem er das Glas nochmals zwei Fingerbreit vollgeschenkt hatte.

„Okay, Herr Kommissar, ich gebe zu, von einem Unbekannten erpresst worden zu sein, aber ich wusste nicht, bis Sie es mir jetzt erzählt haben, dass es Gerd Wolters gewesen war.
Da ich mir aber keiner Schuld bewusst bin, habe ich die Erpressung einfach ignoriert und nicht gezahlt.
Die Fotos beweisen gar nichts und erst recht keine Erpressung. Enno Folkerts hat an dem Tag mit seinem Gewinn im Kasino geprahlt, und als ich das in Frage stellte, hatte er mir das Kuvert mit dem Geld gezeigt und ich habe es ihm dann wieder zurückgereicht."

Peter war nicht verwundert, hatte schon mit einer ähnlichen Erklärung gerechnet und dachte sich, dass Benjamin Klaasen wirklich ein sehr cleverer Typ war, aalglatt und sehr plausibel. Er registrierte jedoch, dass Klaasen während seiner Erklärung sich andauernd seine linke Hand hielt und ab und zu mit einem schmerzverzogenen Gesichtsausdruck dreinblickte. Dann sah er das Pflaster auf dem Handrücken genau zwischen Daumen und Zeigefinger, das ihm vorher nicht aufgefallen war, und er hatte eine Vermutung, woher die Verletzung stammte.

„Darf ich mal sehen, Herr Klaasen?", fragte Peter und griff gleichzeitig nach der verletzten Hand Klaasens.

Bevor Klaasen protestieren konnte, zog Peter das Pflaster ab und zum Vorschein kam ein runder Bluterguss von der ungefähren Größe eines Ein-Euro-Stücks.

„Respekt, Herr Klaasen, sie wären fast mit vier Morden davongekommen. Aber wie alle Mörder, die sich für unheimlich schlau und unfehlbar hielten, haben auch Sie Fehler gemacht. Sie haben nicht nur einen Fehler, sondern sogar gleich zwei gemacht. Ihr erster Fehler war, Sie haben nicht bedacht, dass alle ihre teuren Autos von Ihrem Händler mit einem GPS-Tracking-System ausgestattet worden sind. Wir haben uns erlaubt, die Fahrten aller ihrer Wagen von letzter Woche zu tracken, und dabei festgestellt, dass Ihr Range Rover sich jedes Mal genau zum jeweiligen Zeitpunkt der Morde in nicht mehr als hundert Metern Entfernung von den Tatorten befand.

Den zweiten Fehler tragen Sie an der linken Hand. Dieser Bluterguss stammt mit eindeutiger Sicherheit vom Außenbordmotor von Gerd Wolters' Boot. Ich habe mit meinen eigenen Augen gesehen, wie Gerd Wolters vor einigen Tagen sich beim Herunterlassen des Bootsmotors ins Wasser genau an der gleichen Stelle der Hand und in exakt der gleichen Form verletzt hat. Ich bin davon überzeugt, wir werden Ihre DNA-Spuren noch an dem Motorhebel finden, da der Motor beim Brand des Bootes fast verschont geblieben ist."

Benjamin Klaasen wusste jetzt, er hatte verspielt und es gab keinen Ausweg mehr. Er schaute verstört auf den Bluterguss an seiner linken Hand und murmelte nur unverständlich etwas von Siegfrieds Lindenblatt.

„Benjamin Klaasen, ich verhafte sie hiermit wegen dreifachen Mordes an Enno Folkerts, Heinrich Klaasen und Gerd Wolters. Und was genau mit Ihrer Frau passiert ist, werden wir auch noch herausbekommen."

Peter führte Benjamin Klaasen zur Ausgangstür, wo schon uniformierte Beamte ihn in Empfang nahmen und abführten.

Epilog

Anja und Peter saßen am Krankenbett von Klaus Marquart und alle lachten gemeinsam über den neuen Spitznamen, den die Kollegen für Klaus erfunden hatten.

Im Revier nannten sie Klaus nur noch "Shooter", und Peter hatte vom Kriminaldirektor Johann Lütjens die gute Nachricht erfahren, dass Klaus für eine Auszeichnung vom Innenministerium vorgeschlagen worden war.

Sie erzählten Klaus alle Einzelheiten über die Verhaftung von Benjamin Klaasen und dass der jetzt in Untersuchungshaft in Aurich saß.

Benjamin Klaasen hatte alle Morde gestanden, auch die Manipulation an dem Flugzeug seiner Frau. Er hatte gesagt, es komme sowieso nicht mehr darauf an, ein Mord mehr oder weniger.

Eine neue Pressekonferenz war einberufen worden und man hatte das endgültige Ergebnis der Untersuchungen der Öffentlichkeit mitgeteilt.

Es ging ein gewaltiger Aufschrei durch die Medien und noch wochenlang später berichtete die Presse von den „Hieve-Morden", wie sie jetzt genannt wurden.

Danach war endlich wieder Ruhe in Emden eingekehrt und das Projekt an der Hieve, bis die neuen Eigentümer der Firma Klaasen sich zu einem Entschluss durchgerungen hatten, vorläufig geplatzt.

Die Meerbewohner konnten erst einmal wieder aufatmen und ungestört ihren alten Gewohnheiten nachkommen.

Für Peter und Lena begann eine herrliche Zeit, mit vielen schönen Tagen und Nächten, aber neue düstere Wolken taten sich bereits wieder an Ostfrieslands Himmel auf.

Anmerkung des Autors:

MordFriesland

Eine neue Kriminalromanserie, die in der Heimat des Autors – Emden, Ostfriesland – ihren Handlungsrahmen hat. Neben spannenden Mordfällen schreibt er in seinen Büchern immer wieder Wissenswertes über Geschichte und Kultur Ostfrieslands. Aktuelle Themen der Stadt, kritisch recherchiert, dienen als Grundlage für seine Mordgeschichten.

Mord Hieve

Der erste Kriminalroman der neuen Serie **MordFriesland**.
Der Plan einer neuen Feriensiedlung am Kleinen Meer sowie unterschiedliche Lager von Befürwortern und Gegnern des Projekts führen zu einer Reihe rätselhafter Morde in der sonst so ruhigen Stadt Emden an der Ems. Kommissar Peter Streib und sein Team haben alle Hände voll zu tun, den Mörder zu fassen. Ein digitaler Luxus und eine fehlerhafte Mechanik verhelfen den Kriminalisten am Ende doch noch zur Überführung des Täters.

Mord Gülle

Der zweite Roman aus der Serie **MordFriesland**.
Das Team um Kommissar Streib muss diesmal die skurrilen Morde an ostfriesischen Bauern aufklären. Die zum Himmel stinkende Spur führt sie in die Abgründe des Missbrauchs illegaler Gülle aus Holland. Die zunehmende Umweltbelastung unserer Gewässer durch Übergüllung der Felder ist ein aktuelles, brisantes Thema in

Deutschland, das der Autor für seinen neusten Krimi als Anlass genommen hat.

Asien mit Anzug und Krawatte

Was man während Geschäftsreisen in Asien beachten sollte und was trotzdem noch so alles passieren kann.

Auch Geschäftsreisen sind Reisen in fremde Länder. Und wer glaubt, man könne hier weltweit ähnliche Abläufe erwarten, wird schnell eines Besseren belehrt. Zudem weiß man, dass Verhandlungen oft genug scheitern wegen angeblich „weicher" Faktoren wie Unkenntnis des Verhaltens und des kulturellen Hintergrundes, was schon bei der Begrüßung beginnt.

Rolf Zeiler reiste fünfundzwanzig Jahre lang geschäftlich durch Asien. Durch seinen Reiseführer werden Geschäftsreisende fokussiert über alles für sie Wichtige in vierundzwanzig asiatischen Ländern unterrichtet: von der Ankunft am Flughafen (Shuttle, U-Bahn oder Taxi) über die Mobilität im Landesinneren bis hin zu günstiger Kommunikation (Handy, Internet) und Geldverkehr (Bankautomaten, Kreditkarten).

Unsichtbare Faktoren, die ein Meeting in Asien bestimmen, wie gesellschaftlich erlernte Hierarchie, Gestik, Blickkontakt und Smalltalk kommen hier ebenso zur Sprache wie die Wichtigkeit des Schweigens bei Verhandlungen und der richtige Umgang damit. Und besonders zur Sprache kommen die kleinen, oftmals entscheidenden Unterschiede bei den gegenseitigen Erwartungen, den Verhandlungen und – nicht zuletzt – der informellen Zeit danach, in der durchaus Fallstricke lauern können. Dazu wird über die jeweiligen Visabestimmungen und Gesundheitssysteme informiert und jedes Land wird prägnant mit seinen wirtschaftlichen Rahmendaten und Erfolgsaussichten vorgestellt. Ein kenntnisreicher und leidenschaftlicher Exkurs über die kulinarischen Erlebnisse, die den Reisenden erwarten, rundet den Ratgeber ab.

Genau zugeschnitten auf das, was der Geschäftsreisende wissen muss, wird durch dieses Buch erlernbar, wie man sich in der asiatischen Geschäftswelt bewegen muss. Damit liegt ein kompakter Leitfaden vor, der einem sicher den Weg weist durch einen immer noch fremden Kontinent.

https://www.**bod**.de/buch/-/asia-with-suit.../9783732274178.html

https://www.**amazon**.de/**Asien-mit-Anzug-Krawatte**.../3848247623

Asia With Suit And Tie

What you should be aware of a business trip in Asia because anything can happen.

An essential guide for the serious business traveller who wants to do serious business in Asia. From avoiding cultural faux pas to the fastest way from the airport to your hotel; from recognising the intrinsic negotiation style of a country's businessman to handling their objections and closing deals. These great tips will ensure your success in Asia.

Twenty-four countries are individually covered in this extensive guide so you can apply them to the country you are visiting. Unspoken body language, social hierarchy and religious expectations rule Asia's meetings and negotiations. Expect pitfalls when you think there are none. Expect agreements to be non-agreement in twenty-four hours. The guide prepares you for such surprises and shows you how to move and fit seamlessly into the Asia business world.

Asia is about loose legalities and law. Learn to tread them safely. Asia is also about exotic and strange cuisines, learn what they are, and most importantly, learn not to get sick. Have Visa will take you to some countries, know which are the ones where cash is king.

Compact, succinct with several amusing anecdotes, this compact guide will help you safely journey through the business minefields of Asia.

About the author:

Rolf Zeiler lived, worked and travelled in the Asia Pacific region for twenty-five years, based in Singapore. During this period, he had set up several companies in Asia for German firms. Before retiring in 2011, he was Vice-Chairman, Asia Pacific for technotrans AG. During his business stints in Asia, he often wished he had help from a useful business travel and negotiation guidebook that could have shortened the learning pains for any Asia business traveller. This book is a realisation of that wish and a wish to help others.

https://www.**bod**.de/.../-/asia-with-suit-and-tie/9783732274178.html

https://www.**amazon**.com/**Asia-suit-tie**-Rolf-Zeiler/dp/3732274179

Kopf hoch, Herbert, wenn der Hals auch dreckig ist!
Stationen eines ungewöhnlichen Lebens

Der Lebensweg eines Mannes, der seine Kindheit in der Weimarer Republik in deutschen Waisenheimen erlebte, seine Jugend bei Bauern in Knechtschaft verbrachte und als junger Soldat an den Fronten in Russland und Afrika kämpfte.

Eine Odyssee durch die Gefangenenlager in Nordafrika, Amerika und Frankreich, die das Schicksal und alltägliche Leben der POWs in den Camps beschreibt.

Die Geschichte eines deutschen Kriegsgefangenen, der mit anderen Kameraden in Gefangenschaft eine Theater- und Künstlergruppe gründete.

Der als Kunstmaler, Musiker und Komödiant nie seinen Humor verlor und sein Glück am Ende in Ostfriesland fand.

Einzigartige, unveröffentliche Originaldokumente einer Kunst- und Theaterkultur deutscher Soldaten in alliierter Kriegsgefangenschaft, die heute teilweise im Historischen Museum in Berlin eine neue Bleibe gefunden haben.

Der Autor, Rolf Zeiler, hat aus den Erzählungen und Aufzeichnungen seines Vaters dieses Buch geschrieben, um seiner zu gedenken.

http://www.bod.de/buch/rolf-zeiler/kopf-hoch--herbert--wenn-der-hals-auch-dreckig-ist/9783735783905.html

https://www.amazon.com/Kopf-hoch-Herbert-wenn.../B00JZR8V2

Golf With The Devil

Golf with the Devil is a book targeted at the sixty million golf enthusiasts worldwide. It is a suitable gift purchase for all people wanting to buy a golf humour book for their golf-addicted friends. This is a compilation of ten short stories evolving round a golfing mad Devil. Getting souls to Hell is an easy task for the Devil these days. And like the human working population, he suffers from monotony. So, the Devil in these tales uses golf, his hobby, to win a soul because it presents a more exciting challenge. But it's not that easy, as readers would discover, some golfers are smart enough to outwit the Devil while others fell prey.

The first story is an introduction to the Devil and why he is obsessed with golf.

The second story is about the Devil trying to design his own golf course using his legions of demons to gain praise from humans but only to fail in calamity. Readers will enjoy a glimpse of how the Devil runs his Hell Inc. and how his madcap demons create unheard of designs and features for a golf course.

The third story is about the Devil using every bit of his guile to play on the forbidden Connemara Golf Course because it is blessed grounds.

The fourth story is about a pro golfer stealing the Devil's golf clubs and as a result, was made to pay for it with his life and his soul.

The fifth story is about a professional golf hustler who manages to outsmart the Devil.

In the sixth story, the Devil told the tale of how he won his most coveted golf trophy in the Beelzebub Golf Society, which he managed only to get in by getting rid of several golfing members in many deceitful ways.

The seventh story is about the Devil camouflaging himself as the Caddie from Hell in his effort to twist the mind of a touring pro to give his soul up for tournament wins.

The eighth story is about another professional golf pro, asking the Devil if he could play just pars and win big money. A deal that the devil would eventually lose as this pro is just as cunning in escaping the big trap of Hell as he did with bunker shots.

The ninth story is about how the centuries experienced golfer, the Devil got punished with the shanks for the first time in his life for goofing off on the golf course instead of making life Hell for humans.

The tenth story is about a Scotsman's cunning schemes that left the Devil riling that he ultimately rejected his soul for Hell.

https://www.**amazon**.com/**Golf-Devil**-Rolf-Zeiler/dp/1508979642